FANTASTIC ORIENTAL HEROES

천뢰 新무협 판타지 소설

광풍석권 1

천뇌 新무협 판타지 소설

초판 1쇄 찍은 날 § 2012년 4월 12일
초판 1쇄 펴낸 날 § 2012년 4월 19일

지은이 § 천뇌
펴낸이 § 서경석

편집부장 § 권태완
편집책임 § 박우진

펴낸곳 § 도서출판 청어람
등록번호 § 제1081-1-89호
등록일자 § 1999. 5. 31
어람번호 § 제2-2220호

주소 § 경기도 부천시 원미구 심곡2동 163-2 서경B/D 3F (우) 420—822
전화 § 032-656-4452 팩스 § 032-656-4453
http://www.chungeoram.com
E-mail § chungeoram@chungeoram.com

ⓒ 천뇌, 2012

ISBN 978-89-251-2839-9 04810
ISBN 978-89-251-2838-2 (세트)

천뇌 新무협 판타지 소설
FANTASTIC ORIENTAL HEROES
狂風石拳
광풍석권
1
도서출판
청어람

두 노인이 소년에게 돌멩이를 건넸다.

"이걸로 무림을 지켜다오."

소년은 단지 가문을 구할 수 있을 정도의 무공이면 되었다. 무림을 지킨다 어쩐다 하는 거창한 이야기는 필요없었다.

돌멩이를 받아 밖으로 나온 소년이 하늘을 보고 한탄했다.

"이딴 걸 가지고 나보고 어쩌라는 거야? 저놈의 노인네들은 도대체 언제 제정신으로 되돌아올지……."

소년은 터벅터벅 약선곡(藥仙谷)으로 돌아갔다.

第一章　썩은 정신을 고쳐 주는 의원

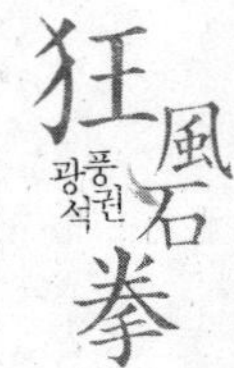

"쿨럭쿨럭! 이놈의 고뿔 때문에 정말 죽겠구만."

"올해가 지독하긴 엄청 지독하지. 콜록! 이게 다 한파(寒波) 때문이 아닌가. 삼십 년 안에 가장 추운 겨울이라더군."

"쿨럭! 이보게, 그보다 이제 슬슬 오실 때가 되지 않았나?"

"지금까지 한 번도 늦으신 적이 없으니, 곧 오실 겁니다. 조금만 기다리시지요."

산서 산음(山陰)의 한 장원 안.

그곳은 기침하는 사람들로 인산인해를 이루고 있었다.

그들은 이른 아침부터 한 줄로 쫙 서서는 무언가를 기다리는 것 같았다.

그런 사람들 사이로 털보 장한 한 명이 부지런히 움직였다.

그는 사람들을 뚫고 뚫어 제일 앞줄로 다가갔다. 그리고는 마치 처음부터 거기에 있었던 양, 당당하게 그 자리를 꿰차고 섰다.

제일 늦게 와서 제일 앞에 서다니. 사람들이 그걸 보고 가만히 있을 리 만무했다.

털보 장한의 뒤편에 있던 청년이 소리쳤다.

"새끼. 사람들이 호구로 보이나? 콜록! 어이, 이봐! 어디서 새치기야? 우린 뭐 시간이 남아돌아서 일찍 와서 기다린 줄 알아?"

청년의 말에 털보 장한이 고개를 돌렸다.

"쿨럭! 지금 나한테 지껄인 말이냐?"

"……!"

그의 험상궂은 얼굴에는 눈살이 찌푸려질 정도로 수많은 흉터가 있었다. 또한 가슴에 안고 있는 큰 도끼로 인해 산도적도 그냥 도망갈 정도의 분위기를 풍겼다.

'젠장, 이건 반칙이잖아! 도끼를 등에 메고 있던가!'

청년은 자라처럼 목을 집어넣었다. 뒤에서 볼 때는 몰랐는데 앞에서 보니, 섣불리 건드릴 상대가 아닌 것 같았다. 재수없으면 무림인일 수도 있었다.

"꼬맹아, 어르신이 묻고 있잖느냐? 쿨럭!"

터억!

털보 장한은 비릿한 웃음을 지으며 도끼를 어깨에 올렸다. 사람들은 일제히 고개를 숙였다.

혹여나 마주치면 불똥이 튈까 봐 두려워하는 눈치였다.

청년은 어쩔 줄을 몰라 했다. 강하게 나서자니 목이 떨어질 것 같고, 숙이고 가자니 꼴이 우스울 것 같았다. 그가 이러지도 저러지도 못하고 있을 때였다.

줄 제일 뒤편, 입구에 서 있던 사람 한 명이 큰 소리로 외쳤다.

"천선신의(遷善神醫)님 드십니다!"

그 소리에 사람들은 달뜬 얼굴로 입구 쪽으로 고개를 돌렸다. 자신들이 아침부터 기다리던 사람이 이제 온 것이었다.

그곳을 바라보는 것은 자라목의 청년도, 털보 장한도 다르지 않았다. 고뿔로 고생하고 있는 자신들의 몸을 깨끗이 고쳐 줄 사람이 온다지 않는가.

장원 안에 있는 모든 사람들의 시선이 입구만을 향해 있었다.

오로지 천선신의를 보기 위해.

저벅저벅.

발걸음 소리가 들렸다. 그리고 곧바로 깔끔한 옷차림의 청년이 입구로 들어섰다.

호선을 그리는 눈매와 가냘픈 턱선, 오뚝한 콧날. 웃는 상으로 준수하게 생긴 자였다.

입구에 서 있던 노인과 열 살 정도 되었을 법한 귀여운 여자아이가 고개를 숙였다.

“흘흘, 기침하셨습니까?”

“천선신의님, 안녕하세요?”

청년은 두 사람의 인사에 미소를 지었다.

“좋은 아침입니다.”

“흘, 좋지만 춥지요.”

“그래서 환자분들도 많아요. 헤헤!”

감 노인이라 불리는 자와 그의 손녀 화란은 이 마을에서 천선신의에게 진료 장소를 제공하고, 일손을 도와주는 사람들이었다.

“그럼 가볼까요?”

청년이 앞장서 제일 앞줄로 걸어가기 시작했다. 감 노인과 화란은 양옆으로 서서 뒤를 따랐다.

세 사람은 당당하게 길을 걸었다. 줄 서 있는 사람들은 황송한 듯 고개를 숙이며 서둘러 길을 열었다.

마치 비단이 반으로 쭈욱 찢어지는 듯한 광경이었다.

청년의 나이는 많아보았자 이제 갓 약관이나 되었을까? 천선신의가 무엇이기에 사람들은 이런 대접을 한단 말인가.

하지만 모두가 다 그런 것은 아니었다.

제일 앞줄에 서 있는 털보 장한은 고개를 빳빳하게 세우고 눈을 빛냈다.

‘내 비록 고뿔을 고치기 위해 왔지만, 의원, 그것도 저런 어린놈에게 고개를 숙일 수는 없다! 난 무림인이니까!’

삼류낭인으로 살아가는 왕삼은 자신이 무림인이라는 것에

큰 자부심을 가지고 있었다. 무림인이 아닌 평범한 사람들에게 그 자부심을 세운다는 게 문제였지만 말이다.

고로 일반인에겐 고개를 절대 숙이지 않았다.

언제 죽어나갈지 모르는 삼류낭인, 무림에서는 버러지 취급을 받더라도 일반인들에게는 무서운 무림인이라는 점.

그 느낌을 만끽하며 그는 오늘도 눈알을 부라리고 있었다.

천선신의라 불리는 청년은 장원의 건물 바로 앞에 있는 조그마한 단상에 올랐다.

그는 미소 가득한 얼굴로 줄 선 사람들의 면면을 살폈다. 그러다 왕삼을 비롯한 몇몇을 보더니 잠시 고개를 절레절레 흔들었다.

그 모습이 왕삼의 심기를 건드렸다. 이유는 모르겠지만 분명 자신을 보고 저러는 것 같았기 때문이다.

'애새끼가 건방지게 어르신을 보고 고개를 저어? 고뿔이고 나발이고 그냥 확 뒤집고 봐?'

분노가 끓어올랐다. 사람들이 많은 곳에서 무시를 당했다는 생각이 든 것이다.

왕삼이 심각하게 고민을 하는 순간, 청년이 단상 밑에 있는 화란을 보았다.

"자, 시작해 볼까?"

"네! 헤헤!"

그녀는 힘차게 대답을 한 후, 품에서 종이 한 장을 꺼내 들었다. 이어 그것을 또박또박 큰 소리로 읽었다.

"스무 번째 줄에 서 계신 아저씨, 뒤로 다섯 줄 물러서 주시기 바라요."

"……?"

사람들은 의아한 듯 그곳에 서 있는 남자를 보았다. 그 남자는 뭐라고 한마디 따질 법한데 아무런 말 없이 고개를 숙인 채 다섯 줄 뒤로 몸을 움직였다.

화란의 말은 거기서 그치지 않고 몇 명을 더 지목했다. 그들은 대부분 서너 줄씩 뒤로 몸을 움직였다. 그러다 마지막으로 지목된 사람은 왕삼이었다.

"제일 앞줄에 계신 털보 아저씨, 아저씨는 제일 뒤로 가서 줄 서 주세요. 으음, 정확히 서른다섯 줄 뒤로요. 헤헤!"

"나? 쿨럭! 내가 왜 그래야 하는데?"

왕삼은 불만 가득한 소리로 따졌지만 화란은 해맑게 웃기만 했다.

"헤에! 아저씬 저보다 나이도 많으신데 모르겠어요? 털보 아저씬 새치기를 하셨어요. 그것도 엄청나게! 그래서 뒤로 가시는 거예요. 헤헤헤!"

화란의 말에 왕삼은 얼굴을 험상궂게 구겼다.

"내가 새치기를 했다고? 쿨럭! 감히 어떤 놈이 그러더냐? 내 얼굴을 똑바로 보고 말해보거라!"

스윽!

그가 흥분해 소리치며 도끼까지 손에 드니 분위기가 흉흉해졌다.

처음엔 왕삼의 당하는 모습이 즐거운지 킥킥대던 사람들도 금세 고개를 숙이고 모르쇠로 일관했다. 그에 왕삼은 미소를 베어 물었다.

"쿨럭, 쿨럭! 보았느냐? 아무도 그런 말을 하지 않는구나. 고로 난 새치기를 하지 않았다. 그러니 헛소리 그만하고 이제 진료나 시작해라!"

"아니요, 아니요. 제가 말했잖아요. 아저씨는 새치기를 하셨다고요. 헤헤! 다른 사람들의 말은 필요가 없어요. 제가 봤으니까요."

"큭! 어린년이라서 그런지 이 도끼가 무섭지도 않나 보구나?"

"네. 헤헤!"

왕삼이 아무리 협박하고 눈알을 부라려도 화란은 생글생글 웃을 뿐, 인상 한 번 찡그리지 않았다. 정말 겁이 없거나 뭔가 믿는 구석이 있는 것으로 보였다.

'쯧, 어린 것이랑 내가 지금 뭐하는 짓인지!'

생각해 보니 자신의 행동이 어이없었다. 말도 통하지 않는 어린아이와 이 무슨 볼썽사나운 짓이란 말인가.

'바로 옆에 한 방에 처리할 수 있는 길이 있는데 말이야. 크크!'

왕삼은 눈에 힘을 주고 바로 옆에 있는 청년을 노려보았다.

"어이, 이봐! 빨리 시작하지? 쿨럭! 더 이상 날 화나게 하지 말고."

청년은 그 눈빛을 피하지 않고 의연하게 받아넘겼다. 아니, 오히려 장난기 섞인 얼굴을 했다.

"그러게 말이오. 누가 내 앞에서 그만 알짱거리고 뒤로 가면 바로 진료를 시작할 수 있을 텐데. 참 화나게도 말이 통하지 않습니다. 이 일을 어찌해야 하겠습니까? 하하하!"

"쿨럭! 이놈이 정말 죽고 싶나!"

왕삼은 결국 폭발하고 말았다. 감히 어디서 자신의 말과 명령을 잘라먹고 무시한단 말인가.

그는 주먹을 들어 올려 세차게 휘둘렀다.

'어디 한번 맞아 죽어봐라, 이 자식!'

그러나 다음 순간,

뻐억!

나가떨어진 것은 왕삼이었다.

아래로 휙 꺾인 고개를 제대로 돌리지도 못하고 왕삼은 땅바닥에 쓰러졌다.

'어?'

머릿속에 한 글자의 의문이 떠올랐을 때, 시야로 청년의 다리가 들어왔다.

"좋은 말 할 때 뒤로 가라고 했지?"

그의 손엔 피가 묻은 짱돌 하나가 들려 있었다.

왕삼은 자신의 머리를 찍은 것이 그 돌임을 직감했다.

청년이 얼굴 가득 미소를 지었다.

"이 새끼, 고뿔 이전에 썩은 정신머리부터 고쳐 주마!"

청년이 든 돌이 다시 한 번 왕삼에게 내리꽂혔다.

퍼억!

"끄아아악!"

계속해서 이어지는 격타음, 비명, 살려 달라는 외침.

이곳에 모인 환자들은 그 모든 것을 슬그머니 고개를 돌려 외면했다.

'까, 까불었다간 뒈진다.'

그들의 머리에 공통적으로 떠오른 생각이었다.

끼이익!

"고생하셨습니다, 천선신의님. 흘흘."

감 노인은 방문을 열고 나오는 청년을 보며 깊이 고개를 숙였다.

청년은 상당히 지친 얼굴로 이마에 흐르는 땀을 닦았다.

"이제 이곳 환자들은 어느 정도 끝났죠?"

"그렇습니다. 흘흘. 미리 오늘까지 진료를 본다고 말했으니까요. 신의님의 손길이 필요한 사람이라면 다음 장소로 찾아갈 겁니다."

감 노인의 말에 청년은 고개를 들어 한 곳을 바라보았다.

그곳은 그가 오 년이나 그리워했던 장소가 있는 방향이었다.

청년이 떠난다는 말이 못내 섭섭했을까.

꼬옥!

화란이 청년의 팔을 잡으며 물었다.

"가시면 이제 안 오시는 거예요? 안 가면 안 돼요?"

"아이구, 이 귀여운 놈. 하하! 화란이가 많이 아쉬운 모양이네?"

청년은 무릎을 굽혀 화란의 머리를 쓰다듬어 주었다.

듣기에 화란은 어릴 때 부모를 잃고 할아버지와 단둘이서 살았다고 했다. 그래서 정에 더 민감하게 반응하는 것일지도 몰랐다.

"널 보고 있으면 내 동생이 떠올라. 그놈도 많이 컸을 텐데. 그래, 나중에 두 사람 소개라도 시켜줄까? 하하하!"

청년의 웃는 소리에 화란이 볼을 부풀렸다. 자신은 눈물이 나려 하는데 상대는 웃으니 야속할 만도 했다.

"감 노인, 그간 고마웠습니다. 다음에 시간 내서 한번 찾아오세요."

"아이구, 고맙기는요. 오히려 제가 신의님께 고갤 숙여야지요. 우리 두 사람에게 수익의 절반 이상을 주셨잖습니까. 말씀하시지 않아도 제가 꼭 한번 찾아뵐 겁니다. 흘흘!"

두 사람은 그렇게 잠시 서로의 얼굴을 보며 웃었다.

"웃차!"

청년이 자리에서 일어섰다. 그리고 곧바로 챙겨놓았던 짐을 등에 둘러 메었다.

감 노인은 이렇게 서둘러 움직일 줄 몰랐다는 얼굴로 물었다.

“설마, 바로 떠나실 생각이십니까? 삭주로요?”

“네, 당장 그곳으로 가야지요. 이젠 의가로 돌아갈 겁니다.”

대답하는 천선신의, 청년 주진평(朱眞平)의 얼굴에는 해맑은 미소가 걸려 있었다.

＊　　　＊　　　＊

뽀드득! 뽀드득!

“허허! 이게 대체 무슨 일이란 말인가?”

산서(山西) 삭주(朔州)에 자리한 청수의가.

삼십 년 만에 불어 닥친 엄청난 한파로 바닥까지 꽁꽁 언 그곳에 한 중년인이 불안한 듯 계속 마당을 서성였다.

푸근한 인상이었지만 어딘지 모르게 고집이 느껴지는 얼굴을 가진 중년인, 그는 바로 이곳 청수의가의 가주 주청학(朱淸鶴)이었다.

“천선신의. 천선신의라…….”

주청학은 정신 나간 사람처럼 계속 천선신의를 되뇌었다. 눈은 끊임없이 사람들이 드는 의가의 대문을 향해 있었다.

그는 작금의 상황을 이해할 수 없었다.

현재 청수의가는 고뿔에 걸린 환자들로 가득 차 있었다. 이 근래 오 년 동안 한 번도 없었던 일이었다.

‘천선신의란 자가 얼마나 대단하기에, 파리만 날리던 우리 의가에 환자가 이렇게 많이 온단 말인가!’

하루에 많아보았자 고작 세 명 정도의 환자가 전부였다. 그 것은 오 년이 넘는 세월 동안 변하지 않는 사실이었다.

흑도방파 흑월방의 수작으로 단골 환자까지도 모두 잃은 상 황이 아니던가.

한데 고작 천선신의라는 자가 방문한다는 말에 이렇게 많은 환자들이 오다니. 주청학으로서는 믿을 수 없는 일이었다.

'더군다나, 왜 우리 의가로 온다고 한 거지? 삭주에 의가가 이곳 한 군데만 있는 게 아니지 않은가.'

예전에 흥했던 청수의가는 지금은 삭주에서 가장 초라한 의 가에 속했다. 그것은 눈앞의 상황만 보더라도 알 수 있었다.

환자들이 앉을 곳이 없어 기침을 토해내며 마당에서 서성이 고 있는 상태였다.

평소 환자가 없어 방을 치울 이유가 없다 보니 준비가 전혀 되어 있지 않은 탓이었다.

"그런데도 우리 의가로 온다고 했다니. 쯧, 대체 무슨 생각 인지 모르겠군. 우리 사정을 전혀 모르는 건가?"

의가가 활기를 띠니 분명 좋은 일이기는 했다. 하지만 주청 학의 속마음까지 편한 것은 아니었다.

비록 환자가 없다고는 해도, 그자신은 의원이고 이 의가의 가주였다. 한데 자신 때문이 아닌 다른 사람으로 인해 의가가 분주해지다니.

한때 이곳 삭주에서 가장 잘 나가던 의원으로서 자존심에 상처가 되는 것은 어쩔 수 없었다.

주청학이 혼자 이런저런 생각에 빠져 있을 때, 한 사람이 다가왔다.

"가주님! 여기 계시면 어떡합니까? 한 손이라도 거드셔야죠!"

청수의가의 총관인 장완(張琓)이었다.

그는 부족한 일손을 마을에서 구해 의가의 곳곳을 치우다가 혼자 손을 놀리는 주청학을 발견한 것이었다.

"왜 이렇게 호들갑인가. 무슨 큰일이라도 난 것처럼!"

"그, 그럼 이게 큰일이 아닙니까? 환자가 너무 많아 감당이 안 되는데요?"

호통을 들은 장완은 황당하다는 표정을 지었다.

무려 오 년이었다. 오 년 만에 이리 많은 환자를 받았으니 정신이 있을 턱이 없었다. 한데 호들갑 떨지 말라니.

'도와주고 그런 말씀을 하시던가!'

장완은 목구멍까지 기어 올라오는 울분을 삼키느라 애쓰고 있었다.

두 사람이 그렇게 대치하고 있는 사이에도 환자들은 계속 의가로 들어왔다. 대부분 입구에서부터 기다려 번호표를 받아 안으로 들고 있었다. 워낙 사람이 많다 보니 순서를 정해주지 않으면 싸움까지 날 가능성이 높았기 때문이다.

하지만 지금 그것을 무시한 채 밀고 들어오는 한 무리가 있었다.

"이런 우라질! 무슨 인간이 이렇게 많아? 저리 안 비켜!"

우락부락한 덩치에 험상궂은 얼굴, 각각 손에는 흉측한 무기까지 들려 있어 사람들에게 위협이 되는 이들이었다.

"저, 저기 여기 번호패를……."

입구에서 순서를 정해주던 사람이 대나무패를 내밀자 선두에 있던 칠복이 인상을 구기며 주먹을 휘둘렀다.

퍼억!

"커헉!"

대나무패를 내밀던 사람이 복부를 잡고선 바닥에 무너졌다. 칠복이 우악스런 주먹을 그의 복부에 박아버린 것이었다.

"이 새끼야, 우리 흑월방을 어찌 보고 이런 걸 내밀어? 죽고 싶어!"

"흐, 흑월방!"

주변에 있던 사람들의 얼굴이 하얗게 질렸다.

삭주 뒷골목을 주름잡고 있는 삼류 흑도방파, 흑월방의 무리들이 청수의가를 찾은 것이다. 저들의 무자비한 폭력에 힘없이 쓰러져 간 사람들이 한두 명이 아니었다.

"그래! 이제라도 알아먹었으면 길이나 비키지? 다리몽둥이를 분질러 놓기 전에 말이야."

칠복의 말에 사람들은 겁을 집어먹고 분분히 길을 비켜주었다. 이곳에 있는 절반 이상이 삭주에 사는 사람들이었다. 그러니 저들의 악명과 악행을 모를 리가 없었다.

사람들로 번잡하던 대문 근처에 길이 생겼다. 칠복은 그게 흐뭇한지 잠시 미소를 짓다가 뒤를 돌아보았다.

"형님, 이제 안으로 드시지요."

"콜록! 콜록!"

뒤편엔 온몸을 흉터로 도배한 사내가 기침을 연신 해대며 서 있었다.

그의 이름은 호대철(湖大鐵), 흑월방 삼 조 조장으로서 이곳 청수의가에 부린 수작을 총괄하는 사람이기도 했다.

"콜록! 그래, 내 가긴 간다만. 온다는 그 천선 뭔가 하는 놈, 그놈 확실히 믿을 만한 놈이야? 콜록콜록!"

호대철은 고뿔이 심하게 걸렸는지 기침을 멈추지 못했다. 얼굴까지 붉게 달아오른 게 고열로도 고생하는 듯했다.

"형님, 주변을 둘러보십시오. 이 많은 사람들이 괜히 왔겠습니까? 제가 들어보니, 조금 특이한 방법으로 고치기는 하지만 능력만큼은 최고라고 하더군요. 한 번에 완쾌시킨답니다."

칠복은 자신만만하게 대답했다.

"콜록! 그, 그래? 그 참 용한 의원이구나. 만약 네 말대로 한 번에 고친다면, 내 너를 중히 쓰겠다. 콜록! 알고 있겠지? 이번에 내가 행동대장이 된다는 사실을?"

"아이고, 형님. 알다마다요. 믿어만 주신다면 목숨으로 보답하겠습니다!"

호대철의 말에 칠복은 감격한 얼굴로 고개를 깊이 숙였다. 하지만 속내는 행동과 같지 않았다.

'내가 그걸 아니까 발품을 팔아 이곳까지 데리고 왔지. 아니면 미쳤냐? 너 같은 걸 위해 동네방네 뛰어다니게.'

평소 자신을 엄청나게 괴롭히던 조장의 모습을 떠올리면 이가 갈리는 칠복이었다. 잘못한 것 없이, 오로지 재미를 위해 때리는 모습을 보곤 하극상을 생각하기도 했었다.

그런 조장이지만 이번에 청수의가의 일이 잘 되어 실세인 행동대장으로 진급을 한다고 했다. 더군다나 때가 좋았는지 고뿔에 아주 심하게 걸려 잘 보일 기회까지 생겼다.

'널 잘 이용해서 나도 재미 좀 보자. 넌 지금까지 한 것만으로도 충분하잖아? 크크크!'

칠복은 힘을 등에 업을 것을 생각하니 상상만으로도 기분이 좋았다.

"자자! 길을 비켜라! 호대철 행동대장님 나가신다!"

흑월방 무리가 움직이기 시작하자 대문 근처는 쥐죽은 듯 조용했다. 오죽했으면 그새 말이 돌아 의가 안까지 조용해졌으니 그들의 악명이 얼마나 높은지 알 수 있었다.

칠복을 선두로 그들이 의가의 대문을 갓 넘으려는 찰나였다.

"멈추시오!"

의가 안에서 주청학과 장완이 황급히 뛰어나왔다.

두 사람은 마당에서 이야기를 나누다 대문 쪽에서 소란이 나자 곧바로 움직인 것이었다. 서로 티격태격하는 도중에도 환자들과 주변을 관찰하는 것은 게을리하지 않았다는 증거였다.

흑월방 무리 앞에 도착한 주청학과 장완의 얼굴은 아주 좋지 않았다. 이들은 의가를 몰락시킨 장본인들이 아닌가. 게다가 지금도 수시로 의가에 들러 못 살게 굴었으니 경계를 하지 않을 수가 없었다.

"아이고, 우리 주 가주님 아니십니까? 크하하!"

주청학을 알아본 칠복은 반가운 듯 소리쳤다. 이 근래엔 자신이 호대철을 대신해 의가를 드나들지 않았던가. 하지만 주청학은 굳은 얼굴로 칠복이 아닌 호대철을 바라보았다.

"호 조장이 의가에 어쩐 일이오? 아직 약속한 날짜가 남았지 않소?"

금방이라도 얼음이 뚝뚝 떨어질 것 같은 목소리였다. 그의 지금 심정을 대변하는 것이리라.

아무리 평소 웃고 떠들어도 의가의 일이 관련되면 가주다운 모습을 보이는 그였다.

호대철은 대답하기 귀찮은지 손을 휙휙 저었다. 그러자 칠복이 앞으로 나섰다.

'이 우라질 놈이 감히 날 무시해?'

그의 눈에서는 불길이 일었다. 부하들뿐만 아니라 이 많은 사람들 앞에서 무시를 당한 것이니 화가 난 것이다.

"주 가주, 이거 왜 이러시나? 지금 우릴 약속이나 어기는 왈패 취급을 하는 거요! 우리 성질 모르나? 어디 한번 보여줘?"

칠복은 대뜸 협박부터 했다.

분위기가 흉흉해지자 주변에 있는 사람들은 불안에 몸을 떨었다. 두 부류 사이에 끼어 도망도 못 치는 상황이지 않은가.

주청학은 사람들의 동요가 일지 않게 얼른 대답했다.

"본인이 언제 왈패 취급을 했다 이러시오. 다만 이곳에 들릴 날짜가 되지 않았는데 왔으니 내 혹시나 해서 물어본 것뿐이오. 오해는 하지 마시오."

"그게 그거지! 씨발, 결국 우릴 못 믿는단 말이잖아!"

콰앙!

칠복이 대문을 주먹으로 내려쳤다.

그에 사람들의 얼굴이 겁에 질렸다. 주청학과 장완도 긴장한 표정을 지었다. 상대가 너무 강하게 나왔다.

일촉즉발의 상황, 그때 끼어드는 사람이 있었다.

"콜록! 콜록! 그만 되었다. 지금 그딴 게 중요한 게 아니잖아."

그는 호대철이었다. 기침이 심해져서인지 입술까지 파랗게 질린 상태였다.

칠복은 그 모습을 보곤 화들짝 놀라 주청학에게 말했다.

"일단 들어가서 방을 하나 비우시오! 그리고 천선신의인가 하는 의원이 오면 형님부터 진료케 해야 할 것이오."

그의 말에 주청학은 인상을 찌푸렸다. 지금 상대가 곤란한 일을 주문했기 때문이다.

"일단 호 조장의 상세는 내가 먼저 살펴보겠소. 아주 심각한 상황이라면 그러도록 하겠소. 하지만 그렇지 않다면 여기 있는 모든 사람들처럼 순서를 지키셔야 할 게요."

"뭐라고! 그 말 지금 우리한테 하는 거 맞아?"

칠복은 눈알을 부라렸다. 알아듣게 말했으면 적당히 넘어가야 할 것이 아닌가. 그런데도 이따위 절차나 밟으려 하다니.

"그, 그게 원칙은 원칙인지라. 이 많은 사람들도 일부러 순서를 지키는 게 아니겠소. 더군다나 온다는 천선신의도 순서를 중요시 한다니……."

주청학은 자신의 생각을 조심스레 말했다.

그는 가문의 일로 환자들에게 피해를 끼칠까 봐 가급적 마찰을 피하고 있었다. 하지만 이렇게 직접적으로 환자들의 권익을 침해하는 행동을 한다면 그냥 넘어갈 수가 없었다. 아침 일찍부터 와서 기다리던 사람은 얼마나 허탈해하겠는가.

조금이라도 일찍 완쾌하고 싶은 마음은 아픈 사람 누구나 같으니 말이다.

터억!

갑자기 주청학의 어깨로 올라오는 우악스런 손이 있었다.

"왜, 왜 그러시오? 호 조장."

그가 고개를 올려다보니 호대철이 잔뜩 흥분한 얼굴로 자신을 바라보고 있었다.

"씨발, 내가 그딴 걸 왜 신경 써? 쿠울럭! 의원 나부랭이 새끼들이 씨부리는 순서 같은 거 난 모르니까 닥치고 준비나 해!"

꾸욱!

호대철은 그대로 손에 힘을 줘 주청학의 어깨를 눌러 버렸다. 아파 죽겠는데 성질까지 건드리니 폭발을 한 것이었다.

“크흑!”

털썩!

주청학은 어깨를 감싸 쥐며 바닥에 주저앉았다. 그의 힘으론 호대철이 누르는 걸 버틸 수가 없었다. 어깨가 은근히 계속 아픈 게 근육까지도 상한 것 같았다.

“불만 있는 새끼들은 지금 나와! 쿨럭! 안 나오면 나부터 진료를 받는다. 더 이상 토를 달면 모가지를 끊어버릴 줄 알아라! 쿨럭!”

호대철이 소리를 지르자 모든 사람들이 고개를 숙였다.

이 근방에서 흑사방의 말을 거스를 사람은 없었다. 있다면 제대로 된 무림인 정도일 것이다.

주청학 또한 고개를 숙인 채 몸을 파르르 떨었다.

‘내 힘으론 어쩔 수 없는 건가……’

아픈 사람을 고치는 의원임이 자랑스럽고 즐거웠지만, 이럴 때만큼은 무력함에 치를 떨 수밖에 없는 그였다.

“이제 코앞이구나! 얼마나 돌아오고 싶었던 고향이냐! 큭큭!”

감 노인과 화란이 있던 산음을 떠나 드디어 삭주에 들어선 주진평은 마음이 들떴다. 오 년 만에 돌아오는 고향이었다.

짧다면 짧을 수도 있는 세월이었다. 하지만 그간 집 생각에 마음이 편하지 못했던 것을 생각하면 결코 짧지 않았다.

자신이 집을 떠나올 때 상황은 최악이었다.

　흑월방이 가문의 부채를 전장에서 사들여 하루가 멀다 하고 찾아와 괴롭혔고, 그나마 있던 가산은 아버지 밑에 있던 의원이 그보다 전에 들고 도망을 갔다.

　의가의 식구들은 흑월방의 횡포에 몸을 떨었다. 그리고 배고픔에 허덕였다.

　그런 상황에서 장남인 자신이 의가를 떠나고 싶었을까.

　하지만 떠날 수밖에 없었다.

　그는 흑월방의 횡포로부터 가족들을 지키고자 아버지 몰래 무공 수련을 했었다. 혼자 하는 수련이 얼마나 도움이 될까. 게다가 나이도 고작 열다섯.

　자신의 능력을 제대로 알지 못한 그는 식구들이 위기에 처했을 때 결국 주먹을 쥐고 나섰다. 결과는 완패.

　문제는 그 뒤부터였다.

　주진평은 극구 반대하는 아버지의 명령에도 불구하고 무공 수련에 계속 매진했다. 그리고 매일 찾아오는 흑월방 사람들과 끈질기게 붙어 곤죽이 될 정도로 얻어터졌다.

　그걸 보고만 있을 부모가 어디 있을까.

　결국 주청학은 가기 싫다는 주진평을 억지로 약선곡으로 보냈다. 의술을 배워 의원이 되라며 말이다.

　주진평은 약선곡에서 하루하루 의가만을 생각하며 살았다. 가문에 도움이 되고자 눈물을 머금고 필사적으로 뛰어다녔다.

　그렇게 보낸 세월이 오 년.

　그는 이렇게 장성해 돌아올 수 있었다.

"그나저나, 환자들은 많이 왔을까? 너무 많으면 힘들어서 오늘 잠자기도 힘들 텐데. 뭐, 그래도 한다! 의가를 위한 일이잖아? 큭큭!"

의가에 환자들이 가득한 걸 상상만 해도 웃음이 났다. 그들 모두가 의가를 다시 살리는 데 천금 같은 지원군이 될 테니 말이다.

그보다 더 좋은 홍보가 없다는 것을 주진평은 여러 마을을 돌며 깨달았다. 우연찮은 기회에 알게 된 고뿔 치료 방법이었지만 효과는 좋았다.

주진평은 그것을 이용해 의가를 살리고, 환자들은 고뿔로부터 완쾌되고. 일석이조라는 고사성어가 바로 이럴 때 사용하는 것이리라.

그가 이것저것 생각하는 사이, 의가 근처에 도착을 했다.

"아코코! 거의 다 왔네. 마지막으로 점검하자. 어쨌든 의가에 가서 가장 주의할 점은 바로!"

주진평은 멀리 의가의 지붕이 보이는 곳에서 중얼거렸다.

"아버지 앞에서 사람을 때리지 않아야 한다는 점! 무공을 익혔다는 걸 들키면 안 된다는, 바로 그것이지."

생각을 정리하고 나니 발걸음이 더욱 가벼웠다. 이제 가서 의원으로서 당당히 인사를 하고 환자를 진료하면 되었다.

처억!

건물의 모서리를 도니, 드디어 의가의 전경이 한 눈에 들어왔다.

그리워하던 집, 돌아오고 싶어 했던 장소, 가족이 있는 곳. 그 모든 것이 포함되어 있는 청수의가가 눈앞에 보였다.

의가 앞은 사람들로 가득했다.

"역시! 환자들이 많이 왔구나!"

원했던 것을 눈으로 확인하자 발걸음이 빨라졌다.

가까워지는 만큼 의가의 상황이 점점 상세히 눈에 들어오기 시작했다.

"어?"

우뚝!

주진평의 발걸음이 갑자기 멈췄다. 그는 급히 눈을 비비고 있었다.

"뭔가 잘못 본 것 같은데?"

눈에 이상한 장면이 들어왔다. 익숙하게 생긴 중년인이 바닥에 주저앉아 있지 않은가.

그것도 고개를 숙인 채 몸을 파르르 떨며 말이다.

주진평은 눈을 비빈 후, 보고 또 보았다. 하지만 잘못 본 게 아니었다.

바닥에 힘없이 주저앉아 있는 사람은 분명 자신의 아버지였다.

덜덜덜!

그의 몸이 사시나무 떨 듯 떨렸다.

으드득!

이 가는 소리가 고막 깊숙이 찔러 들어왔다.

어찌 이런 장면이 눈에 보인단 말인가. 행복한 미소를 지으며 돌아오는 귀향길에 왜 이 같은 일이 벌어진단 말인가!

파악!

주진평의 몸이 한줄기 섬광이 되어 앞으로 튀어나갔다.

그의 입에서는 짐승의 울부짖음과 같은 괴성이 터졌다.

"으아아아아!"

그가 향하는 곳은 청수의가의 대문, 흑월방 무리가 있는 곳이었다.

꾸욱!

"주 가주, 형님 말씀이 안 들리나? 방을 준비하라고 하시잖아!"

"으, 으윽!"

주청학은 다른 한쪽 어깨를 잡으며 신음을 흘렸다. 아직 화가 풀리지 않은 듯 칠복이 어깨에 손을 올려 힘을 주고 있었다.

총관 장완은 더 이상 보고 있기가 힘들었는지 칠복 앞에 무릎을 꿇고 사정했다.

"아이고, 나리. 알겠습니다. 지금 당장 준비하겠으니 그 손 좀 치워주시지요."

칠복은 두 사람을 보며 비릿하게 웃었다.

'크하하! 이제 알겠냐? 내가 얼마나 무서운 사람인지?

이 많은 사람들 앞에서 상대가 무릎을 꿇었으니 자신의 위신은 올라갔을 것이다. 이런 꼴을 자신이 당하고 싶지는 않을 테니 당분간은 함부로 까부는 사람도 없을 듯했다.

툭툭!

"그러게 처음부터 말을 잘 들었어야지. 크크크!"

그는 자리에서 일어나며 주청학과 장완의 어깨를 두드렸다. 이어 얼른 방을 준비하라고 채근을 했다.

그때, 갑자기 들려오는 괴성이 있었다.

"으아아아아!"

"응?"

사람들이 모두 소리가 난 쪽으로 고개를 돌렸다. 그것은 칠복도 다르지 않았다.

"웬 쌍노무 새끼가 어른들 일하시는데……."

빠악!

휘잉!

"응?"

거센 바람이 그의 코끝을 스쳐 갔다. 관도로 향하던 칠복의 고개는 그대로 멈춰져 있었다.

토옥!

코끝에서 한 방울의 피가 떨어져 내렸다. 고통이 없는 것을 보면 분명 자신의 피는 아니었다. 그럼 누구의 피란 말인가!

칠복의 눈이 의가 안으로 향했다.

"헉!"

그곳에는 얼굴을 피로 칠갑한 부하 한 명이 눈을 까뒤집은

채 기절해 있었다. 그리고 귓가로는 박 깨지는 소리가 시원하
게 연이어 들렸다.

빠악! 빠악!

"크억! 아악!"

급히 고개를 돌려보니 그곳에는 웬 청년이 부하의 가슴에
올라타 팔을 열심히 휘두르고 있었다. 오른손에는 피가 잔뜩
묻은 짱돌이 들려 있었다.

휘릭!

"히이익!"

칠복은 자신도 모르게 소릴 질렀다. 야차의 얼굴을 한 청년
이 별안간 고개를 돌리자 눈이 마주친 것이다.

"그래, 네가 우리 아버지 건드렸지?"

그 소리를 들은 후, 딱 눈 한 번 깜빡거릴 시간이 흘렀다. 그
런데 청년은 어느새 칠복의 눈앞에 서 있었다.

"개새끼들, 날려 버린다!"

"허억!"

칠복은 너무 놀라 숨을 멈추었다. 귀신도 아니고 어찌 이렇
게도 빠르게 움직일 수가 있단 말인가. 마치 순간이동을 한 것
만 같았다.

챙!

"주, 죽어!"

목숨이 위험하다고 느꼈을까. 칠복은 검을 뽑아 다짜고짜
공격을 감행했다.

청년은 자신에게 날아오는 검을 보고 비웃었다.

"지랄한다."

휘익!

그가 뒤늦게 주먹을 휘둘렀다. 분명히 검보다 늦은 공격이었다. 하지만 결과는,

빠악!

"크아악!"

검보다 빨리 상대에게 닿았다. 칠복은 피가 흐르는 자신의 이마를 붙잡고 바닥에 굴렀다.

청년은 그 모습을 보고도 일말의 흔들림이 없었다.

"아아, 가만히 있어. 아직 정신머리 고치려면 더 맞아야 하니까."

'뭐?'

칠복의 머릿속에 의문이 떠올랐다. 도대체 무엇을 의미하는 말인가?

그러나 이해하는 데 많은 시간이 걸리지 않았다.

빠악! 빠악! 빠악!

한 방, 한 방, 자신의 머리 깊숙이 박혀 오는 짱돌을 느끼자 그는 착하게 살아야겠단 생각을 갑자기 하기 시작했다.

'저, 저놈 뭐야?'

호대철은 작금의 상황이 이해가 되지 않았다.

별안간 등장한 청년, 그의 무공 실력은 상당했다. 한데 중요

한 것은 그 무공을 뜬금없이 왜 자신들에게 사용하는 것인가?

'본 방과 원한이 있는 것인가?

머리를 굴려 봐도 떠오르지 않았다. 자신들에게 원한을 가진 곳이 어디 한두 곳이던가.

처척!

호대철은 천천히 뒷걸음질 쳤다. 몸은 청년에게서 멀어져 의가 대문을 나서고 있었다.

어느 정도 멀어졌을 때, 그의 얼굴에 살짝 미소가 걸렸다.

'난 살았다!

상대는 자신이 어떻게 해볼 수 있는 수준이 아니었다. 그렇다면 부하들에게 미안한 말이지만 자신이라도 살아야 했다.

휘익!

본격적으로 움직이기 위해 몸을 돌렸다. 이제 뒷걸음이 아닌 달릴 순간이었다.

'응?

그런데 자신의 앞을 누군가 막고 있었다. 그는 고개를 들어 상대를 보았다.

할짝!

입술 근처에 묻은 피를 혀로 핥고 있는 사람, 바로 금방까지 부하들을 죽으라고 때리던 청년이었다.

"넌 어디 가냐?"

"이, 이놈! 난 흑월방의 행동대장……!"

빠악!

'어?'

호대철은 갑자기 현기증이 나 자리에 주저앉았다. 그가 자신의 시야를 가리는 피를 닦아내며 멍한 표정을 지을 때, 귓가로 들리는 소리가 있었다.

"어디 가냐고 묻는데 웬 엉뚱한 소리야? 이놈은 제정신으로 돌아오려면 좀 많이 맞아야겠는데?"

청년은 무릎을 굽혀 호대철과 시선을 맞췄다. 그리고 그를 천천히 바닥에 눕히며 말을 이었다.

"그런데 너 어디서 좀 많이 본 거 같다? 내가 기억하는 얼굴치고 좋은 인연이 거의 없는데. 웃샤!"

호대철의 가슴 위로 올라탄 그는 힘차게 팔을 휘둘렀다.

빠악! 빠악!

박 깨지는 소리가 의가 가득 울려 퍼졌다. 주변에 있던 사람들은 눈을 감고 그 소리를 감상했다. 지금 얻어터지고 있는 자들은 여태껏 자신들을 괴롭히던 흑월방의 무리, 시원한 마음이 들 수밖에 없었다.

"흐음, 이제 어딜 때릴까? 이쪽은 너무 많이 들어간 거 같은데? 균형을 맞추려면 반대쪽을 좀 때려야겠지?"

청년이 잠시 어딜 더 때릴지 결정을 내리고 있을 때, 그의 뒤로 다가가는 사람이 있었다.

"설마… 진평이냐?"

화들짝!

'어, 엄마야!'

청년, 주진평은 목소리를 듣고선 기겁을 했다. 목소리의 주인공은 다름 아닌 아버지 주청학이었기 때문이다.

"진평이가 맞지? 그렇지?"

아버지는 계속 아들을 부르는데, 정작 아들은 당황해 어쩔 줄을 몰라 했다.

'난 죽었다! 아버지 앞에서 싸움을 해버렸어!'

의가로 오기 전에 그렇게 다짐을 하지 않았던가. 아버지 앞에서 싸우는 모습을 보이지 말자고. 그런데 정작 아버지가 고초를 겪는 모습을 보니 눈이 돌아가 버렸다. 그놈의 욱하는 기질이 또 올라온 것이다.

아버지가 부르는데 언제까지 모르는 척 있을 수는 없었다.

그는 자리에서 벌떡 일어나 큰 절부터 올렸다.

"부, 불초 소생 주진평, 돌아왔사옵니다. 그간 강녕하셨습니까? 하하하!"

"……."

주청학은 말없이 아들의 얼굴을 바라볼 뿐이었다.

第二章
누가 내 가족을 건드리나

'주, 주진평?'

호대철의 흐릿해지던 눈의 초점이 다시 돌아왔다. 낯설지 않은 이름이 귀에 들려왔기 때문이다.

'죽자고 달려들던 청수의가의 어린 놈? 오 년 전, 약선곡으로 떠났던 그 새끼가 저놈이란 말이야?'

피범벅이 된 그의 얼굴이 기묘하게 일그러졌다. 눈에는 살짝 눈물이 고이고 있었다.

'빌어먹을! 내가 가지고 놀던 놈한테 이렇게 터진 거야? 그것도 핏덩이한테!'

죽고 싶었다. 어떻게 이리도 쪽팔리는 일이 자신에게 일어나는 것인가!

청수의가의 일을 갓 맡던 시절, 의가에 오기만 하면 도끼눈을 뜨고 덤비는 꼬맹이가 있었다. 정신없이 얻어터지고 바닥에 쓰러졌다가도 다시 일어나던 독한 꼬맹이.

노리개였던 그놈이 바로 금방 자신을 죽자고 때리던 청년이란 말이었다.

하지만 억울한 것도 잠시였다. 호대철의 눈에서 눈물이 주르륵 흐르고, 몸이 부들부들 떨리기 시작했다.

'저, 저 새끼가 날 기억하면… 난 오늘 정말 죽는다!'

옛날에 때린 게 있었기 때문에 쉽게 짐작할 수 있었다. 더군다나 오늘은 잔인한 손속까지 눈으로 확인했다.

그냥 이대로 기절하고 싶은 게 그의 솔직한 심정이었다.

'화, 화가 나신 게 분명해!'

주진평의 눈이 쉴 새 없이 흔들렸다. 눈앞에 있는 아버지의 다리가 떨리고 있었다. 그것은 화가 났다는 증거였다.

'아버지가 보시는 앞에서 폭력을 사용했으니… 이런 바보 자식, 사람들이 눈치 못 채게 때렸어야지!'

멀리서 돌을 던진다던지, 아니면 다가와서 강력한 한 방을 급소에 몰래 찔러 넣는 방법도 있었다. 하나 흥분한 나머지 그런 방법들을 떠올리지 못했다.

주진평의 눈빛이 바뀌었다. 계속 이러고 있을 수는 없는 일.

어떤 말이라도 해서 아버지의 화를 풀어야 했다.

그는 바닥에서 일어나며 입을 열었다.

“아버지, 오늘 날씨가 참으로 좋습…….”
“혹 무공을 익혔느냐?”
“……!”
주청학이 갑자기 던진 말에 주진평은 눈을 동그랗게 떴다. 그간의 안부나 왜 돌아왔는지에 대한 물음은 없었다. 처음부터 무공에 대한 것을 묻고 있었다.

‘역시 화가 나셨다. 어쩌지?’
주진평은 정신없이 머리를 굴려 할 말을 찾고 있었다.
반대로 주청학은 믿을 수 없다는 눈으로 아들을 보고 있었다.

‘네가 정녕 내 아들 진평이란 말이냐?’
약선곡에 있어야 할 아들이 왜 이곳에 있단 말인가. 그는 오늘 이때까지 아들이 약선곡을 떠났을 거라고는 생각지 못했다. 더군다나 갑자기 나타나선 폭력을 휘두르다니!
의술을 행하는 자가 폭력을 행사한다는 건 그의 신념과 맞지 않았다.
생김새는 오 년 전, 집을 떠났던 자신의 아들이 분명했다. 하지만 안타깝게도 행동은 자신이 기대하던 모습이 아니었다.
이건 소위 뒷골목 깡패의 모습과 다르지 않았다.
그는 다시 아들의 대답을 채근했다.
“내가 묻지 않느냐. 혹 무공을 익혔느냐?”
아버지의 계속된 추궁에 주진평은 속으로 비명을 질렀다.

‘으아아! 빠, 빨리 무슨 말이라도… 그래!’

번뜩 떠오른 말이 있었다. 그는 얼른 옷매무새를 단정히 하
며 입을 열었다.

“아버지, 사실 제가 오늘 이곳에 오기로 한 천선신의이옵니
다.”

“……!”

그의 말을 들은 환자들이 너나할 것 없이 수군거렸다.

“청수의가의 아들이 천선신의라는데?”

“저렇게 젊은 사람이 신의라 불린다고? 저거 믿어도 되는
말이야?”

그들은 쉽게 믿기지 않는 듯 눈을 동그랗게 뜨고 주진평을
살폈다. 나이로 보나 하는 행동으로 보나 딱히 신의로 보이지
않았기 때문이다.

주진평은 갑자기 소란스러워지는 환자들을 보며 안도의 한
숨을 내쉬었다. 이 정도면 충분히 관심을 다른 곳으로 옮겨 놓
았다고 생각한 것이다. 오늘 이곳 청수의가에서 가장 중요한
사람이 천선신의이지 않은가.

‘아버지도 분명히 놀라셨을 거야. 그리고 여러 가지가 궁금
하시겠지?’

그는 확신 어린 눈으로 아버지를 바라보았다.

하지만 예상과 다르게 주청학의 얼굴은 변함이 없었다. 아
니, 더 굳어 있었다.

“신의라고까지 불리는 사람이 환자를 저 지경으로 만든단

말이냐? 진정 내가 널 잘못 가르쳤구나!"

"아아⋯⋯."

주진평은 고개를 숙이며 자신도 모르게 탄식을 내뱉었다. 이건 마치 움직이지도 못할 집채만 한 바위를 억지로 옮기려는 격이었다. 그만큼 아버지의 관심은 요지부동이었다.

주청학은 아무런 말도 못하는 아들을 잠시 보다가 시선을 돌렸다. 그의 눈에 들어온 것은 코뼈가 함몰된 채로 바닥에 누워 눈알을 굴리고 있는 호대철이었다.

"비록 소란은 피웠지만 호대철 조장도 오늘만큼은 환자로 온 것이었다. 어찌 의원의 길을 갈 놈이 환자를 상하게 할 수 있단 말이냐. 게다가 저 얼굴은 이제 어떻게 할 것이냐?"

"호대철!"

주진평이 얼른 고개를 들어 호대철을 뚫어져라 보았다. 비록 꾸중을 듣는 중이었으나 도저히 무시하고 넘어갈 수 없는 이름을 들었기 때문이었다.

어렸던 자신을 수시로 죽기 직전까지 때렸던 자, 의가의 세가 기우는 데 가장 큰 역할을 한 자였다. 그에 대한 분노로 약선곡에서 이를 악물고 생활하지 않았던가.

주진평의 눈에서는 불기둥이 줄기줄기 뻗어나오는 것 같았다.

그 모습을 본 주청학이 소리쳤다.

"어허! 이놈이 그래도!"

"엑!"

잠시 자신의 상황을 잊고 있던 주진평은 고개를 절레절레 흔들었다.

'안타깝지만 지금은 이럴 때가 아니다. 일단 이 위기를 벗어 나야……'

생각을 정리한 그는 발걸음을 움직였다.

저벅저벅.

그가 향하는 곳에는 호대철이 누워 있었다.

'저, 저 새끼가 갑자기 이쪽으론 왜!'

호대철의 눈이 찢어질 듯 커졌다.

그렇지 않아도 더 쥐어 터지는 건 아닌지 불안한 얼굴로 두 사람의 대화를 유심히 듣고 있었다. 신기하게도 대화의 분위기가 자신에게 좋은 방향으로 가고 있기에 얼마나 기뻐했던가. 한데 그 기분이 찰나도 이어지기 전에 별안간 주진평이 자신에게로 향하다니!

그로서는 하늘이 노랗게 변하는 순간이었다.

'호대철, 이 새끼!'

주진평은 호대철의 코앞에 서서 잡아먹을 듯 그를 노려보았다. 마음 같아서는 당장에라도 뛰어들어 피떡으로 만들어 놓고 싶었다. 하지만 시퍼런 눈으로 보고 있는 주청학 때문에 그럴 수가 없었다.

아쉬운 한숨을 내쉰 그는 무릎을 굽혔다. 그리고 누워 있는 호대철을 일으켜 앉혔다.

주청학은 영문을 몰라서 보고만 있었고, 호대철은 상대가 몸을 만지는 대로 조용히 따랐다.

'도대체 뭘 하려고?'

사람들의 얼굴에 의아함이 어릴 때, 주진펑의 그 행동은 시작되었다.

통통통통!

똑바로 앉은 호대철의 뒤통수를 주진펑이 갑자기 자신의 주먹으로 치는 것이 아닌가.

그러면서 하는 말,

"이, 이러면 혹시 코가 밖으로 나올지도…… 하하!"

어색하게 웃는 주진펑의 모습에 호대철과 주청학은 폭발하고 말았다.

'이, 이런 씨발 새끼!'

"주진펴엉!"

*   *   *

툭! 툭! 툭!

얼굴에 꽂힌 침들이 빠른 속도로 뽑혔다.

"조, 좀 살살 하시오!"

호대철은 고통스러운지 잔뜩 찡그린 얼굴로 외쳤다.

"쯧쯧! 다 큰 사람이 엄살은."

주청학은 가볍게 타박하며 광목으로 호대철의 얼굴을 감쌌다.

주진펑이 환자들을 진료하는 사이, 그는 호대철을 치료하는 중이었다. 비록 마음에 들지 않는 자였지만 손길에는 환자를 생각하는 마음이 가득 담겨 있었다.

드르륵!

문이 열리며 장완이 방 안으로 들었다. 손에는 정성스레 달인 탕약이 들려 있었다.

"여기……."

그는 눈치를 보며 호대철에게 탕약을 내밀었다.

터억!

탕약을 받아 들고 단숨에 들이켜는 호대철, 그는 빈 그릇을 바닥에 내려놓으며 주청학과 장완을 노려보았다.

"이런다고 내가 곱게 넘어갈 거라 생각은 마시오. 내 이 굴욕! 반드시 갚을 생각이니까."

원독에 찬 목소리에 장완은 몸을 떨었다. 반면, 옆에 있는 주청학은 차분한 목소리로 답했다.

"호 조장도 잘한 건 없다고 보오. 순서를 기다리지 않고 소란을 피워 본 의가에 피해를 주었소. 거기에 약속된 날짜가 아니면 찾아오지 않겠다는 약조도 어겼소. 환자들과 의가 사람들이 불안에 떤 걸 생각하면 오히려 화를 내야 하는 건 본인이외다."

"허! 하다하다 이젠 가르치려 들어? 어이, 이봐, 주 가주!"

쾅!

호대철이 옆에 있는 탁자를 강하게 내려치자 그릇과 침통이 넘어져 엉망이 되었다. 그는 이어 목소리를 낮게 깔며 으르렁 거렸다.

"아들 믿고 까불다간 크게 다치는 수가 있어. 잊지 마. 난 흑월방의 차기 행동대장 호대철이야. 괜히 내 성질 건드리면!"

호대철은 손을 움직여 자신의 목에다 갖다 댔다. 그리고 사악하게 웃으며 옆으로 긋는 시늉을 하려는 찰나, 밖에서 들려오는 소리가 있었다.

"가주님, 진평 도련님이 찾아 오셨습니다."

"히엑!"

기겁한 호대철은 자신도 모르게 소리를 질렀다. 그리고 엄청난 속도로 손을 등 뒤로 숨겼다. 어느새 그의 이마로는 식은 땀이 송골송골 맺히고 있었다.

"쉿! 나, 난 아무 말도 하지 않은 거요. 오늘 있었던 일은 그냥 없었던 것으로 합시다."

그는 혹시나 자신의 목소리가 밖에 들릴까 봐 최대한 소곤소곤 말했다.

"……."

주청학과 장완은 그 모습을 어이없다는 얼굴로 바라보았다. 금방까지만 해도 으름장을 놓다가 주진평이 왔다는 소리만으로 돌변하니 기가 막혔던 것이다.

잠시 후, 주청학이 밖을 보고 외쳤다.

"크흠! 진평이는 들어오너라."

그러자 문이 열리며 얼굴 하나가 들어왔는데, 그는 주진평이 아니라 청수의가의 하인이었다.

"진평이는 어디 가고 네가 들어오느냐?"

"그, 그게 도련님은 기다리시다가 바쁘다며 이것만 전해주고 가셨는뎁쇼?"

하인의 말에 주청학은 얼굴을 찌푸렸다.

'그새를 못 참고 갔다고? 호 조장이 또 난리를 치겠군.'

호대철 성격에 자신을 놀렸다며 화를 낼 가능성이 컸다.

주청학은 걱정스런 눈으로 뒤를 돌아보았다. 한데,

"응? 어디로……."

호대철이 없었다.

방에 있는 조그마한 창문이 열려 그가 어디로 갔는지를 알려주었다.

방 안에 있던 사람들은 믿을 수 없다는 눈으로 창문을 빤히 쳐다보았다. 도저히 호대철의 덩치로는 빠져나갈 수 없는 크기였으니 말이다.

제일 먼저 정신을 차린 주청학이 하인에게 물었다.

"진평이가 주고 간 게 그것이냐?"

"예, 총관님께 전하라고 했습니다."

"나한테?"

장완은 자신의 이름이 나오자 고개를 갸웃하며 기다란 종이를 받아들었다.

"헉헉! 재수없게 그 새끼랑 또 마주칠 뻔했네."

건물 밖에서 기다리던 부하들과 함께 의가 대문을 나온 호대철은 가쁜 숨을 몰아쉬었다.

그는 자신이 주청학을 협박하던 걸 혹시나 주진평이 들었을까 싶어 얼른 자리를 피했다. 들었다면 또 때릴 거라 생각을 한 것이다. 벌써 한 번 호되게 당한 터라 그의 행동은 기민하기 이를 데 없었다.

눈앞에 있는 조장의 얼굴이 너무 창백한 게 이상했는지 칠복이 입을 열었다.

"뭣 때문에 이러시는데요? 도망치듯 이렇게 뛰어나오다니."

그 소리에 호대철은 광목을 두른 칠복의 얼굴을 뚫어져라 쳐다보았다.

"그러고 보면, 이 모든 것이 네놈 때문이구나?"

"네, 네? 그게 무슨……."

"네놈이 날 이곳으로 데리고 오지 않았다면! 내가 오늘 이런 치욕을 당하지 않아도 되었을 게 아니냐."

"허……."

칠복은 어이없다는 표정을 지었다. 어찌 이게 모두 자신의 탓이란 말인가. 아파 죽겠다는 사람을 위해 일부러 발품을 팔았건만 돌아온 것은 분노에 찬 원망이었다.

저벅.

호대철은 주먹을 불끈 쥐고 천천히 칠복에게 다가갔다. 그에 칠복은 다급하게 소리쳤다.

"자, 잠깐!"

"뭐냐? 그 어떤 말을 해도 난 널 용서할 마음이……."

"그, 그래도 보십시오. 지금 기침은 멈추지 않았습니까!"

칠복은 눈을 빛내며 말했다. 자신이 헛소리를 한 것만은 아니라는 말이었다. 정말 목이 찢어져라 터져 나오던 기침은 멈춘 상태였다.

부들부들.

호대철의 몸이 간질에 걸린 사람처럼 떨렸다. 붉게 변한 그의 눈에선 금방이라도 불길이 치솟을 것 같았다.

"이 새끼, 그걸 핑계라고! 크아악!"

화가 머리끝까지 치밀어 오른 그는 포효를 하며 몸을 날렸다. 그가 향하는 곳엔 칠복이 기겁한 얼굴로 서 있었다.

"으아악!"

다다다닥!

칠복은 뒤로 돌아 미친 듯이 뛰었다. 지금 상황에서 맞으면 정말 죽을지도 몰랐기 때문이다.

그런 그를 뒤쫓는 호대철과 부하들을 바라보는 사람이 있었다.

"도망가더니 이곳에 있었네? 이젠 하다하다 자기들끼리 싸워? 웃기는 인간들이야, 정말."

그는 주진평이 전해준 종이를 들고 나온 장완이었다.

"방해꾼들도 갔으니 난 내 할 일을 해야지. 흐음! 이렇게 붙일까? 아님 이렇게?"

대문을 이리저리 살피던 그는 마음을 정했는지 기다란 종이
를 한 곳에 붙였다.

탁탁!

"좋아, 됐어!"

대문 근처로만 지나가더라도 한 눈에 들어올 장소에 종이를
붙인 그는 흐뭇한 눈으로 글귀를 읽어 내려갔다.

"고뿔 전문 천선신의! 캬, 좋구나!"

오 년 만에 돌아온 주진평으로 인해 의가에는 활력이 넘쳤
다. 이 문구 또한 큰 홍보 수단이 될 거라며 그가 적어준 것이
었다.

"도련님이 그 유명한 천선신의 본인이셨다니. 천선신의라,
호호호! 이 정도면 당분간 배곯을 일은 없겠는데?"

장완은 행복한 눈으로 의가 안을 바라보았다. 마당에는 발
디딜 틈도 없을 만큼 환자들로 가득했다. 이렇게 환자가 많은
적이 언제였던가? 오 년도 더 된 일이라 기억이 가물가물 했
다.

"장 총관님!"

그때, 의방 쪽에서 그를 부르는 소리가 들려왔다.

"이크, 나도 이러고 있을 때가 아니지. 얼른 들어가 도와야
겠어."

장완은 그제야 정신이 들었는지 빠른 걸음으로 화급히 움직
였다.

        *   *   *

청수의가의 병실 안.

그곳은 열가로 가득했고, 등을 보이고 엎드려 있는 환자는 땀을 비 오듯 흘리고 있었다.

"후우……."

주진평의 숨결에도 뜨거운 기운이 느껴졌다. 그의 얼굴 역시 땀으로 범벅이 되어 있었다.

스윽.

환자의 등 이곳저곳을 누비는 그의 오른손에는 붉은 돌멩이가 쥐어져 있었고, 그 주변으로는 붉은 아지랑이가 피어올랐다.

주진평은 오른손에 쥔 빨간 돌멩이를 천천히 소매에 넣으며 말했다.

"고생하셨습니다. 이제 고뿔은 완쾌되셨습니다."

그에 누워 있던 노파가 눈을 동그랗게 뜨며 몸을 일으켰다.

"저, 정말입니까?"

믿을 수가 없었다. 의원은 사실 자신의 몸에는 직접 손도 대지 않았기 때문이다.

"저, 정말이구려. 허어!"

몸을 움직여 보고 목도 만져 보고 머리에 손도 대보았다. 확실히 완쾌되어 있었다.

멀쩡한 목소리와 날아갈 것 같은 몸이 그것을 증명했다.

'갑자기 몸에 엄청난 열기가 느껴지기는 했지. 하지만 어떤 방법으로?'

노파의 얼굴은 의문으로 가득했다.

그것은 주진평도 느낄 수가 있었다. 하나 방법을 말해줄 이유는 없었다.

"이제 나가셔도 됩니다."

그의 말에 노파는 다급히 말했다.

"저, 저기 신의님. 내가 고뿔 말고도 무릎이 굉장히 좋지 않구려. 이것도 완쾌시켜 주시면 안 되겠소?"

"그러시군요. 하지만……."

주진평은 뒷말을 삼키며 손가락으로 벽을 가리켰다. 벽에는 두 가지의 문구가 붙어 있었다.

고뿔 전문 천선신의.

그리고 그 옆에 있는 또 다른 문구.

다른 진료도 봅니다. 천선신의의 아버지 주청학 의원.

"……"

노파는 말없이 주진평의 얼굴을 보았다. 그녀의 눈에서는 알 수 없는 분노 같은 것이 느껴졌다.

그러나 주진평은 당황하지 않고 웃으며 말했다.

"다른 진료는 저의 아버지께서 훨씬 더 잘 보십니다. 그건 틀림없어요."

노파는 그의 말에도 못 미더운 얼굴을 했지만, 방법이 없었다. 자기들끼리 분명하다고 우기는데 알아낼 방법이 없지 않은가.

주진평은 나가는 노파에게 고개를 숙였다.

"조심해서 돌아가세요."

쾅!

문이 닫히고 그는 바로 바닥에 누웠다.

"헉헉헉!"

그는 온몸으로 계속 땀을 흘리며 괴로워했다. 내뱉는 공기에서는 마치 펄펄 끓는 수증기가 나오듯 굉장한 열기가 느껴졌다.

힘든 기색이 역력한 가운데서도 주진평의 입에는 희미한 미소가 걸려 있었다.

"할머니, 제 말 거짓이 아니니까 한번 믿고 받아보세요. 큭큭! 그나저나, 내가 용케도 아버질 설득했구나?"

저 문구를 달기 위해 자신과 장 총관이 얼마나 고생을 했는지 모른다. 모든 게 다 의가를 위한 일이라며 말이다.

주진평이 장완에게 전해준 문구를 보고 주청학은 절대로 허락지 않겠다며 병실을 찾아왔었다. 하지만 상황이 상황인지라 그도 어쩔 수 없이 항복하고 말았다. 이 호황이 언제까지 이어

질지 모르는 상황, 이름을 알릴 수 있을 때 최대한 알려놓아야
한다는 아들의 말을 수긍한 것이다.

주청학의 실력만큼은 확실했으니 현재는 환자들도 만족스
럽게 진료를 받고 있는 상태였다.

어쨌든 두 사람의 노력으로 청수의가 회생의 첫 날은 대성
황이었다.

그것이 죽을 만큼 힘들어도 주진평의 얼굴에서 미소가 떠나
지 않는 이유였다.

부스럭!

"진평이 안에 있느냐?"

주진평이 한숨 돌리고 있는 그때, 밖에서 말소리가 들렸다.
주청학이었다.

"네, 아버지. 들어오세요."

끼익!

방으로 들어선 주청학은 자리에 앉아 말없이 아들을 바라보
았다. 아들의 얼굴은 초췌했다.

'천선신의라 불린다더니 의술을 행할 때만큼은 진심인 것
같군.'

환자를 대하는 것이 얼마나 힘든 일인지는 자신이 잘 알았
다. 혹여 자신이 실수를 하여 잘못되지는 않을까 손길 한 번에
도 많은 정신력을 쏟아야 하지 않던가.

주청학은 아들의 초췌한 얼굴에서 그 정성을 엿볼 수 있었
다.

'하지만 그렇다고 해서 이 일을 그냥 넘길 수는 없다.'

마음을 굳힌 그는 주진평의 눈을 바라보며 말했다.

"약선 어르신께선 평안히 계시느냐?"

그는 약선곡의 주인, 약선의 안부를 먼저 물었다.

"아우, 아주 평안하시죠. 그분께는 고민도 없잖습니까. 하하!"

"그래? 허허! 이렇게 직접 들으니 마음이 놓이는구나. 이번 기회에 안부 서찰을 한 번 보내야겠어. 네게 이토록 훌륭한 의술도 알려주시고."

"이, 이건 약선 할머니께서도 모르실 겁니다. 제가 만들어낸 비술(秘術)인지라. 하하하!"

꿀꺽!

주진평은 마른침을 삼켰다. 다음 질문부터가 중요하다는 걸 본능적으로 느낀 것이다. 그는 마치 바늘방석에 앉은 것처럼 지금 상황이 불편하기 그지없었다.

주청학은 그런 아들의 마음을 아는지 모르는지 본론으로 들어갔다.

"내 사실 너에게 한 가지 물을 게 있어 이렇게 왔다."

그는 잠시 뜸을 들인 후, 아들의 눈을 똑바로 쳐다보며 말했다.

"정녕 무공을 익히지 않았느냐?"

'역시 이것 때문이었구나!'

주진평은 눈을 질끈 감았다. 낮에 싸우는 걸 직접 봤으니 다시 확인할 것이라 예상은 했었다. 하지만 그때가 이렇게 빨리 찾아올 것이라고는 생각지 못했다.

'물어보신다고 해도 사실대로 말할 수는 없어.'

뻔히 화낼 걸 알기 때문에 될 수 있으면 숨기고 싶었다.

"무공이라뇨. 그럴 리가 있겠습니까? 아시다시피, 전 천형이 있어 무공으로 대성할 수가 없지 않습니까? 그런데도 제가 익혔겠습니까?"

"그렇지. 넌 태어나면서부터 지니는 단전이 기형이기 때문에 무공으론 대성할 수가 없지. 하지만 말이다."

번쩍!

주청학의 눈에서 알 수 없는 기세가 느껴졌다. 그것은 무공을 익히고 있는 주진평도 긴장시킬 만한 혜안(慧眼)이라는 것이었다.

"내가 오늘 본 것들과 너의 평소 기질을 파악했을 때, 넌 분명히 무공을 익힌 것 같단 생각이 드는구나. 내 말이 틀렸느냐?"

"…호, 호신용으로 간단한 동작들 정도는 익히고 있습니다만은……."

"아비의 눈을 장식품으로 생각하느냐?"

'서, 설마 모든 걸 다 알고 물어보시는 건가?'

한 치의 흔들림도 없는 주청학의 눈빛에 주진평은 압도당하고 말았다. 빠져나갈 구멍이 조금도 보이지 않았다.

'후, 역시 속일 수는 없는 것이었나?'

그는 숨기는 걸 포기했다. 어차피 모든 게 다 드러났다면 사실을 고하고 이해를 시키는 게 낫다고 판단했다.

"죄, 죄송합니다. 실은 천형에도 불구하고 익힐 수 있는 무공이 있어 수련했습니다. 하지만 아버지, 이것은 모두 의가를 위해서……."

"의가를 위해서? 그 따위 말은 하지 마라! 넌 그저 너의 욕심 때문에 내 말을 어긴 것이다."

"어찌 말을 그리하십니까!"

"네가 설령 천형을 극복할 수 있는 무공을 배웠다고 치자. 하나 늦은 나이에 이 짧은 시간 동안 익힌다고 해서 얼마나 강해지겠느냐? 내가 미리 말하지 않았더냐. 대성을 하지도 못하고 미련만 가질 바엔 그만두는 것이 좋을 거라고, 그것이 모두 너를 위한 것이라고. 아니 그런 건 둘째 치자. 사람 살리는 의원이 살상을 하겠다니. 그게 무슨!"

모든 것이 확실히 드러나자 주청학은 화가 치밀어 올랐다.

자신의 말을 어기고 무공을 익혔다는 사실 때문이었다.

분명 약선곡으로 떠나는 아들에게 말했었다. 제발 무공 따윈 잊고 의가를 위해 의술을 배워달라고 말이다. 그는 자신의 진정 어린 부탁을 아들이 들어줄 것이라 이 날까지 믿고 있었다. 하지만 막상 드러난 상황은 그의 기대를 무참히 짓밟아 버렸다.

주진평의 속에서도 불만이 싹 트기 시작했다.

"오늘 보고도 못 느끼셨습니까? 힘이란 필요합니다. 그것을 어찌 쓰는지가 중요한 거지요. 전 죄를 지은 놈에게만 힘을 사용할 것입니다."

"힘이란 것은 어설프면 세상의 흐름에 휩쓸리게 되어 있다. 그것은 자신의 의지와 상관이 없어. 그럴 바엔 의술에 치중하란 말이었다. 그게 의가를 위한 내 부탁이었단 말이다!"

주진평은 아버지를 이해할 수가 없었다. 왜 저런 말을 한단 말인가. 오늘 자신의 도움을 받고도 왜 모른단 말인가!

의가를 위해 오 년 동안 절치부심 노력한 자신을 몰라주니 마음이 울컥했다.

"대성하지 못해도, 미련을 가져도 좋습니다! 세상에 휩쓸린다? 그 또한 무슨 상관입니까. 비록 오 년이란 시간이 지났지만 이제라도!"

주진평은 눈물 가득한 눈으로 아버지를 바라보았다.

"가문의 어려움을 모르는 척하지 않아도 되잖습니까."

아들의 절규에 주청학의 눈 밑이 파르르 떨렸다.

'의가의 어려움이 네게 그 정도로 상처를 주었단 말이냐? 그 어린 나이 때부터?'

뭐라고 말을 할 수가 없었다. 의가의 상황이 아들을 이토록 힘들게 하고 있다는 것도 오늘에서야 알게 되었다.

'그래, 내 잘못이구나. 모두 부족한 내 탓이야……. 그저 자기 고집만 세우는 철부지라고 생각했더니. 하지만 그래도 어쩌겠느냐. 난 무공이 싫다.'

울분을 토해낸 주진평도, 그 울분을 받아준 주청학도 아무

런 말이 없었다. 둘 다 그저 고개를 숙이고 자신만의 생각에
빠져 있었다.

그때, 밖에서 기척이 느껴졌다.

"아버님, 저녁 준비가 다 되었습니다. 진평이도 어서 건너
와."

주진평보다 두 살이 많은 누나, 주여설이었다.

주청학은 고개를 들어 아들에게 말했다.

"이 이야기는 다음에 더 하자꾸나. 일단 오늘 열심히 일했으
니 밥을 먹어야지. 그렇지 않아도 허기가 오는구나."

그는 그 말을 끝으로 방을 나갔다.

혼자 남은 주진평은 알 수 없는 표정으로 아버지의 뒷모습
을 바라보고 있었다.

*　　　*　　　*

"진평 형님!"

주진평이 방으로 들어서니 꼬마 한 명이 함박웃음을 지으며
뛰어왔다.

"오, 운휘구나! 이놈, 많이 컸는데? 하하하!"

그는 너무 반가운 듯 꼬마를 꼭 껴안아 주었다.

"형님은. 제 나이가 벌써 열 살이 넘었어요. 오 년 전에 비해
크는 게 당연하죠!"

주운휘(朱雲輝), 주진평에 하나밖에 없는 동생이었다.

"네가 오니 집안에 활기가 도는구나. 정말 잘 돌아왔어."

여인 한 명이 주진평에게 다가오며 말했다.

현숙한 몸가짐에, 한 송이 꽃처럼 아름다운 여인. 그녀가 바로 주진평의 누나 주여설(朱如雪)이었다.

세 사람은 오 년 만에 만난 사람들답게 반가워 어쩔 줄을 몰라 했다.

탁자의 중간에 앉은 주청학은 그런 삼형제를 보며 미소를 지었다. 무공에 대한 것은 주진평과 자신, 두 사람의 일이고 지금은 가족의 일이었다. 그러니 형제들의 우애 있는 모습이 아버지로서 너무 흐뭇할 수밖에 없었다.

"그만하고 이제 자리에 앉아라. 오랜만에 다 같이 밥을 먹어 보자꾸나. 허허허!"

"네, 아버지. 하하하!"

주청학이 웃으며 말하자 세 사람도 같이 웃었다.

달그락! 달그락!

그렇게 시작된 저녁밥을 먹는 시간.

다른 사람들과 다르게 주진평은 밥 먹는 것에 집중하지 못했다.

'반찬이 적어……'

네 명이 먹기에는 반찬의 종류뿐만 아니라 양도 적었다. 다른 가족들도 즐겁게 밥을 먹고는 있었지만 생각 외로 반찬에 손을 뻗진 않았다. 마치 서로 먹으라는 듯 양보를 하는 느낌이었다.

주진평은 다른 식구들의 얼굴을 찬찬히 훑어보았다.

'그러고 보니 다들 여윈 편이구나!'

그는 그제야 알 수 있었다. 가족들의 얼굴에 넉넉한 살집이 전혀 보이지 않는다는 걸 말이다. 많이 먹을 나이인 주운휘까지 살이 없다는 건 가족들이 자의로 적게 먹고 있는 게 아니라는 말이었다. 모두 흑월방에 의해 나빠진 재정 탓일 것이다.

'개자식들!'

그는 갑자기 울화가 치밀었다.

예전부터 없는 살림에도 남들을 도우며 열심히 살아온 가족들이 이런 고통을 겪는 게 너무 가슴이 아팠다. 넉넉하게는 못 살아도 밥만큼은 제대로 먹이고 싶은 것이 주진평의 심정이었다.

하지만 그렇다고 내색을 할 수도 없었다. 자신이 내색하면 다른 가족들이 더욱 슬퍼할 것 같았기 때문이다. 그래도 자신이 돌아왔다고 분명 신경 쓴 밥상일 것이니 말이다.

그때, 밥은 먹지 않고 가족들을 둘러보는 주진평이 이상해 보였는지 주여설이 말했다.

"진평아, 이거 좀 먹어봐. 오늘 오신 환자분이 가지고 온 꿩고기인데 맛이 괜찮아."

스윽!

그녀는 그릇째로 주진평에게 건넸다. 그에 주진평은 웃을 수밖에 없었다. 주운휘의 눈이 꿩고기를 따라 움직이는 게 보였던 것이다.

'큭큭! 정말 미치겠군.'

주진평은 다시 그릇을 들어 주운휘 앞으로 옮겨 놓았다.

"난 약선곡에서 고기라면 물리도록 먹어서 안 좋아해. 운휘 너나 많이 먹어. 쑥쑥 커야지."

"헤헷! 형님, 잘 먹을게요."

주운휘의 젓가락질에 꿩고기는 빠른 속도로 사라져 갔다.

주진평은 그 모습을 보며 미소를 지었다.

'그래도 식구들과 같이 밥을 먹으니 집에 돌아왔단 실감을 하겠구나.'

약선곡에서도 밥을 혼자 먹지는 않았다. 약선 할머니, 두 사부와 함께했다. 하지만 오늘은 피로 이어진 가족들과 함께 하는 밥상이었다. 감정이 같을 수는 없었다.

가족들이 밥 먹는 모습을 행복하게 보던 주여설이 입을 열었다.

"오늘 같은 날 술이 빠지면 안 되죠? 아버님, 한잔하시어요."

그녀는 미리 챙겨 놓은 술병을 탁자로 올렸다. 그에 주청학과 주진평의 얼굴이 살짝 상기되었다. 두 사람은 술을 즐기는 편인 듯했다.

"역시 우리 여설이가 최고구나! 어디 우리 딸한테 한잔 받아 볼까? 허허허!"

"누나, 나도 한잔 줘."

주진평은 침을 꼴깍 삼키며 자신의 차례만 기다리고 있었다.

쪼오옥!

그윽한 주향이 방 안 가득 퍼졌다.

막내를 뺀 나머지 세 사람은 취기가 살짝 오르는지 기분 좋은 얼굴을 했다.

주운휘가 자신은 주지 않아서인지 살짝 토라진 얼굴을 하다가 문득 떠오른 것이 있어 주진평에게 물었다.

"그나저나 형님, 들어보니 의술 실력이 엄청나다면서요? 천선신의의 칭찬이 자자하던데요?"

"그래, 나도 들었다. 가서 노력을 많이 한 모양이구나. 이렇듯 대견한 모습으로 돌아오다니."

주여설과 주운휘는 마치 자신의 일처럼 자랑스러워했다.

주진평은 그에 웃었다.

"엄청나기는 무슨. 그저 흉내만 내는 거지."

천선신의는 그가 약선곡에서 집으로 향하는 길에 의술을 베풀다 우연히 얻은 호칭이었다.

그것을 가족들이 칭찬하니 조금 부끄러웠을까. 말하는 그의 얼굴이 빨갛게 물들고 있었다.

그 일에 대해서는 주청학도 할 말이 없는지 묵묵히 술잔을 기울였다.

주운휘의 물음은 거기서 끝이 아니었다.

"형님, 그런데 무공도 배우셨다면서요? 오늘 흑월방 놈들을 이겼다고 저잣거리에 소문이 쫙 퍼졌던 걸요? 의원이 아니라 거의 깡패 수준이었다고요. 헤헤헤!"

분명히 형을 장난으로 놀리려는 말이었다. 하지만 주진평은 바로 웃을 수가 없었다.

아버지 주청학이 어떤 얼굴을 할지 몰랐기 때문이다.

그의 눈이 슬쩍 아버지를 바라보았다.

'응? 벼, 별 반응이 없으신데?'

의아했다. 분명히 화를 낼 거라 생각했는데 너무 조용하지 않은가.

형이 아무런 말도 하지 않고 눈알만 굴리는 것이 이상했는지 주운휘가 주진평을 불렀다.

"형님, 누구 눈치를 그렇게 보세요?"

"어, 어? 아, 아니다! 하하하! 내가 누구 눈치를 봤다고. 이놈이 이제 조금 컸다고 형님을 놀리기도 하는구나! 응?"

"아하하! 간지러워요!"

두 사람이 장난치는 것을 보던 주여설이 웃으며 주청학에게 말했다.

"가족이 이렇게 다 모이니 너무 좋네요. 이제 행복할 일만 남은 것 같아요. 진평이가 돌아오며 환자들도 많아졌잖아요. 그러니 아버님도 힘내세요."

"그래, 그렇지. 힘내야지……. 여설아, 너도 포기하지 말고 힘내거라. 아버지가 그 일은 해결할 테니."

주청학은 미안한 얼굴로 주여설을 바라보았다. 그에 그녀는 잠시 눈빛이 흔들렸지만 이내 눈부시게 웃었다.

"저 안주 좀 더 내어 올게요."

주여설이 밖으로 나가고 주청학은 어두운 얼굴로 술을 들이켰다.

"응? 누나 어디 갔지?"

술이 비어 혹시 남은 게 더 있나 물으러 나왔던 주진평은 주방에 주여설이 보이지 않자 고개를 갸웃거렸다. 분명 아버지가 안주를 챙기러 간다고 하지 않았던가.

그는 밖으로 나와 이곳저곳을 기웃거렸다. 그러다 의가의 외곽에서 그녀를 찾을 수 있었다.

"누나, 여기 있었네? 혹시 술 더 있……."

말을 하던 그의 얼굴이 기이하게 일그러졌다.

주여설이 울고 있었기 때문이다. 그녀의 눈에 고인 것은 눈물이 분명했다.

"뭐야? 무슨 일이야? 왜 울어?"

주진평은 얼른 그녀의 곁으로 다가갔다.

"어? 지, 진평이 왔니? 왜?"

주여설은 당황한 듯 얼른 눈물을 닦았다. 그리고 급히 미소를 지으며 동생을 바라보았다.

"왜? 술이 더 필요해?"

누나의 물음에도 주진평은 입을 열지 않았다. 그저 뚫어져라 그녀만 바라보고 있었다.

그것이 당황스러웠을까.

"왜? 내 얼굴에 뭐라도 묻었어?"

손으로 얼굴을 슥슥 닦았다. 마치 눈물자국을 지우려는 듯이 말이다.

누나의 얼굴을 찬찬히 살피던 주진평이 그제야 입을 열었다.

"왜 울었어? 변명하려 하지 마. 아무리 오랜만에 봤어도 누나 감정 정도는 알 수 있어. 사실대로 말해."

어릴 때부터 의가를 떠나기 전까지, 십오 년을 같이 지내온 누나 주여설이었다. 기뻐서 우는지 슬퍼서 우는지 정도는 바로 알 수 있었다.

주르륵!

갑자기 주여설의 눈에서 눈물이 하염없이 흘렀다. 동생의 다그침에 감정이 북받쳐 올랐다. 이 좋은 날, 눈물을 흘려야 하는 상황이 밉기도 했다.

"오, 오늘 우리 가족, 참 행복해보여서 좋아. 나도 그 행복을 곁에서 끝까지 보고 싶은데 그게 힘들 것 같아서……."

"바보야? 당연히 같이 보는 거잖아. 도대체 왜 그래?"

"흑흑흑! 진평아……."

주여설은 끝까지 말을 잇지 못했다. 그 모습에서 심상치 않음을 느낀 주진평은 기어코 사정을 들을 수 있는 한 사람을 떠올렸다.

"아버지!"

콰앙!

문이 부서질 듯 흔들렸다.

방에 있던 주청학과 주운휘는 놀라 눈을 동그랗게 떴다. 문을 열고 들어온 사람은 주진평이었다.

"아, 형님! 놀랐잖아요. 갑자기 왜 그러세요?"

주운휘는 이해할 수 없다는 듯 물었다. 주진평의 얼굴이 흥분한 것처럼 붉게 물들어 있었기 때문이다.

주진평은 동생의 말에는 대답하지 않고 바로 주청학에게 얼굴을 들이댔다.

"아버지, 말씀해 주세요. 누나한테 무슨 일이 있는 거죠?"

아들의 질문이 의외였을까. 주청학의 눈이 잠시 흔들렸지만 그는 이내 침착하게 말했다.

"그런 것 없다. 뭘 보고 그러는지는 몰라도 흥분을 가라앉히고 일단 앉아라."

"말씀해 주세요! 누나가, 누나가 괜히 저렇게 울 리가 없잖아요!"

"……! 여… 설이가 울고 있더냐?"

"네, 행복한 우리 가족 모습 끝까지 보고 싶다면서요. 도대체 이게 무슨 말도 안 되는 소리예요? 당연한 걸로 왜 저렇게 우냐고요!"

주진평은 눈까지 붉게 변해 주청학을 압박했다. 오죽했으면 아버지인 그도 오싹한 느낌이 들 정도였다.

“일단 진정하라고 말했다.”

“이 상황에서 진정이 됩니까?”

“네가 흥분한다고 해결되는 일이 아니다. 때가 되면 내가 다 알려줄 터이니 넌 기다리거라.”

주청학은 단호한 음성으로 아들을 말렸다. 주진평은 여전히 흥분을 감추지 못했지만 방법이 없었다. 무슨 일인지를 알아야 어떻게 할 게 아닌가.

그때, 의외의 사람이 끼어들었다.

바로 주운휘였다.

“아버지, 왜 형님께 말 안 해주세요? 형님이 오늘 흑월방 놈들을 이겼다면서요. 그럼 쉽게 해결할 수 있을지도 모르잖아요.”

“운휘는 그 입 다물어라!”

“싫어요. 말할래요.”

주운휘는 눈물 가득한 눈으로 형을 바라보았다. 그 눈엔 제발 해결해 주길 바라는 간절한 마음이 담겨 있었다. 지금까지는 힘들어하는 아버지를 위해, 좋은 분위기를 망치지 않기 위해 말하고 싶은 걸 참고 참았으리라.

“형님, 흑월방 놈들이 삼 일 뒤까지 빌린 돈을 갚지 않으면 누나를 내어놓으랬어요. 돈 대신 누나를 달랬다고요!”

“뭐… 어?”

너무 충격적인 말을 들어서일까. 주진평은 입을 다물지 못했다.

"내어놓으라고? 누나를?"

몸이 부들부들 떨렸다. 너무 화가 나 숨을 쉴 수가 없었다.

세상에, 말이 되는가? 돈 대신 사람을 달라니.

주진평은 이를 악문 채 말했다.

"누나는… 물건이 아닙니다. 돈 따위와는 바꿀 수도 없는 소중한 존재입니다. 그런데 그놈들이 그런 말을 했다고요?!"

콰당!

문이 거칠게 열렸다.

밖으로 나온 주진평은 뒤도 한 번 돌아보지 않고 대문을 향해 뛰어갔다.

될 수 있으면 부딪치지 않기 위해 아버지의 시선이 닿는 곳에서는 무공을 사용하지 않으려 했다. 하지만 이건 아니었다.

끓어오르는 분노를 참을 수가 없었다.

"진평아, 안 된다!"

그런 아들의 마음을 미리 알았을까. 급히 뒤따라 나온 주청학이 주진평의 발걸음을 붙들었다.

대문 앞에 서 잠시 말이 없던 주진평은 고개도 돌리지 않고 입을 열었다.

"이런 상황에서도 저를 막으실 생각입니까?"

"당연하다. 난 네가 사람을 상하게 하지 않았으면 하는구나."

"또 그놈의 의원이란 핑계 때문입니까?"

주청학은 대답을 하지 않았다.

그것을 수긍의 뜻으로 이해한 주진평의 입꼬리가 올라갔다.

그러자 그의 표정은 처연하기 이를 데가 없었다.

"제가 이곳에 돌아오며 다짐한 것이 있습니다. 가족을 건드리는 놈들은 결코 용서치 않겠다는 것이었죠."

잠시 밤하늘을 올려다보며 자신의 다짐을 곱씹던 그가 고개를 돌렸다.

"그 다짐을 이행하는 데 방해가 된다면!"

더없이 강렬하게 빛나는 눈은 자신의 아버지를 바라보고 있었다.

"의원 안 합니다. 전 앞으로 무인입니다!"

"……!"

주청학이 깜짝 놀란 눈을 했다. 아들의 눈에서 일반인으로서는 감당하기 힘든 살기와 기세가 일었기 때문이다.

파앗!

주진평이 바닥을 박차자마자 대문 밖으로 사라졌다. 너무 순식간에 일어난 일이라 주청학은 당황했지만 이 말만은 해야 했다.

"혹 잘못되면, 일이 더 커질 수도 있음이다! 정녕 내 뜻을 모르겠단 말이냐!"

어차피 말미를 얻어놓은 일이었다. 그 안에 노력을 하면 잘 풀릴 수도 있었다. 하나 지금 쳐들어가 일이 잘못된다면 걷잡을 수 없는 일이 벌어질 가능성이 있었다.

벌집을 건드리는 결과가 될 수도 있다는 말이었다.

뒤에서 주청학이 소리치는 게 들렸지만 주진평은 이를 힘주어 무는 것으로 대답을 대신했다.

'아버지, 제가 말씀드렸죠. 이제 집안일에 모른 척하지 않아도 된다고요. 그 말의 의미 확실히 알려 드리겠습니다!'

타탓!

주진평은 시위에서 놓아진 화살처럼 거침없이 달리고 달렸다.

그는 단걸음에 커다란 장원의 문앞에 도착했다.

이곳이 바로 흑월방이었다.

어느새 털보 장한, 그리고 흑월방 무리를 쥐어팼던 그 짱돌을 손에 쥔 그는 굳게 닫힌 정문을 노려보았다. 주먹에 힘을 주자 터질 듯 힘줄이 돋았다.

"이야압!"

쐐애액!

몸까지 비틀며 혼신의 힘을 다해 오른 주먹을 내뻗자 그의 주먹 주위로 미세한 기운이 일었다. 미약하지만 단전에 있는 내공을 쏟아낸 것이었다.

콰앙!

주먹에 맞은 대문은 순식간에 뒤로 넘어갔다.

먼지가 풀풀 날리는 대문 안, 그는 주저하지 않고 흑월방 안으로 뛰어들었다.

"뭐, 뭐야?"

연무장에 앉아 놀란 눈을 하고 있는 흑월방도들.
주진평은 그들을 바라보며 낮게 으르렁거렸다.
"너희 개새끼들, 오늘 다 죽었어!"

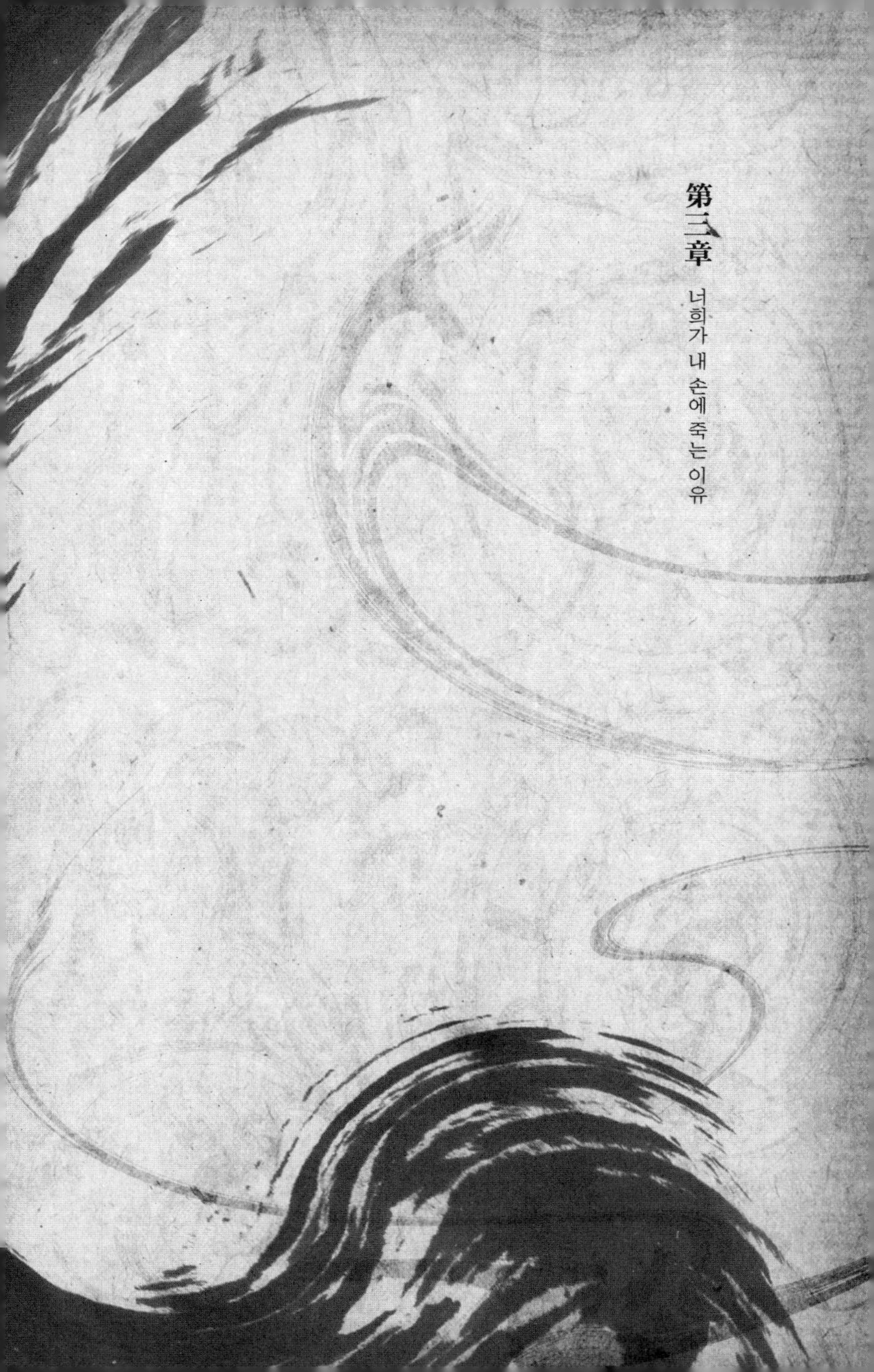

第三章
너희가 내 손에 죽는 이유

"씨발, 깜짝이야. 이 새끼는 뭐야?"

"야, 어떤 놈이 또 대문 제대로 안 걸었냐! 저 문은 심심하면 저렇게 넘어가니. 나 원."

흑월방도들은 놀란 가슴을 진정시키며 소리쳤다. 한창 전투 준비를 하느라 집중하고 있는데 소란이 이니 안 놀랄 수가 없었다.

흑월방의 연무장은 사람들로 가득했다. 그들은 전부 무기를 하나씩 꼬나들고 횃불 아래서 손질을 하고 있었다. 모양새가 금방이라도 어디로 뛰어나갈 것 같았다.

저벅저벅.

분명 험악한 분위기임에도 불구하고 주진평은 당당히 걸어

들어갔다. 마치 흑월방도 따위는 안중에도 없다는 것처럼 보였다.

그것이 적들의 심기를 건드렸을까.

"허! 저놈의 꼬맹이가 정신줄을 놓았나. 여기가 어디라고 제 집 마당처럼 들어와?"

"혹시 너도 들었냐? 금방 저놈이 개새끼가 어쩌고 하는 것 같던데? 요즘 내 귀가 이상하나?"

그들은 도끼눈을 뜨고 주진평을 노려보았다. 하지만 그렇다고 경각심을 가지는 것은 아닌 듯했다.

흑월방도 중 한 명이 소리쳤다.

"어이, 신입! 조금 모자란 놈인 듯 보이니 조용히 타일러 보내라."

그 소리에 자리에서 일어나는 한 사람, 덩치가 주진평의 두 배는 되어 보이는 자였다.

흑도 특유의 험상궂은 표정을 지은 그는 손을 이리저리 꺾었다.

뚜두둑!

관절 꺾이는 소리가 험악하게 울려 퍼졌다. 신입은 그것이 만족스러운지 입꼬리를 한 번 말아올리고는 주진평을 향해 뛰어갔다.

"날 원망하지는 마라. 하려거든 정신을 놓고 움직인 그 다리를 원망하거라!"

후웅!

그는 주먹을 힘차게 휘둘렀다. 체중을 실어서 그런지 대기를 가르는 소리가 심상치 않았다.

'이것으로 흑월방의 일원으로서 주먹을 개시(開始)하는……'

빠악!

신입의 생각은 거기서 더 이어지지 않았다.

콰앙!

그는 이마가 깨진 채, 달려온 속도보다 더 빠르게 벽에 처박혀 버렸다.

"넌 가서 너희 두목이나 불러와."

뚝! 뚝!

주진평은 피로 붉게 물든 짱돌을 쥐고 적에게 말했다. 하지만 머리가 터진 신입은 그 명령을 수행할 수가 없었다. 혹시 살아 있다고 해도 삭주에서는 망나니짓을 하지 못할 것이다. 청수의가에 있는 제대로 된 주먹의 무서움을 알았으니 말이다.

그렇게 흑월방 신입의 첫 싸움은 짧게 끝을 맺고 말았다.

흑월방도들은 전원 깜짝 놀라 자리에서 일어났다.

"신입! 저, 저 새끼 뭐야?"

적이 주먹을 휘두르는 걸 제대로 보지도 못했다. 그건 보통 상대가 아니라는 말이었다.

그들이 그렇게 정신을 못 차릴 때, 뒤편에서 큰 외침이 들렸다.

“야, 이 병신들아! 저 새끼가 청수의가 그놈이다. 얕보지 말
고 다 같이 덤벼!”

잠시 누워 쉬느라 늦게 연무장으로 나오던 호대철은 기둥
뒤에 몸을 숨긴 채 소릴 질렀다.

끔찍했던 낮의 흔적이 아직 자신의 몸에 고스란히 남아 있
었다. 그 공포를 잊지 못한 그는 지금 앞으로 나설 용기가 없
었다. 자신이 안전하다고 생각한 곳에 다다르고서야 부하들에
게 적의 정체를 알려주는 것이었다.

하지만 그런 그의 노력을 이해해 주지 못하는 사람이 있었
다.

“호대철!”

주진평은 호대철을 보자마자 이부터 갈았다. 누나에 대한
일을 모르고 낮에 그냥 놓아줬다는 사실에 더욱 화가 났다. 그
는 방향을 정하고 뛰기 시작했다.

호대철의 말을 들은 흑월방도들은 눈빛을 달리 했다.

“안 그래도 조금 있으면 찾아가서 죽여줄 생각이었는데, 이
렇게 미리 찾아와? 저 새끼한테 흑월방의 무서움을 알려주자!”

“필요없어! 그냥 목을 따버려!”

그들은 지체없이 몸을 날려 주진평의 앞길을 막았다. 각자
무기를 꺼내 달려드는 모습이 벌 떼와 다르지 않았다.

하지만 주진평의 시선은 호대철에게 고정되어 있었다. 그에
게 지금 달려드는 적들은 방해물에 불과했다.

쐐액!

분노를 담은 주먹이 제일 먼저 다가온 적에게 날아갔다.

시퍼렇게 날이 선 도를 쥔 흑월방도는 비웃음을 터뜨렸다.

"고작 돌멩이로 도에 맞서? 그냥 뒈져라!"

쉬익!

적을 반으로 갈라 버릴 듯한 기세로 휘둘러진 도.

하나 흑월방도는 짱돌의 무서움을 몰랐다.

쾅!

돌멩이와 부딪친 도는 허공으로 솟아올랐다. 그리고 무기를 잃은 그는 짱돌의 단단함을 머리로 확인해야 했다.

퍼억!

"크아아악!"

전혀 예상치 못한 강렬함이었는지 그는 눈을 까뒤집고 바닥에 쓰러졌다.

"그게 아파? 난 아직 시작도 안 했는데?"

주진평은 잔인한 미소를 베어 물고 있었다.

화가 머리끝까지 치솟으면 오히려 냉소(冷笑)를 터뜨리는 자들이 있다. 그는 바로 그런 부류에 속하는 인간이었다.

적들은 자신이 누군지 알고 있었다. 그리고 분명 청수의가에 무슨 짓을 한지도 알 것이다. 그렇다면 머리를 숙였어야 했다. 잘못했다고 사죄를 해야 했다. 이렇게 죽자고 덤빌 게 아니란 말이다.

적들의 안하무인 같은 행동이 너무 화가 나 주진평은 웃음밖에 나오지 않았다.

탓!

바닥을 박차고 앞으로 튀어나갔다.

그때부터 주진평의 진정한 분노가 쏟아졌다.

콰앙! 퍽!

"크아악!"

검을 들든 도를 들든 상관이 없었다. 적들은 그의 앞을 막는 족족 피가 터지고 뼈가 부러졌다.

맨주먹인 왼손에 맞으면 맞은 부위를 붙잡고 바닥에 뒹굴었고, 재수없게도 짱돌이 들린 오른손에 맞으면 생사불명이 되었다. 마치 바람이 움직이듯, 강물이 움직이듯 거침이 없었다.

정신없이 움직이는 주진평도 초인은 아닌지 이마에 땀방울이 맺혔다. 하지만 그의 입은 웃고 있었다.

그 모습이 흑월방도들에겐 점점 공포로 다가왔다.

"마, 막아! 병신들아, 물러서지 말고 덤벼 없애라고!"

호대철은 하얗게 질린 얼굴로 부하들을 다그쳤다. 그러나 자신의 앞을 막고 있는 부하들은 속절없이 쓰러져 갔다. 상대가 되지 않았다.

제대로 된 무공도 아닌, 고작 덩치만 믿고 까부는 삼류무인으로는 주진평을 막을 방도가 없었다.

"빌어먹을!"

연신 욕지거리를 뱉던 호대철은 주변을 살폈다. 그리고 조심스럽게 발걸음을 옮겼다.

'방주가 있는 곳으로 가야 한다. 그래야 내가 살 수 있어.'

그는 아수라장으로 변한 연무장을 가로질러 대전으로 향했
다. 그곳은 방주를 비롯해 흑월방의 수뇌부들이 있는 장소. 지
금으로서는 가장 안전한 장소였다.

다다다닥!

주진평이 아직 부하들을 상대하는 걸 확인한 그는 미친 듯
뛰었다. 어느새 다다른 대전 앞, 호대철은 안도의 한숨을 내쉬
었다.

"새끼, 지금은 마음껏 설쳐라. 하지만 그 시간이 오래가지는
않을 것이다. 크크크! 다른 건 몰라도 마무리는 내가 확실히
지어……."

"너 지금 혼자 뭐라고 씨부리냐?"

"으헉!"

옆에서 갑자기 들려온 소리에 호대철은 기겁했다. 아직 대
전 안으로 들기 전, 밖에는 아무도 없었기 때문에 자신에게 말
을 걸 사람은 없었다.

하지만 아니었다. 충분히 말을 걸 수 있는 사람이 있었다.

호대철은 옆을 돌아보고는 입을 다물지 못했다.

부하들을 상대하고 있어야 할 주진평이 거기 서 있었던 것
이다.

"왜? 내가 널 놓칠 거라 생각했나?"

주진평은 드디어 호대철에게 다다른 것이 기쁜지 웃고 있었
다. 다가가는 걸음은 상대가 최대한 공포를 느끼게 아주 천천
히 움직였다.

“으으…….”

겁에 잔뜩 질린 호대철은 고개를 돌려 연무장 쪽을 바라보았다. 그곳에는 서 있는 사람이 없었다. 부하들은 모두 바닥에 쓰러져 있었다.

눈앞이 캄캄한 상황, 정말 죽을지도 모른다는 생각이 그를 극단적인 선택으로 내몰았다.

털썩!

무릎을 꿇고 고개를 조아렸다. 눈에서는 굵은 물방울들이 떨어져 내렸다. 마치 자신의 진심을 알아달라고 하는 것 같았다.

“잘못했다! 내가 잘못했어. 너희 의가에 한 짓 모두를 진심으로 사과할게. 그러니, 그러니 제발 목숨만은!”

퍼억!

‘아…….’

말을 마저 잇지도 못하고 호대철의 정신은 흐려져 갔다. 그는 바닥에 누워 붉게 변하는 시야로 상대를 찾았다.

주진평은 언제 웃고 있었냐는 듯 싸늘한 눈을 하고 말했다.

“입 함부로 놀리지 마.”

가족 모두는 오 년 전부터 오늘 일이 있기까지 오랜 시간을 고통에 휩싸여 살았다. 그런데 고작 저 한마디로 용서를 받으려 하다니.

더군다나 이곳에 와서 들은 말만 하더라도 지금 보인 모습이 진심이 아니라는 것은 확실히 알 수 있었다.

그는 호대철의 가슴에 올라타 짱돌을 휘둘렀다.

퍼억! 퍼억!

마치 한을 담은 듯, 그의 휘두름 한 번 한 번에는 정성이 담겨 있었다. 소리 또한 무겁기 그지없었다.

잠시 후, 영원히 멈추지 않을 것 같던 타격음이 멈췄다. 축 처진 호대철을 바라보며 주진평은 자리에서 일어났다. 그리고 한 곳으로 고개를 돌렸다.

순간, 그는 사라지고 없었다.

"큭큭큭! 병신, 혼자 살려고 발버둥을 치더니 결국 저렇게 가는구나! 큭큭큭!"

흑월방 건물의 한 모퉁이 횃불 아래.

그곳에는 미친 듯 웃어대는 사람이 있었다. 바로 칠복이었다. 그는 호대철이 움직일 때, 슬그머니 뒤따라 움직였다. 아무래도 그게 자신이 이 상황에서 살아남는 데 더 큰 도움이 될 것 같아서였다.

같이 가자고 하면 분명히 내칠 것 같아 몰래 뒤를 쫓았는데 호대철이 덜컥 주진평에게 걸리고 말았다. 자신은 떨어져 있어서 화를 피했고 말이다.

퍼억!

소리가 들릴 때마다 십년 묵은 체증이 내려가는 것 같았다. 낮에 죽도록 맞은 게 있어 그런지 그 기분은 극에 달했다.

칠복의 입에서는 웃음소리가 끊이지 않았다.

"그러니까 평소에 마음을 곱게 써야 한다는 거다. 큭큭큭!
누가 알겠냐? 길가다가 눈 먼 돌에 맞을지 말이⋯⋯."

퍼억!

그는 배를 잡고 웃는 도중, 갑자기 짚단 쓰러지듯 바닥에 드
러누웠다. 정신을 잃었는지 눈동자가 허옇게 뒤집혀 있었다.

"넌 혼자 뭘 쪼개고 있어. 내가 기억 못할 것 같아?"

쓰러진 칠복의 옆에 별안간 나타난 주진평은 차갑게 말을
뱉었다. 이어 피로 범벅이 된 짱돌을 멈추지 않고 휘둘렀다.

퍼억!

칠복의 몸이 쉴 새 없이 흔들렸다.

주진평은 기억하고 있었다. 칠복이 아버지 주청학을 괴롭혔
다는 걸 말이다.

"내가 다짐했다고 했지? 우리 가족 건드린 놈들 가만두지
않겠다고."

이 말을 칠복이 직접 들었다면 자신은 금시초문이라며 난리
쳤을지 모르지만 다짐을 이행하는 주진평에게는 처리해야 될
적 중 한 명일 뿐이었다.

칠복 또한 몸을 축 늘어뜨리자 주진평은 자리에서 일어났
다. 그는 대전을 향해 걸어갔다.

의가에서 벌어진 모든 일을 지시한 방주를 만나기 위해.

*　　*　　*

타다닷!

"진평이 이놈아, 제발 무사해야 한다!"

주청학은 땀을 뻘뻘 흘리며 거리를 뛰고 있었다. 그가 향하는 곳은 흑월방, 바로 아들이 분노에 차 뛰어간 곳이었다.

'그 녀석이 무공을 배웠다고 해봤자 얼마나 배웠겠어? 흑월방에 있는 모든 이들을 이길 수는 없는 노릇이야.'

주진평에 대한 평가는 딱 그 정도였다. 아들의 실력을 정확히 알지 못하니 주청학으로서는 불안함이 클 수밖에 없었다.

"헉헉! 응?"

뛰고 뛰어 겨우 흑월방 근처에 도달한 그는 눈을 동그랗게 떴다. 이어 믿을 수가 없는지 손으로 눈을 비볐다.

'어떻게 된 거야? 왜 문이 멀쩡하게 닫혀 있지?'

화가 난 아들이 이곳으로 찾아왔다면 문이 저렇게 닫혀 있을 리가 없었다. 적어도 열려 있어야 했다. 하다못해 소란이라도 일었다면 정문 근처에 조금 분주한 낌새가 있어야 하지 않을까?

하지만 평화로웠다, 마치 아무 일도 없었다는 듯이.

'혹시 그 녀석 이곳으로 온 게 아니었나?'

헷갈렸다. 도대체 어떻게 된 건지 판단할 수가 없었다.

그렇다고 그냥 돌아갈 수도 없는 노릇이었다. 혹시 모르지 않는가. 벌써 잡혀 안에서 문초를 받고 있을지도.

그는 일단 흑월방 정문을 향해 걸어갔다.

처음에 본 대로 정문 근처엔 소란의 흔적이 보이지 않았다.

꿀꺽!

마른 침을 삼킨 주청학은 이어 정문에 손을 가져다댔다. 그가 막 힘을 줘 열려는 찰나,

“누구? 여긴 무슨 일로 찾아왔소?”

정문 옆으로 쭉 이어진 담, 그 방향의 어둠 속에서 한 사내가 이마에 흐르는 땀을 닦으며 걸어왔다.

그는 흑월방도들이 입는 의복을 입고서 주청학을 노려보았다.

“뭐야, 벙어리야? 왜 말이 없어?”

사내의 갑작스런 등장에 놀라 있던 주청학은 그제야 정신을 차렸다.

“아, 미안하오. 내 잠시 딴 생각을 하느라……. 뭐 하나만 물어봅시다. 혹, 금방 이곳에 찾아온 청년이 있지 않았소?”

주청학의 질문에 사내는 인상을 찌푸렸다.

“청년이 찾아와? 어느 정신 나간 놈이 죽고 싶어 이 시간에 여길 와? 내가 이곳에 서 있는 한 시진 동안 그런 놈은 없었으니 이상한 소리 하지 말고 저리 가쇼!”

사내는 다짜고짜 협박부터 하고 있었다.

주청학은 잠시 사내를 보다 고개를 끄덕이며 발걸음을 옮겼다.

사내 역시 걸어가는 주청학의 뒷모습을 물끄러미 보다가 지나가는 투로 물었다.

“그 청년이랑은 무슨 관계인데 이렇게 헐레벌떡 뛰어온 거

요? 혹시 오면 찾더라고 전해주지.”

그에 주청학은 웃으며 답했다.

“허허! 나도 모르는 사이라오. 지나가는 길에 워낙 다급하게 움직이던 청년이 있어 무슨 일인지 궁금해 뒤쫓아 온 것뿐이라오.”

그는 그 말을 끝으로 몸을 돌려 어둠 속으로 사라졌다. 그러나 그는 멀리 떨어지지 않고 모퉁이를 돌자마자 잽싸게 벽에 몸을 붙였다.

흑월방이 겨우 보이는 곳, 건물 담에 붙어 고개를 내밀고 있는 주청학은 의심 가득한 눈초리로 정문을 살폈다. 금방 만난 사내가 이상했기 때문이다.

'땀을 흘려? 이 추운 날씨에 한 시진이나 밖에 서 있었다는 사람이?'

공기만 들이마셔도 목이 시린 겨울, 웬만큼 움직이지 않고선 땀을 내기 힘들었다. 더군다나 표정을 숨기려 다짜고짜 화를 냈지만 당황하는 기색을 분명히 느꼈다.

그런 자가 아들과 자신의 관계에 대해 묻는데 바른대로 대답해 줄 바보가 어디 있겠는가?

'도대체 안에서 무슨 일이 일어나고 있는 거지? 진평이는 무사한 건가? 아니, 여기 오긴 왔고?'

주청학은 많은 궁금증에 애가 탔지만 섣불리 움직이진 않았다. 자신의 입으로 아들을 말리지 않았던가, 침착하라고.

그는 자신이 한 말을 지키기 위해 온 신경을 눈에 집중시킨

채 정문에서 계속 주변을 두리번거리는 사내를 뚫어져라 살폈
다.

*　　　*　　　*

끼이익!

날카로운 소리를 내며 흑월방 대전의 문이 열렸다. 하지만
그 소리를 제대로 들은 사람은 주진평밖에 없었다.

"이 빌어먹을 새끼들이!"

입에서 욕부터 나왔다.

밖에서 그 소란이 일어도 나오는 사람이 한 명도 없어 이상
하다 생각했더니 이 난리를 벌이고 있을 줄이야.

띵띠디딩!

대전 안은 악기 소리로 가득했고 술에 취한 수뇌부들은 그
소리에 맞춰 여인들과 뒤엉켜 있었다.

이 음란한 행태를 보니 주체할 수 없는 분노가 끓어올랐다.

누군 밥 먹다 말고 울어야 할 정도로 슬픔에 빠져 있는데 그
슬픔을 준 놈들은 이 따위 쾌락에 젖어 희희낙락하고 있다니.

부들부들!

주진평의 몸은 쉼없이 떨리고 있었다.

때마침 그것을 본 가장 가까이에 있던 수뇌부 중 한 명이 입
을 열었다.

"이 새끼야, 왜 네가 몸을 떨어? 기분 잡치게, 쯧! 그런데 너

누구냐? 처음 보는 얼굴인데.”

“주둥이 다물어.”

“뭐라?”

싸늘한 주진평의 말에 현 행동대장이자 앞으로 흑월방 첫 번째 장로가 될 육주연(陸洲連)은 발끈해 자리에서 일어섰다.

“이 새끼가 간이 배 밖으로 나왔나. 감히 내가 누군 줄 알고!”

퍼억!

갑자기 대전 안에 혈향(血香)이 피어올랐다. 육주연의 말은 더 이상 이어지지 못했다.

쿠웅!

머리를 잃은 그의 몸뚱이는 잠시 비틀거리더니 그대로 바닥에 쓰러졌다. 피는 사방으로 튀어 대전 안의 분위기를 삽시간에 바꾸어 놓았다.

아수라장으로 변한 것이다.

“꺄아아악!”

흑월방 수뇌부와 같이 술에 취해 있던 여인들과 악사들은 그제야 정신이 드는지 연신 비명을 질러댔다.

“씨발, 이년이 시끄럽게 왜 이렇게 소릴 질러!”

촤악!

고함 소리와 함께 또 한 번의 피가 터져 나왔다. 이번에는 대전의 가장 상단에서였다.

그곳에는 수북한 턱수염에 날카로운 눈매를 가진 덩치가

피 묻은 도를 혀로 핥고 있었다. 바로 그가 흑월방의 방주 왕대문(王大門)이었다.

그의 발치에는 목에서 피를 철철 흘리는 여인이 피눈물을 쏟으며 죽어가고 있었다. 시중드는 사람을 잘못 선택해 목숨을 잃는 불쌍한 여인이었다.

주진평의 눈빛이 좀 더 가라앉았다.

저벅저벅!

그는 대전의 중앙을 지나 상단을 향해 걸어갔다.

그 사이, 여인들과 악사들은 비명을 지르며 대전을 빠져나갔다.

"웬놈이냐?"

왕대문이 걸어오는 주진평을 향해 물었다. 수뇌부는 분위기가 심상치 않음을 느꼈는지 어느새 방주의 근처로 모여 있었다.

주진평은 그런 그들을 보며 웃었다.

"그렇게 하면 살 수 있을 것 같나 보지?"

"난 네놈이 누구냐고 물었다."

도를 자신에게 겨누며 살벌한 분위기를 띠는 왕대문에게 주진평은 싸늘한 미소로 답했다.

"지옥에 가거든 호대철한테 물어봐."

파악!

그리고는 바닥을 박차고 적들을 향해 튀어나갔다.

“뭐? 대철이?”

왕대문은 고개를 갸웃거렸다. 여기서 호대철의 이름이 왜 나올까. 그는 자신의 명을 받고 청수의가를 치기 위해 밖에서 전투 준비 중이지 않던가. 하지만 길게 생각할 여유는 없었다.

그 사이, 적이 자신들의 바로 앞에 나타났기 때문이다.

“처리해라!”

방주의 명령에 일곱 명의 수뇌부가 일사분란하게 움직였다. 왕대문 또한 도를 힘주어 잡으며 주진평을 향해 뛰어나갔다.

팔 대 일의 대결, 흑월방도들의 짜임새있는 공격에 주진평은 일견 상대가 되지 않을 듯 보였다.

하지만 그건 주진평을 몰라서 그런 것이다.

사방에서 달려드는 적들을 보며 그는 진각을 강하게 밟았다.

쿠웅!

사방으로 퍼져 나가는 쩌릿쩌릿한 기파!

그리고 갑자기 터져 나오는 엄청난 열기!

“……!”

왕대문을 포함한 흑월방도들은 눈을 부릅떠야 했다. 그들로서는 상상도 하지 못한 광경을 목격했기 때문이다.

고오오오!

눈앞에는 붉은 화염에 휩싸인 주진평이 서 있었다.

그의 오른손에서는 엄청난 열기로 인해 붉은 아지랑이가 피어올랐다. 마치 화룡이 승천하듯 열기가 감싼 그의 손에는 활

활 타오르는 붉은 돌이 들려 있었다.

그 돌의 이름은 흡력석(吸力石), 세상에 존재하는 그 어떤 기운도 담을 수 있는 돌이라고 두 사부는 말했었다.

주진평은 붉은 기운이 일렁이는 눈으로 적을 바라보았다.

“우리 가족을 건드린 죗값, 지금부터 받겠다.”

팍!

갑자기 자리에서 사라졌다. 그는 어느새 오른쪽에 있는 적의 전면에 있었다.

화아악!

주먹을 휘두르자 대기가 타들어가며 수증기를 뿜어댔다. 속도도 호대철 등을 상대할 때와는 비할 바가 아니었다. 주진평은 화룡노호(火龍怒號)라 불리는 진신무공을 드디어 세상에 드러냈다.

그 첫 상대인 흑월방 부방주는 자신에게 날아오는 공격에 겁을 먹고 급히 검을 들어 올렸다. 막기 위해서였다.

콰앙!

하지만 그로서는 주진평의 분노를 받기에 역부족이었다.

퍼억!

그의 심장은 검과 함께 부서져 버렸다.

나머지 사람들의 얼굴에 공포가 어렸다. 삼류 흑도방파인 이들이 언제 이런 광경을 보았을까. 제대로 된 힘 앞에서 그들은 무력할 수밖에 없었다.

“사, 살려주세요!”

옆에 있는 동료들의 몸이 연달아 터져 나가자 공포를 견디지 못한 수뇌부 한 명이 무릎을 꿇었다.

그러나 주진평은 그에게 시선 한 번 주지 않았다.

퍼억!

쿠웅!

차가운 바닥에 몸을 누이는 적을 등진 채 주진평은 조용히 중얼거렸다.

"너희는 언제 남의 말에 귀 기울인 적이 있었나?"

퍼억!

"봐달라고 하면 진심으로 봐준 적이 있었나? 뒤통수치지 않고?"

퍼억!

그렇게 한 명, 한 명, 적들은 죽어가면서도 그에 대한 대답을 하지 못했다. 그저 죽는 순간까지 살려달라는 말만 했다.

"생각해 봐. 없지?"

이제는 대답할 수 있는 사람이 한 사람밖에 남지 않았다. 짧은 순간에 모두 죽고 남아 있는 사람은 방주 왕대문뿐이었다.

주진평은 대답도 못한 채 바짝 얼어 있는 그를 노려보며 말했다.

"그러니 너희 모두는 오늘 나한테, 죽어도 할 말이 없을 거다."

그 말을 들은 왕대문의 온몸이 땀으로 흥건하게 젖어갔다. 눈은 갈피를 못 잡고 정신없이 흔들렸다. 자신이 도대체 왜 이런 위기를 겪고 있는지 알지도 못하는 눈치였다.

휘익!

주진평의 오른손이 허공을 가로질렀다.

"히, 히엑!"

자신에게 날아오는 주먹을 보곤 왕대문이 기겁해 소리쳤다.

콰앙!

대전 전체가 흔들리더니 먼지가 일었다. 그의 주먹은 왕대문의 바로 앞바닥을 뚫고 들어가 있었다.

주진평이 손을 뽑아내니 무너진 바닥 사이로 꽤 큰 주머니가 보였다. 입구 틈으로 주머니 속을 살펴보니 황색으로 번쩍였다.

"네놈이, 대신 누나를 내달라고 했던 그 돈, 우리 청수의가가 빚진 금전 백 냥이다. 이걸로 우리 채무 관계는 끝이다. 그리고……."

몸을 일으킨 주진평이 다시 기세를 끌어올리며 말을 이었다.

"네 목숨도 이것으로 끝이다."

이제 오 년 동안 이어온 원한의 고리를 마무리 지을 차례였다. 그의 오른 주먹이 더욱 붉게 불타올랐다.

잠시 정신을 못 차리고 주머니를 보고 있던 왕대문은 엄청난 열기에 놀라 소리쳤다.

"제, 제가 그랬던 게 아닙니다! 제가 청수의가에 그런 걸 요구했던 게 아니란 말입니다!"

"……!"

뜬금없는 소리에 주진평의 눈이 커졌다. 금방이라도 왕대문을 녹여 버릴 듯 타오르던 화염이 살짝 흔들렸다.

도대체 이게 무슨 말인가?

왕대문은 아주 진지했다. 목숨을 보전하기 위해서 최선을 다하고 있었다.

"제가 아니라 다른 사람이 청수의가를 괴롭혀 달라고 부탁했던 것입니다. 그는 육 년 전 제 앞에 나타나 그랬습니다. 청수의가를 밑바닥까지 끌어내려 달라고요. 그 때문에 지금껏 괴롭혔던 겁니다. 모든 일은 그자가 시킨 거라고요!"

왕대문은 자신이 왜 당하고 있는지 몰랐다. 하나 엄청난 거금이 든 주머니와 청수의가 이야기를 들으니 눈앞의 남자가 누군지 눈치챌 수 있었다. 오 년 전 사라졌다가 오늘 돌아와서 호대철을 때려눕혔다는 청수의가의 장남, 그자밖에 없었다.

원래라면 뭐라고 협박이라도 했겠지만, 이건 그런 짓이 통할 상대가 아니었다. 정말 죽을 수도 있는 순간이었다.

다행히 청수의가의 일이라면 할 말이 있었다. 이 위기를 모면할 수 있는 정보가 자신에게 있었던 것이다.

하지만 그의 말을 들은 주진평은 얼굴이 시뻘겋게 달아오를 정도로 흥분해 있었다. 왕대문이 지금 상황을 벗어나기 위해 잔머리를 쓴다고 생각한 것이다.

"개새끼, 끝까지 열 받게 하네. 필요없어. 그냥 꺼져!"

"아, 아닙니다! 진짜 제가 아니라 다른 사람이 부탁했던 겁니다! 그 사람의 이름은 포천……!"

쐐애액!

"……!"

왕대문의 말을 듣던 주진평은 깜짝 놀라 고개를 들었다. 별안간 날카로운 파공음이 들렸기 때문이다.

고개를 들어보니 화살이 자신의 정면을 향해 직선으로 날아오고 있었다. 정확히 말하면 왕대문의 뒤통수를 노리고 있었다.

누군가 살인멸구를 하려는 것이었다.

주진평이 분노에 차 소리쳤다.

"어느 빌어먹을 새끼야!"

퍼억!

무언가 터지는 소리와 함께 사방으로 피가 튀었다.

주진평의 얼굴과 팔도 피로 범벅이 되었다. 그는 잔뜩 찡그린 얼굴로 시선을 아래로 내렸다.

왕대문의 머리는 깨진 수박처럼 박살이 나 있었다. 그 중심에는 화살 박힌 그의 주먹이 있었다.

주진평이 섬뜩한 얼굴로 말했다.

"지랄하지 마. 죽여도 내가 죽인다."

화살은 느닷없이, 그것도 그가 막기 쉽지 않은 속도와 방향에서 날아왔다. 반응이 늦어 굳이 막으려 들면 운에 맡겨야 하는 상황, 그렇다면 선택은 간단했다.

가족을 건드린 자는 가만두지 않는다.

적이라면 남에게 맡길 수 없었다. 죽여도 자신이 죽여야 했다.

무슨 사연이 있든 어차피 오 년 동안 건드린 건 사실이었다. 오늘 하는 모양새로 보아서는 그것도 아주 즐겁게 행한 것 같았다.

그걸 미리 예상한 주진평으로서는 처음부터 왕대문을 살려 둘 마음이 없었다. 그럴 마음이 있었다면 굳이 아버지와 다투고 이곳으로 오지도 않았을 것이다.

"나와라."

복수를 마무리 지은 주진평이 고개를 들며 말했다.

그의 말에 왕대문이 뛰쳐나오며 공석이 된 상단의 의자 뒤에서 한 사내가 활을 들고 나타났다. 그는 좀 당황한 눈치였다.

"설마 제 손으로 죽일 줄이야. 지독한 놈!"

사내, 광지(廣志)는 비밀 유지를 위해 흑월방에 왔다. 중요 서류를 미리 챙긴 후, 끝맺음을 하려고 조심히 대전에 들어오는 순간 왕대문이 비밀 누설을 하려는 장면을 목격했다.

그것을 볼 수 없어 위치가 드러날 것을 각오하고 화살을 날렸다. 한데 설마 주진평이 먼저 죽여 버릴 줄이야.

상대가 어디로 튈지 몰라 광지의 눈에는 경계심이 가득했다.

주진평은 그런 그를 보며 고개를 가로저었다.

"처음에는 그냥 어색한 기운 정도로 느꼈지만 지금은 확실히 알아차렸다. 그러니 나머지 두 명도 그냥 나오시지?”

광지는 눈을 동그랗게 떴다. 설마 부하들의 존재까지 알고 있는 줄은 예상치 못한 듯했다.

스윽!

대전의 좌우 양 벽 쪽에서 두 명의 사내가 나타났다.

광지를 포함한 세 명의 적을 확인한 주진평은 웃었다.

“은신술이 꽤 뛰어나네? 자, 어쨌든 이럼 얼굴은 모두 대면했고. 이제 본격적으로 이야기 좀 해보지.”

“본격적 이야기?”

광지는 무슨 말인지 모르겠다는 듯 고개를 갸웃거렸다.

그 모습이 주진평의 눈에는 우습게만 보였다. 그는 자신의 주먹에 박힌 화살을 뽑으며 입을 열었다. 화살은 사실 주먹이 아니라 손가락 사이에 잡혀 있었다.

“이거 왜 이러실까? 너 금방 누구 죽이려고 했어?”

“……”

“왕대문이잖아. 그런데 왜 죽이려 했을까? 하필 그 순간에.”

상대의 눈이 자신의 의도를 파악하려는 듯 훑어오자 광지는 급히 시선을 피했다.

그 모습을 보며 주진평은 더욱 짙은 미소를 베어 물었다.

“너희 속을 본 것도 아니니까 솔직히 그건 나도 모르겠다. 그러니 그냥 넘어갈 수도 있는 일이었지. 한데 말이야……”

화아악!

분위기가 돌변했다.

별안간 주진평의 눈빛이 날카롭게 빛나는 게 아닌가. 표정도 점점 사납게 일그러졌다. 분노가 담긴 그의 얼굴은 마치 철천지원수를 찾는 것 같았다.

"내가 운 좋게 왕대문의 말 중 들은 단어가 있지. 포천이라는 두 단어. 참 교묘하지? 내가 진심으로 찾고 싶은 포천소라는 사람의 이름과 연결되다니."

"……!"

탓!

주진평이 자리를 박찼다. 그는 왼쪽으로 움직여 적을 향해 주먹을 휘두르며 말을 이었다.

"너흰 포천소, 그 개자식과 무슨 관계냐!"

"피해!"

광지가 놀라 소리쳤다. 상대의 움직임이 생각보다 빨랐다.

콰앙!

"쿨럭!"

주진평과 격돌한 사내가 피를 토하며 하늘을 날았다. 은신술에는 재능이 있을지 몰라도 힘에서는 상대가 되지 않았다.

"제기랄!"

광지와 나머지 한 명은 급히 몸을 움직였다. 손을 멈출 생각이 없는지 상대는 부상 입은 부하를 향해 또 다시 몸을 날렸던 것이다.

쐐애액! 쐐애액!

허공을 가르는 파공음이 들렸다. 광지가 다급한 마음에 화살부터 날렸다.

"지랄하네."

주진평은 날아오는 화살을 향해 주먹을 휘둘렀다.

팍! 팍!

두 대의 화살을 처리한 그는,

퍼억!

기어코 적의 목숨까지도 취하고 말았다.

"안 돼에!"

부하의 죽음에 광지는 비명을 질렀다. 수년을 함께한 부하를 이토록 허무하게 잃었으니 괜찮을 리가 없었다.

그 마음은 남아 있던 한 명도 마찬가지였다.

"죽어!"

도와주러 달려가고 있던 사내는 이성을 잃고 그대로 검을 찔렀다.

하지만 곱게 맞아줄 주진평이 아니었다.

심장을 향해 날아오는 검을 오른손으로 쳐 올린 그는 왼손으로 상대의 옆구리를 강하게 때렸다.

뿌드드득!

"크악!"

갈비뼈가 부러지는 소리가 나며 엄청난 고통이 밀려오자 사내는 눈을 뒤집었다.

주진평은 그에게 마지막 일격을 가하기 위해 오른 주먹을 들어 올렸다.

이어 내려치려는 바로 그때, 옆에서 날카로운 소리가 들렸다. 화살 한 대가 자신을 향해 날아오고 있었다.

"그만두지 못해!"

광지는 소리치며 뒤이어 바로 몸을 날렸다. 그의 손에는 단검이 들려 있었는데 마치 원한을 담은 듯 횃불의 빛을 받아 붉게 빛나고 있었다.

주진평은 휘두르려던 오른손으로 화살을 잡아챘다. 그리고 정신을 잃은 적의 목에 박아버렸다.

퍼억!

"이, 이 개새끼야!"

눈까지 벌겋게 변한 광지는 손에 들린 단검을 주진평의 목에 강하게 찔러 넣었다.

피잇!

피가 튀었다.

주진평은 눈을 슬쩍 옆으로 돌렸다. 자신의 목 살갗에 닿아 있는 서슬 퍼런 단검이 보였다. 그 밑으로는 붉디붉은 피가 흐르고 있었다.

"이익!"

부들부들!

광지는 손에 힘을 줘 단검을 더욱 깊숙이 박아 넣으려 했다. 하지만 그것을 주진평이 왼손으로 막고 있었다.

퍼억!

발이 광지의 복부에 꽂혔다. 그는 복부를 부여잡고 뒤로 물러나다 결국 바닥에 주저앉았다.

눈에선 어느새 굵은 눈물이 흐르고 있었다.

"도대체 넌 누구냐? 무엇 때문에 이렇게까지 과하게 손을 쓴단 말이냐!"

"그럼 너흰? 너희들은 이놈들을 살리러 온 것이냐?"

"뭐?"

"너 정도의 실력자가 세 명이나 왔다. 서슴없이 흑월방주를 죽이려는 네 모습을 봤을 때, 절대 좋은 의미로 온 것은 아닌 것 같던데? 그런 너희와 내가 다른 게 뭐지?"

"……."

광지는 당황해 말을 하지 못했다.

주진평의 말은 틀린 것이 하나도 없었다. 광지를 포함한 세 명은 흑월방도들과 다르게 적어도 무공이라고 할 만한 것들을 익하고 있었다. 더군다나 은신술까지.

이들이라면 흑월방 수뇌부 정도는 소리없이 죽일 수 있었다. 물론 그러기 위해 온 것이었고 말이다.

즉, 두 부류는 손속에 사정이 없다는 면에서 서로 다를 게 없었다.

할 말을 잃은 광지를 보며 주진평은 나직이 말했다.

"너희와 난, 원래 원한이 없었다. 하지만 그건 너희가 내 앞을 가로막기 전, 그리고 포천소 그놈과 네놈들이 관련이 있다는 것을 알기 전의 일이다. 지금 넌, 내 적이다."

적이라면 더 이상 무슨 말이 필요할까?

필요하다면 살인도 협박도 주저없이 할 것이다. 그럴 각오로 아버지에게 무인이라 선언하고 나온 길이 아니던가.

알아낼 것이 있으니 수단을 가리지 않고 밝혀내야 했다. 그것이 가문의 근간을 흔든 포천소에 대한 일이라면 더더욱 말이다.

"난 포천소가 어디 있는지 알고 싶다. 말해라."

"큭! 고작 그딴 걸 물어보려고 내 부하들을 죽였나? 협박이라는 명목하에?"

"그딴 거?"

광지가 비웃자 주진평의 얼굴이 일그러졌다. 자신에겐 그딴 거라 말할 정도로 가벼운 질문이 아니었다.

"살려둘 놈을 잘못 선택한 것 같군."

"아마 그럴 걸? 참고로 이 말은 미리 해주지. 찾는 데 어렵지는 않을 거야. 그런데 가지 않는 게 좋아. 죽고 싶지 않다면 말이야. 큭큭! 그것도 여기서 살아났을 때 이야기지만."

광지는 알 수 없는 그 말을 끝으로 입을 꼭 다문 채 말을 하지 않았다.

그 모습에 주진평은 고개를 절레절레 흔들었다. 자신이 또 손을 써야 입을 열 것 같았기 때문이다.

한데 그보다 광지가 더 일찍 움직였다.

갑자기 그의 얼굴이 붉어졌다. 핏줄이 곳곳에서 터질 듯 튀어 나왔다.

"어?"

뭔가 심상치 않음을 느낀 주진평은 화들짝 놀라 다리를 놀렸다. 발바닥에 내공을 실어 그곳을 급히 벗어나려 했다. 하지만 얼마 움직이지 못해 일은 벌어지고 말았다.

파아앙!

화탄이 터지는 소리와 함께 광지의 몸이 찢겨져 사방으로 비산했다. 뼈나 살점들이 엄청난 속도로 주변으로 뻗어나갔다.

그 영역의 끝에는 주진평도 서 있었다.

"젠장!"

사색이 된 그는 당황한 기색이 역력했다.

별안간 이게 무슨 일이란 말인가. 자신의 몸을 터뜨려 암기처럼 사용하다니.

그래도 이렇게 당할 수는 없는 일.

주진평은 기를 끌어올렸다. 그러자 삽시간에 오른팔 전체가 화염에 휩싸였다.

그는 주먹에 온 힘을 실어 앞으로 내뻗었다.

第四章
침입

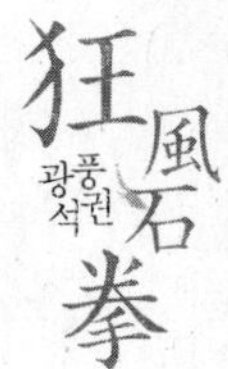

파아앙!

"헉! 이게 무슨 소리야?"

주청학은 갑자기 울려 퍼지는 굉음에 바닥에 주저앉았다. 더없이 조용한 밤, 게다가 정문에 있는 사내를 계속 살핀다고 잔뜩 긴장하고 있었던 탓에 놀람은 더욱 컸다.

'그런데 이 소린 분명……'

생각해 보니 들려온 곳은 흑월방 안인 것 같았다. 그는 얼른 바닥에서 일어서 정문으로 시선을 던졌다.

그곳에 있던 사내도 잠시 놀란 듯 주변을 두리번거리다가 이내 흑월방의 담을 넘는 게 보였다.

"역시 안에 무슨 일이 생긴 거구나!"

주청학은 혹시 아들에게 무슨 일이 생겼을까 조바심이 났
다. 더군다나 이 큰 소란에도 흑월방은 여전히 조용하다는 것
이 더욱 그를 불안하게 만들었다.

"안 되겠다. 가봐야겠어."

그의 발걸음은 흑월방으로 향했다.

"후욱! 후욱!"

주변에는 생살 타는 냄새가 진동했다.

피로 온몸이 범벅이 된 주진평은 뜨거운 숨을 내뱉었다. 공
격은 강력했다. 파편을 다 막지 못해 몸에 무수한 상처가 생겼
을 정도였다. 집기며 시체들도 강력한 파괴력에 찢겨지거나
사방으로 튕겨져 나가 있었다.

지친 듯 살짝 감긴 그의 눈은 광지가 있던 곳이라 추정되는
장소로 향해 있었다.

뼈 한 조각, 남아 있는 게 없었다. 마치 처음부터 없었던 것
처럼 큰 구덩이 안엔 먼지만이 폴폴 날리고 있었다.

"네놈도 보통은 아니구나."

정상적인 승부로는 안 될 것 같다고 자폭을 선택하다니. 그
독한 성격도 문제지만 이런 방법이 있다는 것도 보통 일이 아
니었다.

의원인 주청학의 곁이나 약선곡에 있으며 끔찍할 정도의 광
경과 죽음에 대한 것은 지겨울 만큼 많이 경험했었다. 해서 어
느 정도 초월했다고 생각했으나 광지의 행동과 결과는 그에게

도 상당한 놀라움을 줬다.

그로서는 들어본 적도, 경험해 본 적도 없는 것이니 말이다.

하나 지금 가장 중요한 것은 그런 것이 아니었다.

"결국 포천소, 그놈이 어디 있는지 알아내지 못했어."

그 점이 가장 뼈아팠다. 포천소는 적어도 그에게는 흑월방의 무리보다 더한 원흉이었다.

"그놈이 그때, 가산(家産)만 들고 도망가지 않았다면! 흑월방에게 이런 일을 당하지 않았을지도 모르니까."

아쉬움에 한숨을 쉬며 터덜터덜 발걸음을 옮기는 그의 발끝에 시체 하나가 걸렸다.

자신이 제일 처음에 죽인 광지의 부하였다. 다른 부하는 광지의 폭발에 휘말려 한 줌 혈수로 화한 것 같았다.

그 시체를 보니 정보를 알아내지 못했다는 사실에 욱하는 심정이 들었다. 얼굴을 일그러뜨리며 발을 치켜든 그는 시체를 발로 차려고 했다.

그러다 이내 고개를 저었다. 괜한 화풀이밖에 더 되겠는가?

그렇게 발을 내리고 다시 몸을 움직이려 하는 그때,

팔랑팔랑!

하늘에서 떨어져 내리는 하얀 종이가 있었다. 그것은 주진평의 코앞을 스쳐 지나갔다.

"뭐지?"

무의식중에 종이를 손으로 낚아채 살펴보았다.

그것은 한 서찰의 조각인 듯했다.

"…수의가에 대해 이상의 약조를 지킨다면 본 의가는 흑월방에 전폭적인 지지를 약속하는 바이다. 은성의가주?"

마지막 부분이었다. 앞부분은 어디로 가버렸는지 전혀 찾을 수가 없었다. 아무래도 광지가 죽으며 공중분해된 것 같았다.

"이건 뭐지? 은성의가라는 곳에서 강제로 계약서라도 작성한 건가?"

흑월방이야 워낙 나쁜 일을 많이 했으니 어디 이런 일이 한두 건이겠는가.

하나 이번에 그가 흑월방의 수뇌부를 일망타진해 버린 탓에 좋아할 곳이 적지는 않을 터였다.

"어딘지는 모르지만 이제 이곳도 한시름 덜겠군."

주진평은 그렇게만 생각하고 서찰을 다시 바닥에 버렸다. 그리고 얼굴을 찡그리며 발걸음을 옮겼다.

이제는 이곳을 떠나야 할 때였다.

탓!

대전 바깥으로 나와 보니 아까 도망가던 기녀와 악사들이 바닥에 누워 있었다. 모두 죽은 것이었다.

"이 자식들… 설마 정말 모두를 죽인 거야?"

그의 추측이 맞는 것 같았다.

아마도 광지와 그의 부하들이 한 짓인 듯싶었다. 그 흔적은 곳곳에 남아 있었다. 자신에게 맞고도 살아남은 자들이 분명히 있을 터인데 숨 쉬는 자들을 찾을 수가 없었다.

'하긴 살아도 다 부상 중이었으니 손쉽게 죽일 수 있었을 거야.'

그런 생각을 하며 주변을 살피는 주진평의 기감에 걸려드는 기척이 있었다.

파악!

그는 바로 땅바닥에 있는 돌을 발로 찼다. 그리고 동시에 몸을 띄웠다.

"누구냐!"

방향은 정문 바로 옆에 위치한 담이었다. 그 앞에 있는 나무에 한 사람이 숨어 있는 게 느껴졌다.

"제길!"

짤막한 외침과 함께 나무에서 검은 인영이 튀어나왔다.

펴억!

인영이 숨어 있던 나무는 돌에 맞더니 터져 나갔다.

사방으로 비산하는 나무 조각들, 그 앞에 도착한 주진평은 그중 두 개를 도망치는 검은 인영을 향해 날렸다.

엄청난 속도로 쏘아져 오는 나무 조각을 보며 인영은 인상을 찌푸렸다.

"이익!"

휘익!

그는 허리에 달려 있던 검집에서 검을 뽑아 힘차게 휘둘렀다. 그러나 한 개는 처리했지만 나머지 한 개를 미처 막아내지 못했다.

픽!

"크윽!"

나무 조각은 왼쪽 어깨 깊숙이 박혔다. 인영은 엄청난 고통에 얼굴을 일그러뜨렸다. 하나 발걸음을 멈추진 않았다.

"저 자식이 어딜!"

어둠 속으로 달아나는 인영을 보며 주진평은 바로 몸을 움직이려 했다. 갑자기 들려오는 경악성만 아니었다면 말이다.

"이, 이럴 수가!"

눈을 돌려보니 찢어질 듯 커진 눈으로 흑월방 쪽문에 들어서는 주청학이 보였다.

주진평은 아버지와 멀어지는 인영을 번갈아 바라보며 잠시 고민했다. 하지만 결정은 정해져 있었다.

'아버지가 혼자 이곳에 계시다간 어떤 일이 생길지 알 수가 없다. 아쉽지만 어쩔 수 없지.

흑월방 안을 미리 엿보고 있었던 것을 보니, 도망친 적은 광지와 마찬가지로 포천소와 관련이 있는 자일 거란 확신이 들었다. 해서 더욱 안타까웠다.

그러나 가장 중요한 것은 일단 가족, 주진평은 아버지에게로 다가갔다.

"여긴 왜 오셨어요? 아니, 우선 이곳에서 나가죠. 곧 사람들이 몰려들 겁니다."

"이거… 전부 네가 그런 것이냐?"

주청학은 주진평의 말에도 나갈 생각은 않고 망연자실한 얼굴로 연무장의 시체들을 보고 있었다. 그 점이 답답했을까. 주진평이 아버지를 보챘다.

"일단 가자니까요. 사람들이 몰려올 거라고요."

"난 지금! 네가 이 모든 일을 저질렀는지 묻고 있다. 네 몸에 범벅이 된 피가 모두 이자들의 것이냔 말이다!"

"……"

아버지의 얼굴에서 시선을 떼지 못했다. 주청학의 두 눈이 분노한 듯 벌겋게 변해 있었기 때문이다.

그것을 본 주진평의 미간이 꿈틀거렸다.

"지금 우리 가족을 괴롭히던 적들이 모두 사라졌습니다. 우선 기뻐해야 하는 거 아닙니까? 더군다나 아버진 모르시겠지만 포천소, 그 빌어먹을 자식에 대한 이야기도 나왔습니다. 이 놈들의 죽음 따윈 중요한 게 아니란 말입니다!"

"포, 포천소? 갑자기 그놈은 왜……?"

포천소에 대한 일만큼은 주청학에게도 작은 일이 아닌 것 같았다. 그는 깜짝 놀란 얼굴로 아들을 바라보았다.

그에 주진평은 고개를 흔들며 대답했다.

"행방은 모르겠지만, 아마 이번 의가의 일과 상관이 있어 보였습니다."

"그놈이? 마, 말도 안 된다. 뻔뻔하게 눈앞에 나타난 것도 이해해 주었는데 이런 짓까지 할 리가……."

"……! 눈앞이라니요? 혹, 아버지는 그놈이 어디 있는 줄 아시는 겁니까?"

갑자기 눈빛이 변한 주진평은 뚫어져라 아버지를 보았다. 어디 있는지를 안다면 당장에라도 뛰어갈 기세였다.

무슨 말을 하려던 주청학은 그런 아들을 보며 잠시 멈칫거렸다.

'눈에서 살기가 넘치는구나.'

주변을 둘러보았다.

널려 있는 시체들.

그는 이 모든 사람들을 죽인 자가 자신의 아들이라고 기정사실화하고 있었다.

'무공을 익혔다고는 했지만 이 정도일 줄이야.'

상상도 못한 무위였다. 아들은 정말 제대로 된 무공을 익혀 돌아온 것이다.

살갗이 찌릿할 정도의 살기까지 몸으로 직접 느끼고 나니 마음의 결정이 서는 것 같았다.

주청학은 고개를 절레절레 흔들며 말했다.

"네가 포천소 이야기로 나의 관심을 돌리려 하는구나. 내겐 지금 그것보다 이 현장에 대한 이야기가 더 중요하다!"

"끝까지……!"

아버지의 말을 들은 주진평은 고개를 숙였다. 이렇게 답답할 수가 없었다. 설명을 해도 어찌 이런단 말인가.

그가 인상을 찌푸리며 뭐라고 말하려 할 때, 갑자기 웅성거리는 소리가 주변에서 들려왔다.

"뭔가 이상한 소리가 계속 들리지 않았어?"

"그런 것 같긴 한데… 확인할 길이 있어야지. 누구 용기 내서 들어가 볼 사람 있어?"

아무래도 광지의 몸이 터지며 난 소리와 앞뒤로 일어난 연이은 소음 때문에 사람들이 몰려온 것 같았다. 지금은 겁이 나서 흑월방 안으로 못 들어오는 듯했지만 오랜 시간을 기다려 줄 것 같지는 않았다.

"일단 여기서 나가죠."

주진평은 답을 듣지도 않고 바로 아버지를 어깨에 멨다. 이곳에서 더 이상 실랑이를 벌일 시간은 없었다.

탓!

그렇게 두 사람은 사람들이 몰리지 않은 곳의 담을 넘어 흑월방을 벗어났다.

"이제 그만 날 내려놓아라."

인기척이 전혀 없는 동산의 한적한 공터.

청수의가가 한 눈에 보이는 그곳에서, 집까지 그 상태로 가기는 싫었는지 주청학이 말했다.

그에 아버지를 바닥에 내려놓은 주진평은 아련한 눈으로 청수의가를 바라보았다.

"육 년 전, 그동안 단란했던 우리 의가는 참으로 힘든 일을 겪어야 했습니다. 서로가 서로에게 힘이 되어줘야 했던 시기였죠. 그런 때에 우리를 배신하고 간 놈이 포천소입니다."

의가에 있는 모든 사람들이 힘들어하고 스스로를 다스리기 위해 노력하고 있던 그때, 포천소란 인간은 의가의 가산을 있는 대로 털어 도망을 가버렸다.

무려 이십 년을 넘게 동생처럼 보살펴 주고 자신의 지식을 내어준 스승을 배신하고 말이다.

청수의가의 의원이던 포천소는 그렇게 떠나 버렸고 남은 자들은 그 고통을 그대로 감내해야 했다.

주청학은 한 푼도 없어 전장에서 돈을 빌렸고, 후에 그것이 흑월방이라는 흑도가 끼어들게 되는 단초를 제공하게 되었다.

어찌 보면 모든 일의 시초라 봐도 되는 사건이었다.

"그 뒤로 지금까지 우리가 얼마나 힘들어했습니까? 한데…… 어쩌면 흑월방이 했던 모든 일에도 포천소가 관련되어 있을지 모릅니다."

생각만으로도 주먹이 절로 쥐어졌다. 주진평은 끓어오르는 분노를 숨길 수가 없었다.

"아니요, 흑월방주의 말에 의하면 지금까지의 모든 일들을 마치 그놈이 다 꾸민 것 같았습니다. 더더욱 용서할 수 없는 놈이 아닙니까!"

누가 말하지 않아도 찾아내 응징할 생각이었다. 한데 이렇게 이름이 귓가에 들릴 정도로 설치고 다닐 줄이야.

스윽!

주청학을 향해 고개를 돌렸다. 주진평은 뜨겁게 타오르는 눈으로 아버지를 바라보았다.

"그놈에 대해 알고 계신 게 있다면 말씀해 주십시오."

그가 볼 때, 아버지는 분명 알고 있는 게 있었다. 아까 슬쩍 말했던 것도 그렇지만, 눈빛이나 행동 또한 수상한 부분이 많았다. 해서 확신을 가지고 묻는 것이었다.

"내겐 그게 중요하지 않다고 분명히 말했다."

주청학의 입에서 나온 첫 마디였다.

그는 흔들리지 않는 눈으로 말을 이었다.

"아까 그 시체들은 어떻게 된 것이냐? 진정 네가 저지른 일이냐?"

"후우!"

한숨이 절로 났다. 주진평은 참지 못하고 소리쳤다.

"네, 거의 제가 다 죽였다고 보시면 됩니다! 이제 좀 후련하십니까? 됐어요?"

"설마, 설마 했지만……!"

예상은 했으나 실제로 들으니 충격이 더 컸다. 주청학은 일그러진 얼굴로 아들을 나무랐다.

"네가… 어찌 이럴 수가 있느냐! 생명을 소중히 여기라 내 누누이 말했거늘. 내가 잘못 가르쳤구나, 잘못 가르쳤어!"

주진평도 지지 않았다.

"네, 생명은 분명히 소중하죠. 하지만 용서받지 못할 생명도 있습니다. 남에게 항상 해나 끼치는 놈이 응징 당하지도 않고 떵떵거리며 살아간다면 이거 억울해 살겠습니까? 더군다나 내게 죽을 것 같은 고통을 준 놈이라면 더욱이요!"

보지 않았으면 하는 상황이 있다. 오히려 그냥 죽어서 보지 못하거나 자신이 대신 다 당했으면 하는 상황이 있는 것이다.

주진평에겐 가족들의 연속된 고난을 보는 게 그랬다. 그렇지 않아도 힘들어하고 있는 가족들에게 또 다시 상처가 된 포천소의 배신과 흑월방의 횡포.

그것이 그에겐 생명을 갉아먹는 느낌으로 다가왔다.

주청학은 힘들어하는 아들의 얼굴을 잠시 바라보다 고개를 돌렸다.

"그래도 난 네가 사람을 다치게 하지 않았으면 했다. 아니, 무공 따위 익히지 않기를 원했다. 그럼 지금 같은 이런 상황은 없었을 테니."

그는 하늘을 보며 말을 이었다.

"이번엔 넌 자중해라. 나머지는 내가 알아보고 순리대로 풀어가 볼 테니. 이건 아버지로서 부탁이다."

저벅저벅!

발이 움직였다. 주청학은 축 처진 어깨를 보이며 터벅터벅 걸었다. 그러다 작은 소리로 중얼거렸다.

"내일 환자들에게 은성의가에 대해 물어보거라."

그는 그 말을 끝으로 시야에서 사라졌다.

혼자 남은 주진평, 그의 눈이 이글이글 타올랐다.

"이 상황에서 순리라니요? 아버진 화도 나지 않으십니까?"

가문을 몰락시키고 누나 주여설까지 내어놓으라고 한 흑월방의 무리와 그것을 조종했다 판단되는 포천소에 관한 일이었다. 어찌 이리도 담담하게 순리를 따지고 비폭력만 주장할 수 있단 말인가!

"후우……."

깊은 한숨이 흘러나왔다. 주진평은 답답한 마음을 금할 길이 없었다. 이대로라면 힘을 얻기 전과 다르지 않았다.

적들은 돈을 갚기를 요구하며 괴롭히다가 결국은 주여설을 내어놓으라 했다. 주청학은 약속대로 돈을 꼬박꼬박 갚아나갔지만 조건을 바꾸는 건 힘 가진 놈 마음대로였다.

결국 순리대로 하려고 하면 적들은 의가를 더 궁지로 몰아넣었다는 말이었다.

주진평은 아버지가 지나간 길을 눈으로 훑으며 중얼거렸다.

"아버지는 참으며 순리를 찾을 수 있을지 모릅니다. 하지만 전 반드시 놈을 찾아내 적어도 우리가 받은 고통을 곱절로 해서 돌려줄 것입니다."

말을 하던 그의 오른 눈에서 갑자기 붉은 안광이 쏟아졌다. 그것은 반드시 그렇게 하고야 말겠다는 굳은 의지의 표현이었다.

마치 범의 으르렁거림과 같은 낮은 음성이 주변에 울려 퍼졌다.

"그러지 않고선 제가 살 수가 없습니다."

＊　　　＊　　　＊

주청학이 청수의가에 들어서자 기다리고 있던 주여설과 주운휘가 뛰어왔다.

두 사람은 주진평과 주청학이 걱정되어 노심초사하며 대문만 보고 있었던 것이다.

"아버님, 진평이는요?"

주여설은 혼자 돌아오는 아버지가 이상했는지 동생의 안부부터 물었다. 흥분해서 나간 동생이라 더욱 걱정이 되는 듯했다.

하나 주청학은 말이 없었다. 그저 두 사람을 바라보며 살짝 웃어줄 뿐이었다. 그리곤 곧장 자신의 거처로 발걸음을 옮겨버렸다.

"누님, 뭐가 어떻게 된 거죠? 왜 아무런 말씀이 없으실까요?"

"나도 모르겠어. 별 말씀 없으신 걸 보면 큰일이 난 것 같진 않은데……."

아버지가 왜 아무 말도 하지 않는지, 또한 주진평은 왜 같이 돌아오지 않았는지. 두 사람은 알 길이 없어 속만 태우고 있었다.

그때, 대문으로 주진평이 들어섰다. 그는 어디서 구했는지 옷을 갈아입고 피의 흔적도 지운 상태였다.

"어? 자지 않고 왜 나와 있어?"

그는 잠시 산책 다녀온 사람처럼 두 사람에게 물었다. 마치 아무 일도 없었다는 듯 말이다.

주운휘가 얼른 옆으로 뛰어왔다.

"형님! 별일 없으셨던 거예요? 흑월방에 찾아가셨던 거 아니에요?"

궁금한 게 많았는지 질문이 쏟아졌다. 반짝이는 눈으로 보는 게 뭔가를 잔뜩 기대하는 모습이었다.

'어? 아버지가 아무 말도 하지 않으셨나?

주진펑은 잠시 의아해하다가 동생의 모습에 빙긋이 웃었다.

"그냥 잠시 밖에 다녀온 것뿐인데 별일은 무슨."

"그, 그냥 잠시 밖에요? 딴 건 없고요?"

자신의 말에 살짝 실망하는 동생의 표정이 너무 재미있어 그는 더욱 짙게 미소 지었다. 그러다 뒤에서 안도하는 주여설을 보고 입을 열었다.

"걱정했었어?"

"너 같으면 걱정 안 하겠니? 그렇게 화를 내며 나갔는데. 그래도 별일 없이 왔으니 다행이야."

그녀는 동생의 멀쩡한 모습만 봐도 마음이 놓이는지 얼굴에 미소가 돌아왔다.

주진펑은 그런 그녀 곁으로 다가가 꼭 안아주었다. 이어 등을 어루만지며 말했다.

"이제 아무 걱정 하지 말고 지내. 흑월방으로 가게 될 일은 없을 거야."

"뭐? 그, 그게 무슨 말이야?"

주여설은 동생의 말이 이해가 되지 않았다. 갑자기 이게 무슨 말인가? 아무 일도 없었다고 분명히 말하지 않았는가.

주진평은 그녀를 품에서 떼어내며 말했다.

"아버지와 내가 흑월방 일 처리했으니 이제 신경 쓰지 마. 지금부턴 그놈들 때문에 울지 않아도 돼."

"……."

주여설은 입을 열지 못했다. 눈엔 눈물이 차고 넘쳐 아래로 흐르고 있었다.

얼마나 걱정했던 일인가. 흑월방 따위엔 가고 싶지 않다고 눈물로 하소연하고 싶었지만 집안 사정으로 참고 있었다. 그런데 이제 모든 것이 해결되었다고 하니 나오는 건 안도의 눈물밖에 없었다.

주진평은 그런 그녀의 어깨를 다독여 주었다. 누나가 기뻐하는 모습을 보니 그 또한 기쁘기 그지없었다.

옆에서 보고 있던 주운휘가 큰 소리로 웃으며 방방 뛰었다.

"우와, 너무 좋아요! 형님이 그놈들 이긴 거예요? 정말 대단해요!"

동생의 말에 주진평은 갑자기 어색한 표정을 지었다. 자신이 죽인 적들이 생각난 것이다.

'내일이면 과연 어떤 표정을 지을지… 걱정은 되네.'

죽일 놈들을 죽였다고 생각하기 때문에 후회하진 않았다. 하지만 막상 그 이야기를 누나나 동생이 접한다고 생각하니 신경이 쓰였다.

두 사람이 볼 때는 자신은 단순한 살인자일 수도 있으니 말이다.

주진평의 얼굴에 자조 섞인 미소가 떠올랐다.

'이제 와서 걱정되냐? 큭큭! 미친놈도 아니고 왜 이랬다 저랬다 하냐? 어차피 내 생각, 계획대로 움직이면 이런 일은 계속 생길 가능성이 커. 후회 따윈 하지 말자.'

그는 속으로 마음을 굳건히 잡고선 누나와 동생에게 다시 웃음을 보였다.

그렇게 세 사람은 서로를 보며 웃었다. 오 년이 넘는 세월 동안 그들을 괴롭혔던 흑월방의 일이 해결되었다니 기쁜 것은 당연한 일이었다.

주진평은 누나와 동생의 좋아하는 모습을 보다가 아버지의 거처로 눈을 돌렸다.

'이렇게 좋아하는데 그딴 순리가 무슨 필요입니까? 무력을 사용하지 않는 게 무조건 옳다고 할 수 있습니까? 이처럼 행복할 수 있다면 전 그것으로 되었다고 생각합니다.'

그로서는 아버지의 생각을 알 길이 없었다. 그러다 문득 떠오르는 것이 있었다.

바로 주청학이 아까 한 말이었다.

'그런데 은성의가? 거기에 대한 건 왜 물어보라고 하신 거지?'

주진평은 앞에 있는 두 사람에게 그곳에 대해 물을까 했지만 혹시 몰라 참았다. 이 분위기를 깨고 싶지 않았기 때문이다.

지금만큼은 딴 생각 없이 그냥 행복에 젖어 있으면 했다.

*　　　*　　　*

벌떡!

"뭐? 녀석들이 죽어?"

일렁이는 횃불 아래, 날카로운 인상의 중년인이 화들짝 놀라 자리에서 일어섰다. 그는 이해할 수 없다는 표정으로 자신 앞에 부복한 사내에게 물었다. 사내는 어깨에 부상을 입으며 주진평에게 도망을 친 자였다.

"네, 대주. 흑월방을 정리하는 데는 성공했으나, 끼어든 자가 있었습니다. 그자에게 당한 것 같습니다."

"같다? 눈으로 확인한 사실이 아닌 것이냐?"

"포, 폭신환(爆身丸)을 사용했습니다. 전 밖에 있다가 그 소리에 확인하러 들어간 것이고요."

"폭신환을!"

대주, 장을국(張乙國)은 믿을 수 없다는 듯 눈을 부릅떴다.

'광지 그놈이 그런 선택을 했다면 상당한 고수라는 말인데……'

광지가 누군가. 자신의 부하 중에서 상황 판단뿐만 아니라 독기도 뛰어난 자였다. 그렇기에 이번 작전을 맡긴 것이고 말이다.

그런 자가 만일을 위해 줬던 폭신환을 사용했다면 보통의 적은 아니라고 봐야 했다.

오랜 시간 부하로 데리고 있던 자들의 죽음이라 잠시 침통한 표정을 지은 그가 자리에 힘없이 앉으며 물었다.

"적의 시체에서 알아낸 건 없느냐? 혹, 폭신환에 엉망으로 당해 확인이 불가능했던 건……."

"저기, 그자는 아직도 살아 있습니다만."

"……뭐?"

부하가 말이 되지 않는 소리를 뱉었다. 흑월방이나 공격하는 자가 어찌 폭신환에 당하고도 살아 있을 수 있단 말인가!

비록 완성단계는 아니라고 해도 사람 한 명 정도는 충분히 죽일 수 있다는 것을 미리 자신의 눈으로 확인했었다.

대주의 반응에 부하도 고개를 절레절레 흔들었다. 그는 대전에서 나오던 청년을 떠올렸다.

"제대로 맞지를 않았는지… 부상을 당하기는 했지만 분명 살아 있었습니다. 이 상처를 낸 놈이 바로 그놈이었으니까요. 안타깝게 얼굴 확인은 못하고 정말 겨우 빠져만 나왔습니다."

"흐음, 폭신환의 공격에서도 살아남은 놈이라……."

생각보다 적이 더 강한 것 같아 더욱 정체가 궁금했다. 이 작은 도시에 그런 고수가 나타날 이유가 특별히 없어 보였기 때문이다.

'혹시 어디서 낌새를 알아차리고……?'

생각은 꼬리에 꼬리를 물고 깊숙이 들어가려 했다. 그것을 부하 노충(魯沖)이 끼어들어 미리 막았다.

"제가 도착하기도 전에 다수의 흑월방도가 죽거나 다쳐 있었습니다. 아무래도 원한관계가 아닐까 생각합니다. 아!"

"왜 그러지?"

"그러고 보니, 이상한 중년인이 있었습니다. 헐레벌떡 뛰어와 웬 청년을 찾았었지요. 이제 와서 생각해 보니 우리가 찾는 그 청년을 이야기했던 것 같습니다."

추적할 수 있는 단서가 나왔다.

장을국은 턱을 괴며 잠시 생각에 빠지더니 이내 노충에게 명했다.

"넌 날이 밝으면 부하들을 동원해 온 도시를 뒤져 그 청년과 중년인을 찾아라."

현재 자신들의 행적이 절대 밖으로 드러나서는 안 되는 상황이었다. 목숨과도 직결되었기에 어떤 수를 써서라도 청년을 처리해야 했다. 죽은 부하들의 복수를 위해서라도.

두 사람이 청년을 잡기 위해 한참 대화를 나누고 있는 바로 그때,

"끼아아악!"

"으으으!"

갑자기 그들이 있는 방 벽 너머로 끔찍한 비명 소리가 들려왔다.

그리고 이상한 소리들 틈에는 희열에 찬 목소리도 끼어 있었다.

"흐흐흐! 아직 시작도 안 했는데 벌써 이러면 안 되지. 조금만 기다려. 내가 재밌는 걸 보여줄 테니까. 크하하!"

　광소(狂笑)를 들은 장을국과 노충은 살짝 눈살을 찌푸렸다. 하지만 그것도 잠시, 두 사람은 아무 일도 없었다는 듯 다시 주진평을 잡기 위한 이야기로 정신이 없었다.

＊　　　＊　　　＊

　"허참! 기가 막힌다는 게 이럴 때 쓰는 말이구나……."
　노을이 붉게 물드는 초저녁 시간.
　주진평은 은성의가(銀星醫家)라고 적힌 거대한 현판 밑에서 망연자실한 표정으로 서 있었다. 어찌 이런 일이 있을 수 있을까.

　"혹, 은성의가란 곳을 알고 계십니까?"
　그는 아버지의 말대로 아침부터 고뿔을 치료하러 의가를 찾은 환자들에게 이리 물었다. 그에 환자들의 대답은 일관성이 있었다.
　"아이고! 알기만 합니까? 고뿔이 한 방에 낫는다는 소리만 듣지 않았다면 포 어른이 계시는 은성의가로 찾아갔을 겁니다. 그분이 얼마나 선의를 아시고 사람들에게 베풀 줄 아는 어른인지 압니까? 정말 대단하신 분이지요"
　"지금은 연구를 하시느라 진료를 보지 않으시지만 원래 의술은 뛰어나시죠. 어려운 사람들을 도울 줄도 아시고. 뭐 하나라도 욕심을 위해 움직이시는 법이 없는 어른입죠."

환자들의 말을 들으며 입을 다물 수가 없었다.

사람들에게 은성의가는 곧 포천소를 의미했다.

주진평이 그토록 찾고 싶어 했던 포천소는 바로 옆, 엎어지면 코 닿을 곳인 삭주 안에 있었던 것이다.

"의술이라면 모르겠지만, 선의를 아는 인간이라고?"

포천소는 주청학에게 배워 의술만큼은 뛰어났다. 한때는 청수의가를 그에게 물려준다는 말이 나올 정도였다. 그 정도로 주청학이 기꺼워했는데 자만이 심했을까. 환자를 상대로 검증되지 않은 자신만의 의술을 행하기에 이르렀다.

한 번은 환자가 크게 잘못되어 주청학이 심하게 꾸중한 적이 있는데, 키워준 은혜를 모른다고, 거기에 앙심을 품고 육 년 전 의가가 혼란스러운 틈을 타 주여설에게 수작을 걸다 실패하자 가산을 들고 도망간 인물이었다.

그런 자가 이런 호평을 받으니 기가 막힐 따름이었다. 더군다나,

"양심은 있어야지. 이렇게 코앞에다가 의가를 차려? 죽고 싶어 환장을 했구만!"

청수의가와 같이 삭주에 의가를 차리는 과감성은 주진평으로 하여금 주먹을 쥐게 만들었다. 사람들에게 물어본 결과, 은성의가는 그가 약선곡으로 떠나자마자 생긴 것이라 했다.

'이래서 아버지가 오늘, 그것도 환자들에게 물어보라고 하신 거구나. 흑월방과 같은 방법으로 처리하면 안 된다고 말이야.'

만약 잔뜩 흥분한 어제 이 사실을 알았다면 가만있지 않았을 것이다. 또한 처음 그는 포천소에 대해서 사람들에게 물어볼 생각이었다. 지금처럼 은성의가에 대해 알기 전, 포천소의 행방에 대해서만 들었다면 일단 쳐들어가 뒤집었을 게 분명했다.

그럼 스스로의 목을 조르는 결과를 낳았을 것이다.

알아본 바에 의하면 은성의가는 환자들에게 신임이 두터웠다. 그런 곳을 주진평이 공격하다 들키기라도 한다면 그 타격은 고스란히 청수의가로 돌아올 게 뻔했다.

사람들은 뚜렷한 증거가 있지 않다면 모두 포천소, 그 인간의 말을 믿을 테니 말이다. 잘못하면 청수의가가 수작을 거는 것으로 비춰질 수도 있었다.

"아버지께선 그걸 걱정하셔서 어제 그렇게 나오셨던 건가? 어쨌든 은성의가에 포천소라. 은성의가… 어? 그러고 보니!"

주진평은 은성의가를 곱씹다가 문득 떠오르는 것이 있었다. 어제 흑월방에서 본 종이 조각이 바로 그것이었다.

…수의가에 대해 이상의 약조를 지킨다면 본 의가는 흑월방에 전폭적인 지지를 약속하는 바이다. 은성의가주.

"그래, 그건 흑월방의 강압으로 쓴 게 아니었어. 흑월방 놈들이 우리 청수의가를 잘 처리하면 해줄 것을 미리 약조한 것이었구나. 정말 처음부터 포천소 이자식이 꾸민 거잖아!"

　두 부류 중 누가 우위에 있었는지는 비교해 보지 않아도 알 수 있었다. 광지와 같은 자를 부하로 둔 포천소가 흑월방주 왕 대문의 밑이라고 생각되지는 않았다.

　상황이 이렇게 되고 보니 광지가 했던 말도 이해가 되었다.

　찾는 게 어렵지 않을 거라고, 그리고 찾아가지 않는 게 좋을 것이라고 말했었다. 그 이유는 눈앞에 펼쳐져 있었다.

　믿지 못할 만큼 어마어마한 규모의 은성의가. 슬쩍만 살펴도 의가 중간 중간에 무인으로 보이는 덩치 큰 자들이 돌아다녔다. 중심부까지 살핀다면 어느 정도의 무인들이 있을지 알 수가 없었다.

　"개자식아, 이렇다고 내가 겁이라도 먹을 줄 알았냐? 기다려 봐라. 내가 어떤 인간인지 알려줄 테니!"

　당장에라도 뛰어 들어가고 싶었다. 포천소를 눈앞에 패대기 쳐 잘근잘근 밟고 싶었다. 하지만 혹여 가족들에게 해를 끼칠까 그럴 수가 없었다.

　자신이 이러는 모든 이유가 가족들을 위한 게 아니었나.

　그는 끓어오르는 분노를 애써 삭였다. 그리고 잠시 후, 조금 차분해진 얼굴로 주변을 두리번거렸다.

　"그나저나 이렇게 큰 의가는 어떻게 지은 거야? 훔쳐간 돈 가지고는 어림도 없을 텐데."

　솔직히 주진평도 은성의가의 이 어마어마한 규모에 대해선 많이 놀랐다. 청수의가의 다섯 배도 훌쩍 넘을 것 같은 규모였다. 한때 잘 나갔던 청수의가도 그렇게 작은 규모는 아닌데 말이다.

그가 은성의가 안으로 고개를 들이밀고 이리저리 살피고 있
는 그때, 뒤편으로 다가서는 사람이 있었다.

"……!"

정신을 딴 데 파느라 기척을 늦게 느낀 주진평은 얼른 몸을
피했다. 하지만 두 사람은 어깨를 부딪치고 말았다. 상대가 주
진평을 확인하고도 피하지 않은 탓이었다.

"미안합니다. 괜찮으십니까."

부딪치는 바람에 의가 안으로 들어오게 된 주진평은 살짝
인상을 찡그렸지만 그래도 먼저 사과를 했다. 정신을 딴 데 둔
자신이 잘못했다고 생각했기 때문이다.

"……."

그러나 상대는 말이 없었다. 그는 그저 무표정한 얼굴을 한
채, 의가 안으로 계속 발걸음을 옮겼다.

'뭐야?'

주진평은 그런 상대의 얼굴을 뚫어져라 보았다. 그러다 고
개를 갸웃거렸다.

큰 덩치 사내의 눈이 흐릿한 탓이었다. 딱히 초점이 잡혀 있
지 않았다. 마치 몽유병에 걸린 사람처럼 의식없이 그냥 걷고
있는 것 같았다.

사내가 의가 안으로 들어서자 한 사람이 경공을 펼쳐 다가
왔다. 이어 그에게 고개를 숙였다.

"문주님을 뵙습니다."

가슴에 귀(鬼)라는 글자를 수놓은 옷을 입은 그는 문주라는 자가 반응을 보이지 않는데도 신경을 쓰지 않았다. 그저 옆으로 다가가 조심스럽게 팔을 잡을 뿐이었다.

두 사람은 그렇게 의가 안으로 사라졌다.

뒤편에서 보고 있던 주진평은 인상을 구겼다.

'문주라고? 그런 자가 이곳엔 왜? 그나저나 이거 생각보다 더 심하군. 의가가 아니라 무림문파라고 해도 되겠어.'

그는 자신을 향해 쏟아지는 시선을 느낄 수 있었다. 무인인 걸 당당히 드러내는 사람 말고도 의가 이곳저곳에 앉아 환자인 척하고 자신을 쏘아보는 사람들, 고수는 아닐지라도 분명 흑월방도들과는 다른 무(武)의 기운이 느껴졌다.

'이해 안 되는 점이 한두 가지가 아니야.'

은성의가를 나와 집으로 돌아가는 길, 주진평은 머릿속이 복잡했다.

의가의 이해할 수 없는 규모와 곳곳에 산재하고 있는 무림인, 이건 정말 무림문파와 다를 바가 없지 않은가. 드나드는 환자만 없다면 그렇게 봐도 무방할 정도였다.

'그러고 보면 어제 흑월방의 일도 이상해. 그 정도의 무인들이 포천소의 명령을 듣는다는 것도 그렇고 잘 이용하던 흑월방 사람들을 죽이는 것도 그렇고. 뭐가 어떻게 돌아가는 거야?'

주진평은 한숨을 크게 내쉬었다. 그러나 답답한 마음은 풀리지 않았다.

“여보게, 자네 흑월방에 나타난 협객 이야기 들었나?”

‘응?

어느새 들어서게 된 저잣거리.

그곳에서 대화를 나누는 두 사내의 목소리가 그의 귀에 들려왔다. 더군다나 흑월방의 이야기인지라 관심이 생길 수밖에 없었다.

“흑월방 놈들이 깡그리 뒈져 버렸다는 말은 들었네만… 협객이라니? 그 뒤에 누가 또 왔었나?”

“어허! 이 친구 보게. 그 흉악한 놈들을 처리한 분을 협객이라고 하지 않으면 뭐라고 할 것인가? 나이도 그리 많지 않다고 하던데, 너무 고마운 분이지 않은가?”

대화를 엿듣는 주진평의 얼굴이 급격히 굳었다.

‘본 자가 있었단 말이야?

사람들의 말을 들어보니 현장을 엿본 사람이 있었던 것 같았다. 그렇지 않으면 나이에 대한 이야기까지는 나오지 않을 게 아닌가. 모두가 죽었으니.

복수를 꿈꾸는 현 시점에서 자신이 감지하지 못한 고수가 있었다는 건 상당한 문제였다.

그는 귀를 쫑긋거리며 사람들의 대화에 더욱 집중했다.

“아, 그자 말인가? 쳇! 협객이면 뭐하나? 뒈졌는데. 칭송이고 추앙이고 살아 있을 때나 좋은 거지. 그리고 막말로 그자가 그놈들을 죽였는지 아닌지 어떻게 아나? 고작 다른 옷을 입고 같이 뒈져 있었다는 이유뿐이지 않은가.”

"허어! 이 사람 심보 한번 고약하네. 젊은 사람이 불의를 못 지나치고 고통 받는 사람들을 위해 희생을 했는데 어찌 그렇게 말할 수 있는가?"

"어찌 말하든 내 마음이지! 별걸 다 트집이군!"

"뭐라고?"

대화를 나누던 두 사내는 급기야 언성을 높이며 몸싸움을 하기에 이르렀다.

잠시 그 모습을 멍한 눈으로 보던 주진평은 고개를 절레절레 흔들었다.

"사람들의 눈에는 그렇게 보일 수도 있구나?"

이야기가 이렇게 흘러갈 것이라곤 생각지도 못했다. 모든 걸 말살하러 온 광지의 부하가 협객이 되고, 자신의 이야기는 쏙 빠질 줄이야.

그는 생각지 못한 고수는 없었다는 점과 번거로울 일이 줄었다는 점 때문에 안도의 한숨을 쉬었다.

일단 흑월방 이야기는 잘 마무리 된 것 같아 발걸음도 가벼웠다.

그래서 그런지 청수의가에도 생각보다 빠른 시간 안에 도착했다.

의가 안으로 들어온 그는 한 병실을 바라보았다. 그곳에는 주청학이 아직도 환자를 돌보고 있었다.

'허어! 지금까지 환자를 진료하고 계셨던 거야?'

그는 저녁 진료가 끝나자마자 녹초가 된 몸으로 은성의가로 향했었다. 쉬고 싶은 마음이 간절했지만 포천소의 현재 상황을 두 눈으로 확인하기 위해서였다.

비록 치료하는 방법 때문이기는 하지만 무공을 익힌 자신도 이렇게 지치는데 일반 사람인 아버지는 오죽할까. 그러나 주청학은 날이 어두워지는데도 아직 그만둘 마음이 없는지 다음 환자를 또 받고 있었다.

그에 주진평은 고개를 절레절레 흔들었다.

"그것이 아버지가 말씀하신 순리입니까? 고작 열심히 진료하는 것이요?"

주청학의 의도를 알 수 없는 그는 답답한 마음이 들 수밖에 없었다.

아버지를 뒤로하고 자신의 방으로 발걸음을 옮기려는 찰나, 진료를 받으려고 제일 앞에 서 있던 사내가 대열을 벗어나 그의 왼쪽 옆을 지나갔다.

"다음 환자분!"

장완이 그를 불렀지만 사내는 뒤도 돌아보지 않고 빠른 속도로 사라졌다.

주진평의 눈도 그의 뒤를 좇았다. 그리고 코를 움찔거렸다.

"피 냄새?"

분명히 피 냄새였다. 그 말은 다친 곳이 있다는 말이었다. 한데 진료를 받지 않고 가다니 너무 이상했다.

고개를 갸웃거리며 대문에서 눈을 떼지 못하고 있을 때, 동생 주운휘가 걸어왔다.

"형님, 할 말이 있어요."

'올 게 왔구나.'

주진평은 살짝 난감한 표정을 지었다. 동생이 말하지 않아도 무엇을 물어볼 것인지 느낌이 왔다. 분명 흑월방 일 때문일 것이다.

자신과 아버지가 일을 마무리했다고 어제 당당하게 말했었다. 하나 정작 저잣거리에 떠도는 이야기는 어떤 협객에 의한 일이라는 것이었다. 동생은 왜 하지도 않은 일을 했다고 말했냐며 추궁할 것이 분명했다.

어느새 바짝 다가온 주운휘, 그는 형의 손을 붙잡고 조용한 곳으로 자리를 옮겼다. 이어 시선을 마주쳐 오는 눈가엔 눈물이 촉촉했다.

그것을 보는 주진평의 심정도 편치 않았다.

'내가 거짓말을 했다는 게 그렇게 큰 실망이었니? 앞으로 너에겐 사소한 말 한마디도 조심해야겠구나.'

흑월방에 대한 일이니 사소하다고 말할 것은 아니었다. 그렇다고 이제 와서 사실은 그들을 자신이 다 죽였다고 말하기도 그랬다. 어린 동생에게 살인을 했다고 말할 바엔 거짓말쟁이가 되는 게 나았다.

주진평은 그저 앞으론 이런 일이 없도록 주의해야겠다고 다짐하며 동생의 말을 기다리는 일밖에 할 수 없었다.

드디어 주운휘의 입이 열렸다.

"형님, 많이 힘드시죠?"

“으, 응? 뭐가?”

“지금쯤 폭발하려는 분노를 참으려고 힘드실 것이 아닙니까. 협객의 칭호를 도둑맞았으니!”

‘엥? 이건 또 무슨 말이야?’

주진평은 바로 이해하지 못해 어리둥절한 표정을 지었다. 그러는 도중에도 주운휘의 말은 계속 이어지고 있었다.

“감히 형님께서 이미 쓰러뜨린 적들을 은밀히 찾아가 죽여 공을 뺏어가다니. 전 그것만 생각하면 억울해서 눈물이 앞을 가립니다! 따질 수도 없게 죽어버린 건 또 무슨 경우랍니까!”

다행인지 불행인지 주운휘는 주진평이 처리했다는 말을 철석같이 믿고 있었다. 형이 자신에게 거짓말을 할 리가 없다고 생각하는 것 같았다.

‘녀석, 사람을 긴장시키는 재주가 있네.’

주진평의 입꼬리가 살짝 올라갔다.

동생이 자신을 믿는다는 것에 기분이 좋은 것도 있지만, 듣고 보니 완전히 틀린 말은 아니라는 것이 재미있기도 했다. 수뇌부라면 몰라도 일반 방도들은 자신이 직접 다 죽인 것은 아니지 않은가.

주운휘는 협객이라는 칭호가 중요한지 계속 거기에 대해 말하고 있었다.

“제가 그 도둑놈 대신 형님이 협객이라는 걸 반드시 밝혀낼게요. 그래서 친구들에게 자랑할 거예요. 형님이 최고라고요!”

“하하하!”

주진평이 웃으며 동생의 머리를 쓰다듬었다.

"난 협객이라 안 불려도 된단다. 그러니 흑월방 근처로 갈 생각은 하지도 말아라."

형의 반응이 자신이 생각했던 것과 반대였을까. 주운휘의 입이 오리처럼 튀어나왔다.

"혀, 형님. 분명히 본 사람이 있을 거예요. 그 사람을 찾아 사실을 밝혀야 제가 친구들한테 자랑을 좀……."

"친구들 앞에서 나한테 혼나지 않으려면 들어야 할걸?"

"예? 에휴……."

형의 단호한 말에 힘이 빠졌는지 주운휘는 고개를 푸욱 숙였다.

이 근래 들어 친구들에게 주진평 자랑을 많이 했는데 흑월방 일이 그중 최고였다. 해서 꼭 진상을 밝히고 싶었는데 아쉽게 되었다.

주진평은 어깨를 늘어뜨린 채 터벅터벅 어둠 속으로 걸어가는 동생의 뒷모습을 바라보았다.

"녀석, 본 사람 따윈 없으니 배우라는 의술이나 열심히… 어?"

말하는 도중 갑자기 눈이 동그랗게 떠졌다. 문득 떠오르는 사람이 있었기 때문이다.

어제 흑월방에서 부상을 당한 몸으로 도망친 바로 그자.

"에이, 설마?"

고개를 돌려 대문 쪽을 바라보았다.

어느새 환자들은 모두 돌아가고 문은 굳게 잠겨 있었다.

휘이이잉!

아무도 없는 공허한 마당으로 얼음장 같이 차가운 바람이 불어왔다.

주진평은 그곳에서 불안한 얼굴로 한동안 서 있었다.

*　　　*　　　*

"그놈을 찾았습니다."

은성의가 깊숙이 자리한 모처.

노충은 두 사람 앞에 부복하고 있었다.

한 사람은 장을국이었고, 또 한 사람은 쭉 찢어진 눈매가 인상적인 중년인이었다.

의복을 입은 이 중년인이 바로 포천소였다. 그는 웃는 인상이어서 어찌 보면 마음 좋은 사람처럼 보이기도 했다.

장을국이 입을 열었다.

"그래, 그놈은 누구더냐?"

"청수의가의 가주, 바로 주청학 그자였습니다."

"주청학이라고?"

돌변하는 포천소의 표정. 웃는 표정은 어디가고 표독스러운 얼굴이 되어 있었다.

노충은 눈치를 보듯 고갤 깊이 숙이며 대답했다.

"청수의가에 들어가 살펴본 결과, 제가 본 사람이 주청학이라는 걸 확인했습니다. 분명합니다."

마주치면 걸릴 수도 있었지만 확실히 하기 위해 환자로 줄을 서 있었다. 그리고 사실 확인을 했다.

"그럼 흑월방을 공격한 그놈은?"

"그, 그자는 아직 알아낼 수가 없었습니다. 당시 얼굴을 확인한 것이 아니라서……."

장을국의 물음에 노충은 다시 고개를 숙였다. 그로서도 얼굴을 모르는 자까지 찾을 수는 없었다.

듣고 있던 포천소가 자신의 의견을 내어놓았다.

"혹 진평이 그 자식이 흑월방을 공격한 놈일 가능성은? 듣자 하니, 방도들을 쉽게 물리친 적이 있다고 하던데."

그에 장을국은 비웃음을 담아 말했다.

"고작 흑월방도 몇 명 처리한 의원 놈 따위는 열 명이 와도 광지를 비롯한 내 부하들을 이길 수 없소. 그러니 그놈일 가능성은 전무. 일단 주청학, 그자부터 잡아봐야겠소."

포천소의 인상이 살짝 일그러졌다. 다 넘어갈 수 있었지만 의원 놈 따위라는 말이 그의 심리를 묘하게 건드린 것이었다.

'의원이 어때서? 누가 위인지 알려주지.'

"장 대주, 오늘 주청학을 잡으러 가는 것은 좋으나 당신은 내 옆을 떠나면 안 되오."

"가주! 적은 상당한 고수요. 혹시 모를 일을 위해 내가 가야 하오. 잘못하면 부하들이 피해를……."

"가뜩이나 분위기도 안 좋고 이틀 뒤면 그분도 오시는 마당에 내 신상에 문제가 있으면 되겠소? 연구에 집중할 수 있도록 내 곁을 지키시오! 장 대주가 안 가도 문제는 없잖소?"

순간, 장을국의 눈빛이 변했다. 그는 살기 어린 눈으로 포천소를 노려보았다.

"이게 전부 가주가 혈귀문(血鬼門)과 청수의가를 건드려서 생긴 일이 아니오. 한데 그 피해로 내 부하들이 죽었소. 적어도 더 이상의 피해는 없도록 협조해야 하는 거 아니오!"

눈빛만으로 사람을 죽일 수 있다면 지금 장을국의 눈이 그러할 것이다. 흉포한 맹수의 눈빛을 한 그의 눈은 보는 사람으로 하여금 심장이 쪼그라들게 하는 힘이 있었다.

그는 지금 은성의가에서 벌인 부정한 일을 최대한 감추기 위해 애쓰고 있었다. 누가 조사하더라도 은성의가가 드러나지 않게 하기 위해서였다. 흑월방은 그 과정에서 피해를 본 것이라 할 수 있었다.

어찌 되었든 현재 마을 사람들은 흑월방의 일을 지나가던 협객이 한 것으로 생각하고 있지 않은가.

장을국의 눈빛을 마주한 포천소는 히죽거리며 입꼬리를 올렸다.

"내 신상에 절대 문제가 없도록 하는 게 당신의 일이라는 걸 잊어선 안 될 것이오."

'아니면 돈도, 약속한 지원도 없어. 크하하!'

포천소는 장을국을 무서워하지 않았다. 오히려 장을국이 입술을 깨물며 참는 모습을 보였다.

'네놈이 간단한 일이라 해서 협조하기로 한 것이었다. 하지만 지금은 어떠하냐? 졸지에 마검문(魔劍門)의 눈치까지 봐야 하는 상황이 되지 않았느냐.'

장을국은 당장에라도 포천소를 죽이고 싶었다. 하지만 너무 깊게 발을 들였다.

최대한 흔적이 드러나지 않는 게 지금 하는 일에서 가장 중요한 것이었다. 하나 혈귀문, 흑월방, 청수의가, 거기에 사파를 움켜지고 있는 패왕성(覇王城)의 여섯 기둥 중 하나인 마검문까지. 현재 드러나 버린 게 너무 많았다.

이 정도 세력이라면 자신들이 낭인부대로 이름이 높다고 해도 벌인 일이 지독해 평생 쫓길 수 있었다. 그런 일을 피하기 위해서라도 지금은 어찌 되었든 포천소와 손을 잡고 일을 마무리하는 수밖에 없었다.

장을국은 마지못해 대답했다.

"알았소. 가주 말대로 하겠소."

포천소는 득의양양한 얼굴로 장을국을 보았다. 이어 자리에서 일어나며 말했다.

"내일은 혈귀문 쪽에 신경을 써야 하오. 그러니 오늘 밤 주청학을 비롯한 그 두 놈을 반드시 은밀히 처리하는 게 좋을 것이오."

그의 말에서 주청학을 잡아오는 것에 대한 의심은 전혀 찾을 수가 없었다. 장을국이 가지 않는다고 해도 말이다.

장을국 또한 그걸 당연시 여기는지 오히려 목청을 높였다.

"그런 건 말하지 않아도 알아서 하오. 더 이상 쓸데없는 걱정 말고 나가 주시오!"

포천소는 고성에 잠시 인상이 찌푸려졌지만 이내 신색을 바로 하고 천천히 밖으로 사라졌다. 어차피 자신도 도움을 받아야 하는 상황, 이 이상 건드려서 좋을 건 없었다.

퍼억!

장을국이 앉아 있던 의자의 손잡이가 가루가 되어 흩어졌다. 그의 손에는 은은한 붉은 빛이 감돌고 있었다.

흥분을 쉽게 가라앉힐 수가 없는지 한동안 심호흡을 하던 그가 입을 열었다.

"송강(松江)을 불러라."

"예?"

노충이 놀라 고개를 들었다. 대주의 명령이 이해가 되지 않아서였다.

송강은 강했다. 혈문대(血門隊)라 불리는 이들의 무리에서 장을국 다음으로 강한 자였다. 하나 성격이 포악하고 다혈질에 조심성까지 부족했다. 그나마 장을국만큼은 제어가 가능해 겨우 같이 지내고 있는 중이었다.

한데 장을국이 가지 않는 곳에 송강을 보내겠다니. 특히나 은밀히 주청학을 납치해 와야 하는 임무, 노충이 볼 때는 그냥 없는 게 나았다.

그러나 장을국은 단호했다.

"불러라."

*　　*　　*

모두가 곤히 잠든 야심한 시각.

환하게 빛나는 달을 횃불삼아 청수의가로 다가가는 사람들이 있었다. 열 명이 넘는 그들은 모두 흑의에 복면까지 쓰고 있어 누군지 알아볼 수가 없었다.

담에 바짝 붙은 한 명이 뒤편에 있는 사람에게 시선을 던졌다. 그러자 고개를 끄덕인 복면인은 담에 바짝 붙어 엎드렸다. 그 위를 처음 복면인이 밟고 올라섰다.

'이런 의가에 보초서는 자가 있을 리 없지만, 중요한 일인만큼 신중을 기한다.'

노충은 최대한 기척을 숨긴 채 고개를 담 위로 내밀었다. 역시 그의 생각대로 지키는 자는 없었다.

이제 안으로 들어가 주청학을 찾을 차례였다.

그는 고개를 돌려 부하들을 바라보았다. 이어 의가 안을 향해 손짓을 했다.

'움직여라!'

하지만 움직이는 이가 없었다. 모두가 멀뚱멀뚱 눈만 뜬 채 자신을 보고 있었다.

'이 자식들아, 지금이 장난칠 때야?'

휘익!

노충은 손을 크게 휘저으며 몇 번이나 청수의가를 가리켰다. 하나 그래도 움직이는 사람이 없었다.

이쯤 되니 노충도 이상함을 느꼈다. 자세히 보니 부하들의 눈에 놀란 빛이 가득한 게 아닌가.

'뭐, 뭐지?'

천천히 고개를 뒤로 돌렸다. 그러자 점차 그의 얼굴을 가리는 검은 그림자가 있었다.

달빛을 등지고 서서히 허공에서 담 위로 내려서는 사람.

음영이 져 이목구비를 확인할 순 없었지만 한 가지, 굳게 다문 입술만큼은 도드라져 달빛을 반사하고 있었다.

갑작스런 등장에 놀란 노충의 눈이 찢어질 듯 커졌다.

"누, 누구냐?"

상대의 물음에 닫혀 있던 입술이 열렸다. 그리고 입꼬리가 올라가며 하얀 이가 보였다.

담 위에 선 주진평은 살소(殺笑)를 머금었다.

"누구긴. 당연히 이 집 아들이지."

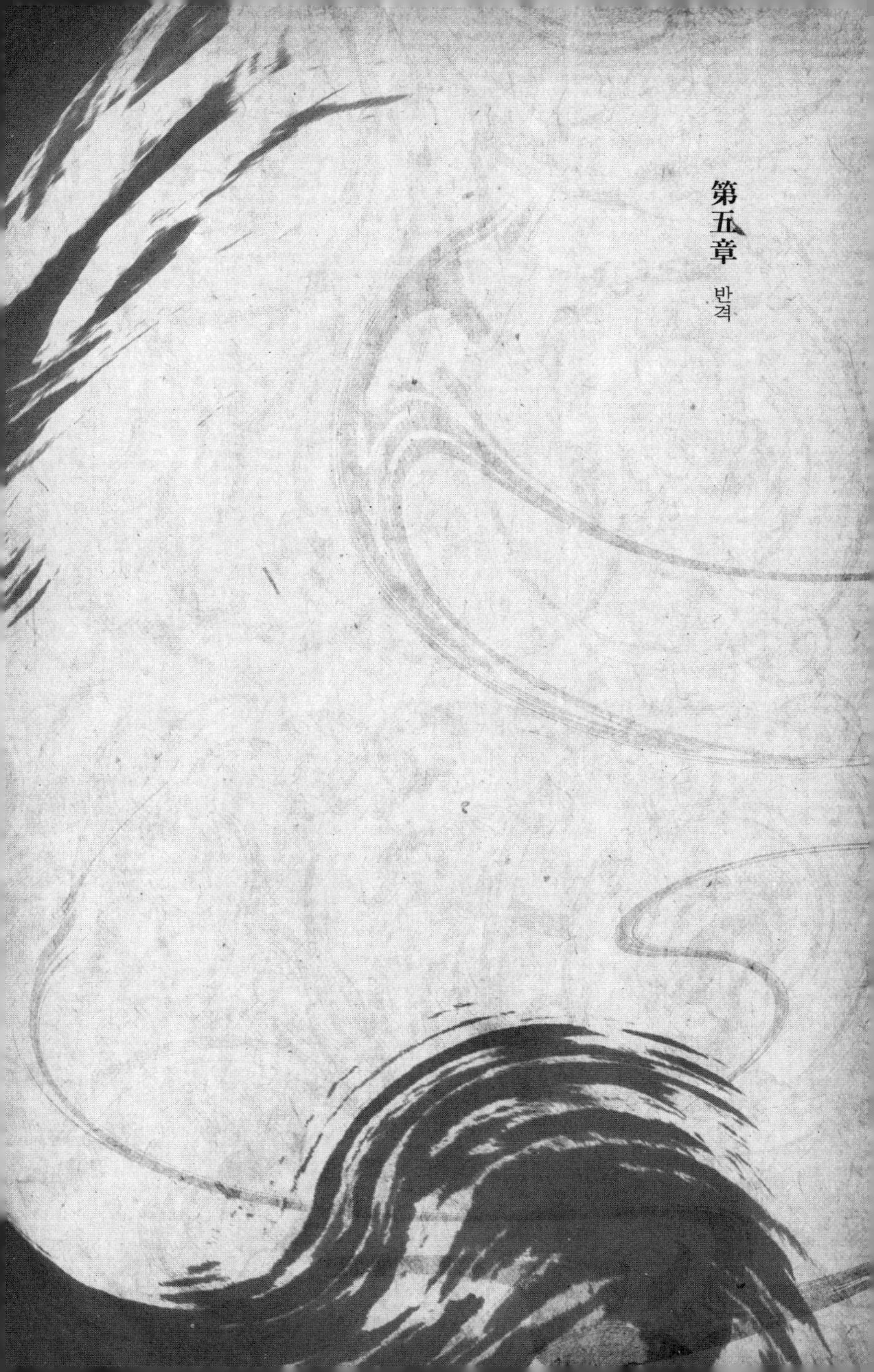

第五章
반격

"이, 이 집 아들이면… 천선신의?"

"어? 잘 아네."

주진평의 대답에 노충은 아연실색했다.

'저놈이 범인일 리는 없다며?'

그는 자신의 대주가 했던 말을 기억하고 있었다. 의원 따위가 절대로 그렇게 강할 리는 없다고, 그러니 범인일 리는 전무하다고 말이다.

한데 얼핏 본 경공만 하더라도 의심 정도는 해볼 실력이 되는 것 같았다.

'아냐. 확실하지도 않는데 겁부터 먹으면 안 된다. 숫자도 그때보다 몇 배나 많잖아!'

　노충은 주먹을 쥐며 마음을 잡았다. 오늘 임무는 자신들이 살기 위해선 반드시 성공해야 하는 일, 주저해선 안 되었다.

　그가 검집에 손을 얹고 막 내뻗으려는 찰나, 상대의 목소리가 들려왔다.

　"아우, 피 냄새야. 간덩이가 부었네. 부상까지 당하고 도망갔으면서 이렇게 또 찾아온 걸 보면. 아, 초저녁에도 다녀갔었지? 내가 제대로 얕보였구나. 포천소가 시켰냐?"

　"씨발!"

　더 들어볼 것도 없었다. 이 정도면 흑월방을 습격한 이와 천선신의가 동일 인물임이 분명했다.

　채앵!

　욕하는 것과 동시에 검을 뽑았다. 그리고 힘껏 적을 향해 휘둘렀다.

　"쳐라!"

　노충의 외침에 다른 부하들도 급히 무기를 뽑아 들고 덤벼들었다.

　사방에서 쇳소리가 계속 울려 퍼지자 주진평이 당황한 표정을 지었다.

　'이 자식들아, 사람들 깬다!'

　그는 검을 피하며 발로 노충의 배를 걷어차 버렸다. 이어 자신을 피해 의가 안으로 들어가려는 적에게 얼른 다가갔다.

　덥석!

뒷깃을 잡아챈 그는 담을 박찬 후 허공을 날았다. 내려선 곳은 의가 옆에 있는 공터.

주진평은 잡은 적을 흔들었다.

"이놈 죽는 꼴 보고 싶지 않으면 따라오시지?"

그의 조용한 말에 노충은 잠시 고민했다. 굳이 따라갈 필요가 있는지 말이다.

이대로 청수의가의 사람들을 잡아 인질로 삼아도 될 일이 아닌가. 그럼 동료를 살릴 가능성도 더 높고, 다른 일도 편하게 풀릴 수 있었다.

한데 그럴 수가 없었다.

"이게 무슨 소리야?"

"그러게. 어디 싸움이라도 났나?"

집 안도 아닌 민가가 밀집해 있는 골목에서 무기를 신명나게 뽑고 소리를 질러댔으니 사람들이 이상하게 여기지 않을 리가 없었다. 더군다나 전날 흑월방의 일도 있었기에 더 예민했다.

졸지에 청수의가를 뒤지다가 사람들의 눈에 띌 수도 있었다. 지금 자신들은 최대한 정체를 숨겨야 하는 상황, 그것만큼은 어떻게 해서든 막아야 했다.

결국 현재는 사람들의 눈을 피해 이곳을 벗어나는 게 최선이었다.

'젠장! 문파끼리 하는 전쟁도 아니고, 계속 이렇게 은밀히 움직이려니 정말 귀찮은 게 한두 개가 아니구나.'

대부분 무인으로 당당히 싸우는 전쟁을 주로 한 혈문대로선 정말 마음에 들지 않는 상황이었다.

"의가 안으로 들어가진 않을까 긴장했는데, 다행히도 곱게 따라오네. 후우, 역시 안 자고 있길 잘했어."

자신을 뒤따라오는 적들을 보며 주진평은 안도의 한숨을 쉬었다. 곤히 잘 시간, 깊은 잠에 빠져 있는 가족들을 굳이 깨우고 싶지 않았기 때문이다.

뿐만 아니라 가장 큰 이유.

의가 안에 피를 뿌리고 가족들 앞에서 사람을 죽여야 할지도 모르는 일이 아닌가.

환자를 살리는 의가에서 살인을 저지르기 싫었다. 가족들에게 살인이란 두려운 모습을 보여주기 싫었다.

'고작 이런 잡놈들 때문에 말이지.'

우득!

주진평의 손에 들린 복면인의 목이 한쪽으로 꺾였다. 절명이었다.

적인데 무슨 말이 필요할까. 더군다나 놓친 줄만 알았던 포천소의 수족이었다.

가족에게 피해를 끼치기 위해 온 녀석들. 주진평은 가족을 건드리는 자들의 사정까지 일일이 살필 만큼 착한 사람이 아니었다.

'응?'

달리던 중 문득 이상한 느낌이 들었다. 그는 얼른 뒤를 돌아보았다.

"뭐야? 저 새끼들 어디 가?"

화들짝 놀랐다. 마을 밖까지 쫓아온 적들이 미묘하게 다른 방향으로 뛰어가는 게 아닌가.

탓!

주진평은 급히 방향을 틀었다. 저들을 놓치면 어디로 움직여 또 무슨 짓을 저지를지 몰랐다. 이번 기회를 최대한 잘 살려야 했다.

노충은 한 곳을 향해 달리고 있었다. 그곳엔 작은 불빛이 보였다.

잠시 후 도착한 불빛이 있는 공터, 그곳엔 한 사내가 고기와 술을 먹고 있었다.

바로 뒤이어 도착한 주진평도 바닥에 주저앉아 있는 덩치를 바라보았다.

온몸이 두꺼운 근육으로 뒤덮여 있었다. 얼굴에는 고기 기름이 덕지덕지 붙어 지저분하기 짝이 없었다. 하나 고개를 들자 좌중을 압도하는 살벌한 눈빛만큼은 장난이 아니었다.

"뭐야? 사람이 고기 먹는 거 처음 봐? 이것들이 다 돼지고 싶나!"

쾅!

사내가 앉은 채로 옆에 놓인 거대한 도를 들어 바닥에 내려치자 기파가 퍼져 나갔다.

몇 발 뒤로 물러선 노충은 얼른 고개를 숙이며 말했다.

"송강 부대주님, 대주님께서 말한 자가 바로 이놈입니다."

그의 말에 송강이란 자가 눈을 번뜩이며 자리에서 일어섰다.

"대주가 말한 놈이 이놈이라고?"

키가 엄청났다. 작지 않은 키인 주진평보다 넉넉잡아 반 정도는 더 커 보였다. 거기에 근육이 고루 붙어 전체적으로 단단한 느낌이 드는 자였다.

이자가 바로 혈문대의 이인자인 송강이었다. 혹 일이 실패해서 쫓길 때를 대비해 장을국이 이곳에서 술을 먹으며 기다리라고 명했던 것이었다.

"그럼 무슨 말이 필요해? 안 그래도 술 떨어졌다!"

휘익!

그는 다짜고짜 도부터 휘둘렀다. 애초에 주진평 정도는 신경도 쓰지 않고 있었던 것 같았다.

공기를 찢어발기는 엄청난 위력의 도를 보며 주진평은 오른소매에 손을 넣었다 뺐다. 밖으로 들려나온 짱돌.

그는 한 발 앞으로 내딛으며 강하게 오른 주먹을 휘둘렀다.

콰앙!

거대한 도가 엄청난 소리와 함께 마치 말 뒷발굽에 튕겨 나가듯 하늘로 튕겨져 올라갔다.

노충을 비롯한 혈문대 사람들은 믿을 수 없는 광경에 눈을 부릅떴다. 완력만이라면 대주인 장을국도 이기는 자가 송강이었다. 한데 허무하게, 것도 자신보다 한참이나 작은 상대에게 이처럼 힘에서 밀릴 줄 누가 알았을까.

탓!

가벼운 발 굴림 소리가 들렸다. 허공을 올려다보니 덩치에 어울리지 않게 날렵한 송강이 자신의 도를 잡고 있었다.

"한 가락 재주는 있단 말이지? 어디 한번 이것도 막아봐라!"

공중에서부터 중력에 체중을 더해 내려오는 그의 도에는 희뿌연 빛무리가 아른거렸다. 기를 제대로 다룰 줄 아는 경지에 든 자임을 알려주는 검기와 같은 도기(刀氣)였다.

화악!

주진평의 오른 주먹에서도 붉은 화염이 피어올랐다. 그는 적색으로 일렁이는 눈으로 공중을 바라보았다. 그리고 주먹을 힘껏 쳐 올렸다.

콰쾅!

화아악!

주먹과 도의 부딪침에서 나온 기파가 주변에 바람을 일으켰다.

"크윽!"

주진평의 입에서 억눌린 듯한 신음이 흘러나왔다. 아무래도 상대의 제대로 힘이 실린 공격에 살짝 밀린 감이 없잖아 있었다. 그렇다고 당하고만 있을 리는 없었다.

그는 얼른 바닥에 파묻힌 발을 빼내고 몸을 움직였다.

쐐애액!

생각보다 강한 반탄력 때문에 잠시 정신을 못 차리고 있던 송강은 갑자기 들려오는 파공음에 급히 고개를 들었다.

어느새 다가온 적이 옆구리에 주먹을 꽂고 있는 게 아니겠는가.

'빌어먹을!'

반으로 쪼개 버릴 생각으로 날린 혼신의 일격이었다. 한데 그걸 막아내고도 이렇게 빨리 반격까지 들어오다니.

그는 얼른 도를 들어 주먹을 막았다.

"큭!"

뒤늦게 대응하다 보니 준비가 미흡했다. 격돌에서 전해지는 충격이 몸을 둔하게 만들었다.

쾅! 쩌억!

그리고 그 틈을 주진평의 왼 주먹이 강한 진각과 함께 파고들었다.

퍼억!

"커허억!"

공격의 속도에서는 주진평이 훨씬 뛰어났다.

마구 쏟아지는 주먹은 두꺼운 근육도 무용지물로 만들었다. 송강은 자신의 오른쪽 옆구리를 부여잡고 새우처럼 허리를 굽히고 있었다.

주진평은 여새를 몰아 끝을 볼 생각인 것 같았다.

그의 주먹이 막 불을 뿜으며 움직이려는 찰나, 사방에서 무기들이 날아왔다.

노충의 명에 남은 혈문대 사람들이 일제히 덤벼든 것이다. 이중에 가장 강한 송강이 당하면 자신들에겐 더욱 불리하다는 걸 알고 있는 듯했다.

비교적 약한 적이라고 해도 공격을 무시할 순 없었다. 이들 모두 흑월방도들을 처리한 광지와 비슷한 경지에 있는 자들, 게다가 도검불침(刀劍不侵)이 아니고서야 흉기에 찔리고도 멀쩡한 사람은 없었다.

주진평은 공격의 중심에서 부지런히 손을 놀리며 한 명 한 명 차분히 처리해 나갔다.

그러다 문득 이상함을 느꼈다. 분명 강한 공격이 한 번씩 섞여 있어야 하는데 그게 없었다. 바로 송강의 공격이 없었던 것이다.

"이 새끼는 어디 갔어?"

급히 고개를 들고 주변을 둘러보니 저 멀리 열심히 경공을 펼쳐 도망가고 있는 송강이 보였다. 덩치에 맞지 않게 굉장히 빠른 속도였다.

"큰소리칠 땐 언제고 이제 와 도망을 가? 정말 지랄하네!"

적도 아니고, 적어도 자신의 목숨을 구해준 아군은 챙겨야 할 게 아닌가.

주진평은 같은 편을 버리고 도망가는 송강의 치사함에 더 흥분해 자신을 막는 적을 공격했다.

그를 상대하는 노충의 얼굴이 점점 거멓게 죽어갔다. 그것은 다른 사람들도 마찬가지였다. 설마 평소 그렇게 자신들에게 큰소리치고 잘난 척을 해대던 송강이 저럴 줄은 몰랐다.

송강이란 자는 전형적인, 약자에게 강하고 강자에게 약한 자였다. 부상을 입은 몸으론 위험할지도 모른다고 생각했는지 부하들을 내버려 두고 날름 내빼지 않았는가.

"크악!"

또 한 명의 부하가 쓰러졌다. 그것을 본 노충의 눈에 단호한 빛이 어렸다.

"모두 뿔뿔이 흩어져!"

부하들에게 크게 외친 그는 낼 수 있는 최고의 속도로 상대에게 뛰어들었다.

주진평은 다가오는 노충을 보며 인상을 찌푸렸다.

'설마……'

달아오른 얼굴과 불거진 핏줄들. 전체적으로 부풀어 오르는 형상의 적은 전날의 광지를 떠오르게 했다.

폭신환, 노충도 자폭을 선택한 것이었다.

'같은 수에 또 당할 순 없다!'

결심을 하자마자 주진평은 곧바로 주먹을 휘둘렀다.

열화로 이루어진 기운이 노충을 향해 곧장 날아갔다. 대부분의 사람이라면 맞고 한참은 튕겨 나갔을 것이다.

하나 적은 피하지 않았다. 물러서지도 않았다. 생살이 타는 고통도 이를 악물고 참더니 갑자기 품에서 무엇인가를 꺼냈다.

은사였다.

노충은 그것으로 주진평과 자신을 묶으려 했다.

"빌어먹을! 정말 미치게 하네!"

생각지 못한 행동이었다.

벗어나기에는 늦었다는 걸 깨달은 주진평은 입술을 깨물었다. 그리고 눈을 질끈 감았다.

그와 동시에 폭발은 일어났다.

콰아아아아앙!

투툭! 투툭!

잠시 후, 화산 폭발하듯 일어났던 먼지가 가라앉고 주변은 진정되어 갔다.

휘이잉!

을씨년스런 바람 한 점이 주진평과 노충이 있던 자리를 쓸었다.

그곳에는 두 개의 구덩이가 있었다.

하나는 노충이, 또 다른 하나는 주진평이 있던 자리에 만들어져 있었다. 그러나 사람이 있는 곳은 한 곳뿐이었다.

"후욱!"

뜨거운 열기가 주변을 뒤덮고 있었다. 그 중심에는 굵은 땀방울을 쉼없이 흘리는 주진평이 한쪽 무릎을 꿇고 주먹을 땅에 댄 채 있었다.

그의 얼굴은 붉게 달아오른 상태였다.

"흐윽!"

신음성이 흘렀다. 그는 고통스러운지 인상을 잔뜩 찌푸렸다.

오히려 광지 때보다 상처는 없었다. 큰 부상을 입은 것 같지 않아 보였다.

하지만 단전에서 엄청난 고통이 밀려오고 있었다. 몸 또한 화상을 입은 듯 붉게 물들었다. 마치 몸이 지글지글 타 들어가는 느낌에 주진평은 급히 내공 운용을 멈춰야 했다.

무리하게 움직인 결과였다.

그는 바닥에 드러누워 뒹굴며 고통에 몸부림쳤다.

하나 그것도 잠시, 이렇게 마냥 있을 수가 없어 몸을 일으켰다.

주변을 둘러보았다. 아무도 보이지 않았다. 정말 노충의 말대로 뿔뿔이 흩어진 것 같았다.

"빨리 의가로 돌아가야 해."

다른 놈들은 몰라도 송강이 일찍 마을로 향한 게 마음에 걸렸다. 자신의 목숨을 가장 먼저 챙기는 치졸한 놈이라면 무슨 짓을 할지 알 수가 없었다.

비틀거리며 움직이는 주진평의 발걸음은 한없이 무거워 보였다.

청수의가가 눈앞에 보였다.

주진평은 쉴 새 없이 쏟아지는 땀방울을 닦으며 발걸음을 재촉했다. 몸은 금방이라도 주저앉을 정도로 지쳤지만 마음이 불안해 그럴 수가 없었다.

그가 의가의 대문으로 다가가자 안에서 인기척이 느껴졌다.

'서, 설마?'

이 야심한 시각에 일어나 의가 안을 서성일 사람이 딱히 떠오르지 않았다. 마음이 다급해졌다.

끼이익!

급히 문을 열고 의가 안으로 들어선 주진평은 의가 마당에서 달빛을 받으며 서 있는 사람을 볼 수 있었다.

"아, 아버지?"

그랬다. 주청학이 자지 않고 나와 마당에 있었던 것이다.

'이, 이게 뭐야……'

갑자기 다리에 힘이 풀리며 자리에 풀썩 주저앉았다. 그에 놀란 주청학이 땀투성이가 된 아들의 곁으로 얼른 다가왔다.

"몰골이 이게 뭐냐? 무슨 일이 있었던 것이냐?"

주진평은 거침없이 쏟아내는 아버지의 질문에 답할 기력이 없었다. 하지만 그래도 하나만은 물어야 했다.

"안 주무시고 왜… 나와 계신데요……"

주청학은 아들의 몸을 살피며 답했다

"자고 있는데 갑자기 병장기 소리가 들리더구나. 그래서 일어났다가 네가 없는 걸 확인하고 이렇게 나와 있었다."

"아……"

"넌 도대체 어딜 갔다 오는 것이냐? 그리고 몸은 또 왜 이렇고?”

아들의 몸에는 다수의 상처가 보였다. 그리고 옷에는 다른 사람의 피도 묻어 있었다. 주청학은 갑자기 드는 불안감에 묻지 않을 수가 없었다.

주진평은 잠시 고민을 하다 모든 것을 털어놓았다.

적들이 공격해 들어왔고 아무래도 목표는 아버지인 듯했다고. 자신의 정체는 애초에 알지 못했고, 노충이 낮에 의가에 와서 한 행동을 생각하니 이런 결론을 도출할 수 있었다.

“그랬구나. 어제 그렇게 당하고도 정신을 못 차리다니, 쯧쯧!”

주청학은 적들의 집요함과 과감성에 고개를 흔들었다. 또한 의가의 가족들이 다칠 수도 있었다는 상황에 살짝 분노를 느끼는 것 같았다. 다른 사람들에게는 죄가 없지 않는가.

그는 이어 주진평에게도 미안함을 전했다.

“네가 나로 인해 고생이 많았구나. 어서 들어가 쉬어라.”

이상하게도 주청학은 무공을 사용한 것에 대해 나무라지 않았다.

주진평은 그것이 너무 이상했지만 따지고 있을 겨를이 없었다.

그는 얼른 자신의 방으로 가서 정좌하고 앉았다.

‘빨리 다스려야 한다.’

눈을 감고 정신을 집중하기 시작했다. 주진평은 온몸에서 들끓는 열기를 다스리느라 밤이 새도록 자리에 눕지 못했다.

　　　　　*　　　*　　　*

콰앙!

"실패했다고?"

나무로 된 탁자가 부서져 사방으로 비산했다.

그래도 장을국은 분노를 삭일 수가 없었다.

'어찌 이런 일이 있을 수 있단 말이냐?

자신이 거느리고 있는 혈문대의 강자 다수가 가고도 실패했다고 했다. 그것도 고작 의원 따위에게.

그는 이 사실을 믿기 힘들었다. 지금 눈앞에 있는 송강의 무공 수위를 생각하면 더 그랬다.

비록 천하에 날고 긴다는 절대고수는 아니지만 미약하게나마 검기를 다루는 사람이었다. 이름 좀 있는 중소문파의 일반 무인들과 싸워도 쉽게 당하지 않을 정도로, 작은 도시인 이곳 삭주에선 굉장히 강하다고 할 수 있었다. 한데 부상까지 당하다니.

"그 많은 인원이 가고도 처리하지 못했다? 정말 웃음밖에 나오지 않는구나!"

송강은 식은땀을 흘리며 대주의 눈치를 살피고 있었다. 아직 자신의 말은 끝난 게 아니었으니 말이다.

그때, 장을국이 의아한 듯 물었다.

"한데 나머지는 왜 보이지 않지?"

송강이 잘 말해야 하는 것도 이것이었다. 그는 조심스레 입술을 뗴었다.

"그, 그게 아마도… 전부 목숨을 잃었을 겁니다."

"뭐라!"

단순히 임무에만 실패한 줄 알았는데 목숨까지 잃었다고 송강은 전하고 있었다.

"목숨도 챙겨 나오지 못할 만큼 적이 강했단 말이냐? 그 인원수로!"

"그것보단 적에게 전투의 주도권을 빼앗겨 밀린 겁니다. 부상을 입고 뒤로 빠져 있던 전 뿔뿔이 흩어지란 노충의 말에 피하고 보았는데… 갑자기 폭발이……. 저로선 일단 이 사실을 대주께 전해야 했습니다. 모두가 죽었을 수도 있으니까요."

그는 거짓말을 하고 있었다. 먼저 도망쳤지만 다행히 노충의 외침과 폭발을 확인했기에 가능한 거짓말이었다.

사실 그는 은성의가 근처에서 혹시 살아남은 부하들이 오는지 확인을 하고 들어온 길이었다. 자신의 체면을 위해 부하들을 죽이려는 마음까지 가지고 말이다.

다행히 돌아온 부하들이 없어 손을 버리진 않았다.

"으음!"

장을국은 사실 송강이 굉장히 마음에 들지 않았다. 부하를 대신해 살아온 상관이라.

하지만 싫은 내색을 하지는 않았다. 자신이 정확한 상황을 아는 것은 아니지 않은가. 부하를 의심부터 해선 안 되었다.

‘아마도 노충이 폭신환을 가지고 있었기 때문에 먼저 달려든 것이겠지.’

그럴 가능성이 컸다. 이번 전투의 지휘자는 송강이 아니라 노충이었으니까.

일단 폭신환을 사용한 것 같으니 그것부터 확인해 봐야 했다.

아직 미완성의 단계로 실험할 때마다 위력이 달랐다. 하니 이번에는 또 어떻게 되었을지 모르지 않는가.

장을국이 입을 열었다.

“넌 잠시 후 날이 밝는 대로 그 자리에 다시 가보아라. 그놈이 죽어 있을지 모르는 일이다. 그래도 혹시나 살아 있다면……”

갑자기 항거할 수 없는 기운이 방 안을 가득 채웠다. 눈에 살기를 가득 담은 장을국은 마치 상대가 눈앞에 있는 듯 정면을 노려보며 말했다.

“오늘 밤, 내가 그놈을 찾아갈 것이다.”

＊　　＊　　＊

뚝! 뚝! 뚝!

미끈한 턱선을 따라 땀이 쉬지 않고 흘러내렸다.

주진평은 열기 가득한 자신의 거처에서 여전히 가부좌를 틀고 앉아 있었다.

번쩍!

갑자기 그가 눈을 뜨자 광망이 터져 나왔다. 이어 그 빛은 사라지고 열기로 일렁이는 맑은 눈이 보였다.

"후우, 진짜 뒈질 뻔했네."

지친 기색이 역력한 그의 입에서 나온 첫 마디였다.

주진평은 자신의 소매에서 돌을 꺼냈다. 그것을 잠시 살펴보더니 몸을 부들부들 떨었다.

"이놈의 열화지석은 쓰자니 무섭고, 안 쓰자니 내 성격상 길에서 칼 맞아 뒈질 것 같고. 내 참 더러워서."

그가 흡력석에 붙인 이름, 열화지석(熱火持石) 안에는 어마어마한 양강의 기운이 잠들어 있었다. 주진평은 그것을 필요할 때마다 조금씩 꺼내 자신의 혈맥에 돌리고, 또 서서히 단전으로 쌓는 중인데 어제는 그 정도가 지나쳤다.

폭신환의 폭발을 견디기 위해 감당할 수 없는 기운을 몸속으로 끌어들이니 폭주가 찾아왔다. 혈맥은 타 들어갈 듯 뜨거웠고, 단전은 순간 깨지기 직전까지 가버렸다.

단전이란 놈은 기를 담는다고 모두 품고 있는 게 아니었다. 자신이 가질 수 있는 양만 받고 나머진 다시 배출해 버리는데 배출할 시간 없이 꾸역꾸역 다음 기운이 밀고 들어오니 견디기 힘든 순간까지 간 것이었다.

더군다나 주진평의 단전은 태어날 때부터 기형적이어서 둘로 나뉘어 있고 벽이 약했다. 천천히 균형을 맞추면서 키워나가지 않으면 분명 견디지 못하고 깨어질 터.

주진평은 밤새 그 기운들을 진정시키고 밖으로 뽑아내느라 죽을 고생을 했다.

그는 몸에 덕지덕지 붙은 피딱지들을 바라보았다. 냄새까지 나는 게 당장 씻어야 할 것 같았다.

"낮에는 진료하느라 정신없어, 밤에는 싸우느라 몸이 축나. 정말 피똥 싸겠군."

방을 나와 우물에 도착한 그는 물로 몸을 씻기 시작했다. 그러며 자연스레 상처들을 살피게 되었다. 치명상은 없었지만 하나하나 쑤시지 않은 구석이 없었다.

'어젠 정말 죽을 수도 있었어. 만약 폭발이 전날 그놈만큼 강했다면 막지 못했을 거야.'

다행히 노충의 폭발은 광지보다 약해 무사할 수 있었다.

"이것도 능력이지. 오늘처럼 끊임없이 목숨 건 도전을 한 결과니까. 큭큭!"

그는 오늘 폭발에서 살기 위해 열화지석의 힘을 과도하게 끌어들였다. 그 때문에 또 다른 위험에 처했었으나 그것을 다스린 지금은 그만큼 강해지기도 했다. 그리고 이런 일은 끔찍하게도 그의 무모함 때문에 가끔씩 있는 것이었다.

"혼자 뭘 그렇게 중얼거리십니까?"

"아, 깜짝이야! 장 총관님!"

혼자만의 생각에 빠져 있느라 접근하는 것도 느끼지 못했다. 주진평은 놀란 눈을 하고 장완을 바라보았다.

"아침부터 무슨 일이세요?"

“가주님께서 도련님 일어나셨는지 한번 보라고 해서요. 혹시나 몸이 아프시면 오늘 하루는 쉬는 게 좋겠다고 말씀하셨습니다.”

‘얼레! 아버지가 웬일이시지?

쉽사리 믿기지 않는 일이었다. 자신의 몸보다 의원으로서 환자를 중요시 하는 주청학이 한 말이라고는 받아들여지지 않았다.

“아버지는 뭐하시는데요?”

“이, 이 많은 사람들이 다 아버지 환자라고요?”

주진평은 마당에 넘쳐 나는 사람들을 보며 놀란 눈을 했다. 전날보다 수가 확실히 늘어나 있었다.

의가가 본격적으로 다시 진료를 시작한 지 며칠 지나지도 않았는데 이렇게 폭발적인 반응이라니.

추운 날씨 때문에 특수를 노리는 자신의 고뿔 환자 수와 다를 바가 없어 보였다.

장완은 절로 나오는 미소를 억지로 참으며 대답했다.

“오 년이나 지났지만 환자들은 가주님을 잊지 않았습니다. 흑월방의 방해가 확실히 없어지자 바로 찾아오기 시작하네요. 며칠 동안 밤낮 쉬지 않고 정성껏 환자를 돌본 것도 크게 작용한 것 같습니다.”

환자들은 의원의 실력도 보지만 정성을 더 많이 보았다. 자신에게 행하는 진료가 최선이라고 느끼니 만족감은 이루 말로

할 수 없었다. 게다가 오 년 전까지만 해도 평판은 삭주 최고 였으니.

'혹, 이게 아버지가 말씀하신 순리입니까? 의원으로서 최선을 다해 회생하면 그게 적에게는 복수가 될 것이라는.'

만약 그것이 아버지의 생각이라면 이해는 할 수 있었다. 하지만 모든 걸 공감하는 것은 아니었다. 가슴속에 진 응어리는 어떻게 할 것인가. 결국 각 사람마다 맞는 복수의 방법은 따로 있을지도 모른다는 생각이 들었다.

혼자 주청학의 의도를 예측해 보느라 주진평이 아무 말도 하지 않자 장완이 먼저 입을 열었다.

"어찌 되었든 모든 게 잘 풀리니 기분이 좋습니다. 솔직히 환자가 너무 많아서 걱정일 정도입니다. 하하하!"

"다행이네요. 아버지의 노력이 성과가 있다니."

"무슨 말씀이십니까? 이 모든 일의 시초가 된 분은 도련님 이십니다. 도련님의 노력이 없었다면 사람들이 다시 이곳을 찾았겠습니까? 하하하!"

"그, 그런가요?"

장완의 칭찬이 싫지 않은지 주진평의 얼굴에도 미소가 그려졌다.

＊　　　＊　　　＊

쨍그랑!

"아침부터 이게 무슨 소리야!"

그릇이 벽에 부딪치며 요란하게 깨졌다.

포천소는 밥을 먹다말고 얼굴을 잔뜩 일그러뜨리고 있었다. 충격적인 말을 들었기 때문이다.

"환자가 왜 그렇게 많이 줄어? 도대체 의원들이 어떻게 일을 했기에 환자가 준단 말이야!"

보고를 하던 수하는 땀을 뻘뻘 흘려야 했다. 도대체 이것을 어떻게 말해야 한단 말인가.

"그, 그게 청수의가로 환자들이 많이 몰린 것 같습니다. 의원들은 하던 대로 열심히 하고 있지만 갑자기 그쪽이 평판이 좋아져서……."

"평판? 지금 그걸 변명이라고 해!"

은성의가는 오 년 동안 삭주 최고의 자리에 있지 않았던가. 그런데 평판에서 밀린다니.

포천소는 끓어오르는 분노를 주체할 수가 없었다. 그렇지 않아도 현재 작업 막바지 단계라 신경이 날카로운 상태였다. 여유로워도 모자란 판국에 문제가 생기니 화가 나지 않을 수가 없었다.

자신이 하는 일에는 하루하루 어마어마한 자금이 들어갔다. 그것을 모두 의가에서 나오는 수익에 의존하고 있었는데 환자가 줄었다고 했다. 이대로라면 오늘은 괜찮을지 몰라도 내일부터는 어떻게 될지 몰랐다.

윗선에 손을 벌리는 방법도 있었지만 벌써 은성의가를 세우며 거금을 받은 상태, 오히려 도움도 받지 못하고 무능함만 인정하는 꼴이 될 수도 있었다.

'고뿔에 의한 것이야 어차피 겨울 가면 그만이니 넘어가겠지만. 항상 오던 다른 환자들까지 줄었다니!'

그가 부하를 노려보았다.

"저잣거리나 청수의가로 향한 환자들의 반응은 알아봤나?"

저잣거리는 사람들이 가장 많이 오가는 곳이라 소식이 빨랐다. 사태 파악을 위해서는 그곳 분위기를 꼭 확인해야 했다.

"네, 사람들 말로는 그곳 의가주 때문에 옮긴다고 했습니다. 실력도 실력이지만 정성이 다른 곳과 차원이 다르다고요. 본 의가하고도 비교를 많이 합니다. 저흰 의가주가 직접 진료를 하지 않는다며……."

연구에 몰입하느라 포천소가 진료에서 손을 뗀 것이 영향을 주고 있는 것 같았다.

"정성? 의가주가 직접 하는 진료? 정말 지랄들을 하고 있구나! 그럼 지금까진 왜 가만히 있었는데!"

기분이 상했다. 주청학으로 인해 환자들을 빼앗겼다고 하니 더욱 그랬다.

'그 인간이 살아보려 발버둥을 치는구나. 그냥 애초에 없애버릴 걸 그랬어. 아니, 새벽에 공격만 성공했어도……. 병신들!'

포천소는 머리가 복잡했다. 하고 있는 임무도 중요했지만 그토록 싫어하던 청수의가의 회생이 더욱 신경에 거슬렸다.

'그놈을 밟지 않고서는 자금 충당이 되지 않는다. 더군다나 내일이면 그분이 오신다. 혹여나 분위기가 이상함을 알아차린다면… 어떻게 될지 알 수가 없어.'

그는 살기 가득한 상관의 눈빛이 지워지지 않았다.

몸을 한 번 떤 그는 부하에게 말했다.

"지금 청수의가로 가겠다."

임무를 완수하려면 돈이 필요했고, 돈을 다시 벌어들이려면 주청학을 밟아야 했다.

그는 마음을 굳혔는지 청수의가로 발걸음을 옮겼다.

"무슨 일이야?"

진료를 하고 있는데 갑자기 밖에서 소란이 일었다. 주진평은 진상을 확인하기 위해 발걸음을 옮기고 있었다.

환자들이 많아 겨우 뚫고 뚫어 소란의 중심에 도착한 그는 눈을 부릅떴다.

그곳에 포천소가 있었기 때문이다.

"저 새끼가!"

고민도 필요없었다. 바로 주먹을 쥐고 뛰어가려고 했다. 하지만 그때, 그의 어깨를 잡는 사람이 있었다.

바로 주청학이었다.

"보는 눈이 많다. 내가 이야기해 보마."

아버지의 말에 주진평은 주변을 살폈다. 아닌 게 아니라 환자들이 두 사람을 바라보고 있었다. 그들도 포천소와 청수의가 사이에 분위기가 이상하다는 걸 눈치채고 있는 듯했다. 아무래도 다니는 의가를 바꿔서 이 사태를 만든 장본인들이니 말이다.

주진평은 주먹을 다시 풀었다. 여기서 주먹을 쓴다면 이유를 모르는 사람들의 눈엔 이상하게 비춰질 수밖에 없었다. 누가 뭐래도 지금은 가장 성황하고 있는 청수의가, 갑자기 성세를 이뤘다고 남을 핍박하는 걸로 보일 수도 있었다.

"오호! 이게 누구신가? 지금 최고로 유명한 천선신의가 아니오. 이거 오랜만에 만나니 정말 반갑구려."

포천소는 두 사람을 발견하곤 밝게 웃었다.

주진평은 그것이 가식이라는 것을 알고 있으니 인상이 절로 찌푸려졌다. 감히 어디서 친한 척인가!

웃으며 두 사람을 바라보는 포천소 또한 안에서는 울화가 치밀어 올랐다.

'이 많은 놈들이 전부 내 밥줄이었는데 감히 너희가 빼앗아? 도저히 용서가 안 되는구나. 옛날에도 내 앞길을 방해하더니!'

그는 청수의가에 들어오자 옛 기억이 떠올랐다. 차고 넘치는 자신의 재능을 실험하려는데 방해를 받았던 곳이다. 그리고 그 방해를 한 사람은 눈앞에 있었다.

주청학은 상대의 살기 섞인 눈빛을 의연하게 넘기며 입을 열었다.

“은성의가주가 이곳엔 웬일이오?”

“하하! 어찌 그리 섭섭하게 말씀하십니까? 제자가 스승님을 뵈러 오는데 꼭 일이 있어야 옵니까?”

포천소의 말에 주청학은 미간을 살짝 구겼다. 언제 스승 취급을 했다고 이제 와서 이런단 말인가?

“어찌 되었든 이렇게 찾아오셨으니 차라도 한잔 대접해야 하나, 지금 보시다시피 환자들이 기다리고 있어서…….”

주청학은 진심으로 한 말이었다. 하지만 포천소는 그렇게 받아들이지 않았다.

‘지금 날 놀리는 것이냐! 완벽하게 회생했다고 자랑하는 거냐 말이다!’

분노가 머리 꼭대기까지 올랐다. 자신의 방해에도 쓰러지지 않고 다시 살아났다고 자랑을 하는 것만 같았다.

포천소는 급히 억지 미소를 지었다. 이곳에 온 목적을 이루어야 하지 않겠는가.

“스승님의 모습을 뵈니 제자가 참 배우는 게 많습니다. 해서…….”

그가 갑자기 눈빛을 바꾸더니 목소리를 크게 했다.

“오늘부터 당장 저도 다시 진료를 보기로 했습니다. 연구에만 매달릴 게 아니라 환자와의 소통 또한 중시하겠습니다!”

그 말을 들은 환자들이 술렁였다.

“포 의원이 진료를 다시 본다고? 그럼 은성의가로 가도 되겠는데?”

"암! 우리들로서는 반길 일이지. 사람들이 두 곳으로 나누어
질 테니 아무래도 덜 기다릴 게 아닌가."

개중에 몇 명은 벌써 은성의가로 뛰어가는 사람도 보였다.

그 모습을 확인한 포천소는 의기양양한 얼굴로 주청학을 쳐
다보았다.

'봤겠지? 네 뜻대로 되지는 않을 것이다. 흐흐흐!'

기분이 좋았다. 한껏 고조되었을 상대의 기분을 망쳤다고
생각하니 당장에라도 웃음이 튀어나올 것 같았다.

그러나 주청학의 반응은 의외였다.

"정말 잘 생각하셨소. 의당 그렇게 하는 것이 제대로 된 의
원이라 생각하오. 오히려 이제야 이러는 것이 안타까울 지경
이오."

'뭐라고?'

기분 상해할 줄 알았다. 하다못해 인상이라도 찌푸릴 줄 알
았다. 한데 상대는 넉넉한 웃음마저 보이고 있었다.

'비, 빌어먹을 자식!'

포천소의 얼굴이 볼썽사납게 일그러졌다.

주변에 있는 환자들이 연신 '군자'라며 떠들어대니 그 입을
찢어버리고 싶었다.

살벌한 얼굴을 한 포천소는 바로 발걸음을 옮겼다. 그는 대
문을 나서며 주청학을 한 번 노려보는 걸 잊지 않았다.

'네놈이 언제까지 그렇게 가식을 떨어대는지 내 한번 두고
보겠다!'

“큭큭! 크하하하!”

진료를 마친 환자가 병실을 나가자 주진평은 바닥을 뒹굴며 목이 찢어져라 웃어댔다. 벌써 열 번도 넘게 반복되는 일이었다.

통쾌했다. 너무나 시원했다. 얼굴을 일그러뜨리며 나가는 포천소의 얼굴이 아직도 지워지지가 않았다.

“이거였구나. 아버지가 말씀하신 순리가 이거구나!”

주청학이 뭘 생각하고 진료를 그렇게 열심히 하는지 몰랐다. 하지만 결과물을 보니 절로 고개가 끄덕여졌다.

단단히 벼르고 온 사람에게 이런 굴욕을 안겨주다니.

복수와 의가의 회생을 둘 다 가져올 수 있는 묘안이었다.

“어쩌면 아버진 이렇게까지는 생각 안 하고 계셨을지도 몰라. 자기 할 일에 충실하셨으니 절로 따라온 결과일지도.”

한참을 웃던 주진평은 이제 조금 진정이 되는지 낮에 있었던 일을 다시 떠올렸다. 그러다 살기 띤 얼굴로 노려보며 나가는 포천소가 뇌리를 스쳐 갔다.

‘그 눈, 또 뭔가 사고 칠 눈이었어.’

안심하기엔 일렀다. 아직 그쪽은 무림인도 많고, 가진 힘도 더 강했다. 언제 어떻게 반격이 들어올지 모르는 일이었다.

“새끼, 감히 아버지를 그딴 눈으로 봐? 적반하장도 유분수지.”

주진평은 자리에 일어나 앉았다. 그리고 창문으로 비치는 기울어진 햇빛을 바라보았다.

"아버지가 보여주신 복수 잘 보았습니다. 교훈은 꼭 가슴에 담겠습니다. 그럼 이제……."

갑자기 눈빛이 달라졌다. 뭔가 단단히 마음을 먹는 모습이었다.

그가 싸늘한 미소를 지으며 말을 이었다.

"제 방식의 복수 또한 해야겠죠?"

어제부터 해서 먼저 이를 드러낸 곳은 은성의가, 이젠 반격할 때였다.

지금처럼 의가의 성세가 비등비등한 상황에 비리의 증거만 있다면 완전히 무너뜨릴 수 있으니까.

*　　　*　　　*

사위가 어두워져 대부분의 사람들이 이부자리를 펼 시간.

청수의가의 담을 넘어 밖으로 나온 사람이 있었다.

바로 주진평이었다.

그는 경공을 펼쳐 곧장 한 곳으로 향했다.

처척!

은성의가 근처에 도착한 그는 주변을 살펴보았다.

쥐죽은 듯 조용했다. 지나다니는 사람조차 없었다.

탓!

단숨에 담을 넘어 나무 뒤로 숨은 주진평은 고개를 갸웃거렸다.

　'비록 경계가 허술해 이쪽 담을 넘었지만, 치키는 사람이 없어도 너무 없다.'

　다른 곳과 달리 이곳 북쪽 방향으로는 적막만이 감돌았다. 오히려 그것이 더욱 긴장감을 고조시키고 있었다.

　'에이! 뭐 지키다가 뒷간이라도 갔나 보지. 설마 내가 올 것이라 예상하고 일부러 비워뒀겠어?'

　그는 그렇게 마음을 진정시키며 다시 발을 움직이려 했다.

　바로 그 찰나.

　타탓!

　한 방향에서 갑자기 두 사람이 경공을 펼치며 주진평이 있는 북쪽으로 다가왔다.

　화들짝 놀란 그는 숨도 멈춘 채, 그들을 주시했다.

　파앗!

　두 사람이 몸을 공중으로 띄웠다. 이어 담을 넘더니 어딘가로 쏜살같이 날아가는 게 아닌가.

　'저놈들은!'

　주진평은 눈을 동그랗게 떴다. 두 사람 다 아는 얼굴이었다.

　한 명은 은성의가 입구에서 자신과 부딪쳤던 중년인이고, 또 한 명은 새벽에 만난 사람이었다.

　바로 잽싸게 도망쳤던 송강.

　'새끼, 너 잘 걸렸다.'

　그는 나무를 벗어나 다시 은성의가의 담을 넘었다. 그리고
는 두 사람을 뒤쫓기 시작했다.
　'그런데 어딜 저렇게 가는 거지?
　저들이 어디로 향하는지도 모르지만 발만큼은 쉬지 않고 계
속 뒤쫓고 있었다.

第六章 장을국이 데려온 자

탓!

‘여기는……?’

주진평은 몸을 숨기며 한 사람이 걸어가고 있는 장원을 바라보았다. 현판에는 커다란 글씨로 혈귀문이라고 적혀 있었다.

“혈귀문?”

들어본 적은 있었다. 이곳 삭주에 자리 잡은 사파로, 패왕성의 여섯 기둥 중 하나인 마검문 산하라는 것 정도만 알고 있었다.

‘한데 이곳엔 왜? 그리고 또 그놈은 어디 갔어?’

송강이 보이지 않았다. 정문으로 향하는 사람은 중년인, 한 사람뿐이었다.

"다녀오셨습니까, 문주님. 마검문에서 온다던 사자는 이미 도착해 일단 접객실로 모셨습니다."

정문 위사가 하는 인사에 대꾸도 하지 않은 중년인은 혈귀문 안으로 사라졌다.

'뭐야? 저번에 문주라 불리더니 이곳의 문주였어? 그런 사람이 왜 은성의가를 드나들어?'

주진평으로서는 이해가 되지 않았다. 두 곳 중 움직인다면 의가에서 찾아오는 게 정상이지 않은가. 한데 문주가 직접 의가로 찾아가다니.

신경이 쓰였다. 혹, 은성의가에서 무림인을 고용한 정도가 아닌 직접 무림문파를 끌어들였을 수도 있었다. 그렇게 되면 보통 일이 아니었다. 제대로 무공을 익힌 무림인의 대대적인 공격이 있을 수도 있는 게 아닌가.

거기에 사라진 송강의 존재도 신경을 건드리고 있었다.

'일단 들어가 확인해 보자.'

마음을 굳힌 주진평은 몸을 움직였다.

타탓!

혈귀문의 담을 넘은 그는 어둠 속에 몸을 숨긴 채 귀를 쫑긋거렸다. 그리고 사람들의 기척을 느끼려고 애썼다.

'더 깊숙이 들어가야 하나?'

주변에는 일반 무사들만 있을 뿐, 문주나 수뇌부의 존재는 느껴지지 않았다.

그는 최대한 기척을 숨기며 더 깊숙이 발걸음을 옮겼다.

다행히 일반 무사들만 간간이 서 있어서 그런지 아무도 주진평의 존재를 눈치채지 못한 듯했다.

그렇게 건물과 건물 사이를 한참 오가던 중, 그의 기감에 걸려드는 곳이 있었다.

'저기다!'

장원의 심처, 주변 풍광이 좋은 곳에 자리한 건물에는 두런두런 말소리가 흘러나왔다.

주진평은 그 건물 옆에 자리한 헛간 벽에 몸을 기대고 앉았다.

'저곳에 문주라던 그자가 있는 게 분명해. 으음… 그 외에도 세 명 정도의 기척이 더 느껴지는군.'

확인을 하자마자 그는 귀를 최대한 열었다. 혹시나 은성의가나 청수의가에 대한 이야기가 오가나 궁금해서였다.

"하하하! 풍 공자는 굉장히 재미있는 사람 같소이다. 이토록 사람을 웃기다니요."

혈귀문의 부문주 허중광(許仲廣)은 상석에 앉은 청년을 보며 큰 소리로 웃었다. 진심으로 재미있다는 얼굴이었다.

"제 말이 그렇게 웃겼나요? 전 그냥 보고를 받은 대로 말한 것뿐입니다만?"

높은 콧대와 하얀 얼굴, 왕방울만 한 눈을 가진 미청년.

풍 공자라 불린 미청년은 상석에 앉아 얼굴 가득 미소를 지은 채 한 사람을 바라보았다.

그는 금방 방으로 들어온 중년인, 혈귀문의 문주 곡자강(曲子岡)이었다.

"곡 문주님은 어떻게 생각하십니까? 마검문에서 잘못 파악하고 있는 겁니까?"

미청년이 곡자강에게 질문을 던졌다. 그에 곡자강은 감정이라고는 눈곱만치도 느껴지지 않는 목소리로 답했다.

"본 문에는 아무런 문제가 없소. 마검문에서 잘못 판단한 것이오."

"그래요?"

미청년이 곡자강의 옆에 있는 사내에게 눈빛을 던졌다. 곡자강의 아들인 곡전풍(曲癲風)은 고개를 살짝 저었다.

[아버지의 말투가 아닙니다. 흥분을 그렇게 잘 하시는 분이 이 질문에 저토록 무표정하게 말씀하실 리도 없습니다.]

미청년은 혈귀문이 요즘 제대로 돌아가지 않는 것 같다고, 혹 능력이 부족해 이곳에 있는 정파에 밀리는 게 아니냐고 물었었다. 문주로서 자질을 논했다는 것인데 곡자강은 별 반 반응을 보이지 않았다.

아들 곡전풍의 전음에 잠시 생각을 하던 미청년은 별안간 손가락을 튕겼다.

핑!

작은 소성과 함께 젓가락이 곡자강을 향해 튀어나갔다.

"……!"

그것을 본 허중광과 곡전풍은 눈을 부릅떴다. 갑자기 이게 무슨 무례한 행동인가!

하나 두 사람보다 고수인 곡자강은 그 어떤 반응도 보이지 않았다. 젓가락이 자신의 어깨를 노리고 날아오는데도 말이다.

쨍!

"이게 무슨 짓이오!"

큰 외침과 함께 바람이 일었다. 곡자강의 옆에 있던 허중광이 검으로 젓가락을 튕겨낸 것이다.

그는 금방이라도 터질 듯 붉게 변한 얼굴로 미청년을 노려보았다.

"아무리 마검문에서 온 사자라고 하나, 이런 무례한 행동을 하다니! 이런 식으로 나오면 정식으로 마검문주께 직접 항의를 할 것이오!"

"하하하! 그건 좀 참아주시지요. 살기나 내공이 깃든 것도 아니고, 누가 봐도 장난으로 여길 수 있지 않겠습니까?"

"장난? 그걸 지금 말이라 하는 것이오!"

허중광이 계속 분기탱천한 얼굴로 따졌지만 미청년은 그다지 신경 쓰지 않는 눈치였다. 그의 눈은 오직 곡자강에게 향해 있었다.

"곡 문주님은 왜 아무런 말씀이 없으십니까? 화도 나지 않으시나 봅니다?"

이번에도 허중광이 끼어들었다.

“문주님께선 지금 너무 화가 나서서 말을……!”

“이제 그쪽은 입 좀 다물지.”

“뭐, 뭐요!”

미청년의 반말에 허중광은 어이없다는 표정을 지었다. 하지만 그 표정이 다시 경악으로 바뀌는 데는 촌각이 지나지 않았다.

미청년이 별안간 표정을 바꾸고 자신을 차갑게 쏘아보고 있었다. 그 눈빛에는 뭔지 모를 오싹함이 깃들어 있었다.

‘무, 무슨 놈의 눈빛이…….’

허중광이 입을 다물자 미청년은 다시 시선을 곡자강에게로 돌렸다.

“곡 문주님, 무슨 말이라도 좀 해주시죠?”

‘갑자기 무슨 일이야?’

밖에서 귀를 기울이던 주진평은 방 안에서 소란이 일어나자 궁금증 가득한 얼굴을 했다. 들리는 대화로 대충 어떤 일이 일어났는지는 알겠지만 정확한 상황 파악이 되지 않아서였다.

‘내가 볼 때도 문주라는 사람 정상으로 보이지 않았었는데. 정확히 무슨 일이 일어나는지 좀 자세히 살펴볼까?’

은성의가를 드나들던 곡자강이었다. 사람들이 그런 그의 반응이 이상하다고 말하니 궁금증이 일었다.

괜히 흥미가 동한 그는 자리에서 조심스레 일어났다. 그리고 헛간 벽에서 벗어나 소란이 이는 건물로 천천히 발걸음을 옮겼다.

그러다,

'저놈은!'

헛간을 벗어나자 접객실 건물의 지붕이 눈에 들어왔다. 그곳에는 입에 무언가를 문 채, 바짝 엎드려 있는 송강이 있었다. 산만 한 덩치에 용케 걸리지도 않고 그곳에 숨어 있었던 것이다.

"……!"

송강도 주진평을 발견했는지 눈을 동그랗게 떴다. 두 사람은 그렇게 서로를 바라보고 있었다.

그극!

갑자기 송강의 발밑에 있는 기왓장에서 소리가 났다. 설마 이곳에서 만날 줄은 몰랐는지 너무 당황한 나머지 실수를 한 것이다.

"누구냐!"

방 안에서 외침이 들려왔다. 이어 날카로운 파공음이 들리더니 지붕의 한 곳이 터져 나갔다.

기척을 느낀 미청년이 젓가락에 기를 실어 던진 것이었다.

"큭!"

기왓장 파편을 쳐 내는 송강의 얼굴이 일그러졌다. 계획이 틀어져 버렸다. 최대한 아무 일 없는 것처럼 넘기려 했는데 실패했다.

그가 당황하고 있을 때, 갑자기 옆에서 말소리가 흘러나왔다.

"새끼, 그 덩치에 쥐새끼처럼 여기 숨어 있었냐?"

"……!"

송강이 옆으로 고개를 돌려보니 그곳에는 주진평이 입꼬리를 말아 올리며 자신을 보고 있었다.

그는 입에 문 동그란 물건을 품에 집어넣으며 외쳤다.

"네놈도 저 구석에 숨어 있었잖아!"

다시 나온 송강의 손에는 뾰족한 흉기가 들려 있었다. 검보다 조금 짧고 날이 없는 무기였다. 은신에 불편한 도는 놔두고 온 것 같았다.

"지랄. 어제도 도망간 놈이 자존심 있는 척은."

적의 말에 어깨를 한 번 으쓱거린 주진평은 그대로 몸을 날렸다.

콰앙!

두 사람의 충돌로 터져 나온 기파에 건물 전체가 흔들렸다.

"어떤 놈들이야?"

방 안에 있던 미청년은 인상을 찌푸렸다. 갑자기 이게 무슨 일이란 말인가.

그는 급히 지붕으로 몸을 날리려 했다.

하지만 그때, 방 안에 있는 사람 모두를 놀라게 한 일이 발생했다.

쿠웅!

별안간 곡자강이 탁자에 머리를 처박은 것이다.

"아버지!"

곡전풍이 얼른 다가가 곡자강을 살폈다. 하지만 어떤 짓을 해도 곡자강은 눈을 뜨지 못했다. 정신을 잃은 것 같았다.

"으득!"

갑자기 이 갈리는 소리가 울려 퍼졌다. 곡전풍이 벌겋게 변한 눈으로 허중광을 쏘아보았다.

"당신 도대체 아버지께 무슨 짓을 한 거야!"

아버지 곡자강은 부문주 허중광과 함께 은성의가를 드나들더니 사람이 변했다. 문파에는 거의 붙어 있지 않고 하루가 멀다 하고 은성의가로 향했다.

그곳으로 가는 연유나 이것저것 질문을 곡전풍이 던져 보아도 항상 무표정으로 일관, 말 한마디 하지 않았었다.

답답했던 곡전풍은 은성의가로 아버지를 찾아가기도 했지만 그때마다 허중광에 의해 묵살당했고, 밤에 몰래 숨어들어 보려 할 때는 의가를 지키는 무인들 때문에 발걸음을 돌려야 했다.

급기야 견디지 못한 그는 마검문에 서찰을 보냈었다. 아버지가 이상하니 진상을 알아봐 달라고 말이다.

곡전풍의 눈빛을 받은 허중광은 의외로 웃고 있었다. 그는 잠시 고개를 절레절레 젓더니 입을 열었다.

"이래서 널 죽이자고 했던 것인데. 쯧! 괜히 내 말 안 들어서 일만 번거롭게 되었구나."

그는 나름 고강한 무공을 익힌 실험체가 필요하다며 다가온 포천소가 내민 손을 잡을 때, 곡전풍을 죽이자고 했었다. 마검문 쪽에는 자신이 무마할 수 있다며 말이다.

하지만 일을 크게 만들고 싶지 않은 포천소로는 문주의 아들에게까지 손을 대지는 않았다. 오히려 그 점이 더 마검문을 끌어들이는 일이 될 수도 있었기 때문이다. 아무래도 부자(父子) 모두에게 일이 생기면 더 의심할 게 아닌가.

"들어오너라!"

허중광이 밖을 향해 외치자 날카로운 눈을 한 무인 네 명이 들어왔다. 모두 혈귀문의 사람들이었다.

"어찌 대주들이 이놈의 말을……."

곡전풍으로서는 당황할 수밖에 없었다. 그래도 믿고 있었던 혈귀문 식구들이 벌써 배를 갈아탔다니.

허중광은 곡전풍의 놀란 얼굴에 미소를 짙게 지었다.

"벌써 이 혈귀문의 삼분지 이는 내가 장악한 상태다. 모두 너희 멍청한 부자 밑에 있는 걸 힘들어하더군. 크하하하!"

그는 그냥 이 참에 뒤에서 조종하는 실력자가 아닌 진정한 문주가 되려는 것 같았다. 이 전쟁에서 또한 승리를 장담하는지 큰 소리로 웃다가 이번엔 미청년을 바라보았다.

"그쪽도 곤욕을 치르고 싶지 않다면 그냥 조용히 있다 가는 게 좋을 거야. 어차피 우리 사파에서 이런 일이야 비일비재하잖아. 내 따로 노자는 넉넉하게 챙겨……."

휘잉.

그 순간, 갑자기 방 안에 한줄기 바람이 불었다.

"날 너무 쉽게 봤구만?"

미청년은 언제 꺼냈는지 손에 연검 한 자루를 들고 있었다. 그는 잘 생긴 얼굴에 어울리게 눈부신 미소를 지으며 천천히 발걸음을 옮겼다.

살짝 움찔한 허중광이 얼굴을 일그러뜨렸다.

상대에게 한가락 실력은 있는 듯했다. 하지만 명분은 있으나 임시적인 사자의 신분이었다. 이름 꽤나 있거나 높은 지위의 사람이라면 이렇게 떠돌지 않았다. 그렇다면 어차피 돈 좋아하는 사파의 습성상, 상대를 적당히 손봐주고 돈으로 마무리하는 게 나을 것 같았다.

"알아듣게 말해도 꼭 매를 버는구나! 재주는 조금 있는 것 같다만, 그래도 우리 다섯 명을 상대로 될까? 애들아!"

이쪽은 혈귀문의 대주급이 네 명에 부문주인 자신까지 있었으니 그가 자신있게 소리치는 것도 과한 것은 아니었다.

"……."

하나 들려오는 대답이 없었다. 적막만이 가득했다. 부하들 중 그 누구도 움직이는 이가 없었다.

"뭐하는 것이냐!"

짜증을 내며 재촉해 보아도 똑같았다.

'이것들이!'

허중광은 부하들이 있는 뒤편으로 고개를 돌렸다. 그리고는 입을 쩌억 벌렸다.

부하들의 목에서 피가 뿜어져 나오고 있었다. 입을 벙긋거리며 손으로 막으려 애썼지만 소용이 없었다. 어느새 바닥은 피바다가 되어 있었다.

"어, 어떻게……."

허중광은 믿기지 않는다는 듯 중얼거렸다. 그에 대한 대답은 그 사이 허중광의 곁에 도착한 미청년이 했다.

"내가 그랬잖아. 날 너무 쉽게 봤다고. 난 너희들이랑 차원이 다르거든."

발검과 동시에 적을 베어버린 그는 자신이 한 일이 대수롭지 않다는 것처럼 말했다.

옆에서 그 말을 들은 허중광은 온몸의 털이 곤두서는 느낌이었다. 오죽했으면 아랫도리까지 축축이 젖어가고 있었다.

미청년은 그런 그의 귀에 대고 속삭였다.

"너 같은 놈들 때문에 사파가 욕먹는 거야. 배신이 비일비재해? 적어도 난 그딴 꼬라지 못 봐!"

서격!

"크아악!"

미청년이 연검을 휘둘러 상대의 발 뒤쪽 근육을 잘라 버렸다. 그리고 고통에 땅바닥을 뒹구는 허중광을 내려다보며 말했다.

"편하게 누워서 핑계거리나 잘 만들어놔. 마검문에 가서 할 말이 많을 거니까."

방 안을 정리한 그는 곧장 지붕으로 몸을 띄웠다. 이제 이 수작에 동참한 자들을 잡을 때였다.

챙챙챙!

"크윽!"

송강은 손목을 부여잡고 뒤로 물러섰다. 그는 앞에 있는 적을 노려보았다.

오른손을 붉게 물들인 주진평이 웃는 얼굴로 자신을 보고 있었다.

'빌어먹을!'

저 웃는 눈을 보니 욕이 절로 나왔다. 이겨보려 모든 방법을 다 동원했지만 소용이 없었다. 어찌어찌 지금까지 버티긴 했지만 더 이상은 무리였다. 무기가 불편해 자신의 특기인 힘을 쏟아내지 못하니 격차만 더 눈에 띠게 드러났다.

'정녕 방법이 없나? 저 웃는 얼굴을 짓밟을 방법이 없냐고!'

어제부터 시작해 굴욕만 맛보고 있었다. 이것을 되갚고 싶었다. 언제 자신이 이런 농락을 당한 적이 있던가.

하나 스스로에게 물으면 물을수록 자괴감만 깊어갔다. 솔직히 지금껏 힘을 위주로 한 일격필살만이 그의 강점이었다. 나머지 초식적인 부분이나 속도적인 부분은 사실 조금 부족했던 것이다. 그러니 주진평에게 상대가 되지 않을 수밖에.

분노의 이를 갈던 그때, 그의 뇌리를 스쳐 지나가는 것이 있었다.

'그래, 그게 있었어!'

송강은 바로 몸을 날렸다. 향하는 곳은 은성의가 방향이었다.

"내가 놓칠까 보냐!"

주진평은 혹시나 놓칠세라 바로 뒤를 쫓았다.

두 사람이 사라진 지붕에 미청년이 올라섰다. 그는 텅 빈 그곳에서 기이한 느낌을 받았다.

'열기(熱氣)?'

분명 자신의 볼을 스치고 가는 바람에서 따뜻함이 느껴졌다. 마치 장작을 지피는 아궁이 옆에 있는 것처럼 말이다.

그의 눈에 혈귀문을 벗어나는 두 사람이 보였다.

한 사람은 흑의를 입은 인영이었고, 또 다른 한 사람은 오른손에 붉은 뭔가를 쥐고 있는 사람이었다.

눈을 크게 뜨고 멀어지는 두 사람을 살핀 그는 고개를 갸웃거렸다.

'확인해 봐야겠는데?'

마음을 정한 그가 장원 밖으로 몸을 움직이려 했다. 하지만 그럴 수가 없었다. 지붕 밑에서 분주하게 검을 휘두르는 곡전풍이 보였기 때문이다.

그는 문주 편에 선 혈귀문도들과 함께 반역자들을 소탕하기 위해 애를 쓰고 있었다.

"에휴, 내 팔자야."

미청년의 입에서 절로 한숨이 나왔다. 마검문주가 직접 부탁한 일이라 혈귀문을 내팽개칠 수가 없었던 것이다.

"그래, 해주기로 한 거. 후딱 해치우고 움직이자."

그는 전장의 중심으로 몸을 날리며 말을 이었다.

"이 자식들아, 제발 배신 좀 하지 말고 살자. 정말 쪽팔려 죽
겠다!"

*   *   *

"이야아압!"
휘익!
검이 허공을 갈랐다. 향하는 곳에는 주진평이 서 있었다.
그는 날아오는 검을 보며 짜증을 냈다.
"쥐어터지기 싫으면 제발 좀 저리 꺼지세요!"
퍼억!
그가 휘두르는 주먹에 맞은 무인은 바닥에 내동댕이쳐지더
니 그대로 움직이지 못했다.
주진평은 자신의 앞을 가로막은 이십여 명의 무인을 보며
고개를 절레절레 흔들었다.
송강의 경공은 생각 외로 빨랐다.
주진평이 열심히 쫓아 겨우 잡을 찰나, 갑자기 송강은 소리
쳤다. 모두 다 튀어 나오라고.
급히 무인들이 모여들어 위기를 모면하자 그는 또 사라지고
말았다.
주진평은 이들을 뒤로하고 도망치는 송강을 쫓고 싶었지만
하늘을 나는 재주가 있지 않고서는 불가능했다.
사라지는 방향만 겨우 확인했을 뿐이었다.

앞을 막아선 무인들도 끈질겼다. 그래도 환자들이 있을 수 있는 의가라 살생을 좀 참았더니 쓰러졌다가도 다시 일어나는 게 아닌가.

"젠장, 진짜 이런 말 하기 싫은데. 쯧! 어쩔 수 없지."

생각을 굳힌 그는 적들을 노려보며 짱돌을 힘주어 잡았다. 이어 엄청난 속도로 적진 중앙에 파고들더니 정신없이 주먹을 휘둘렀다.

"제발 내 손속이 과하단 말은 하지 마시길! 제길, 진짜 이런 말 싫어!"

퍼퍼퍽!

그가 휘두른 돌에 맞은 적들은 짱돌의 단단함을 몸소 체험하며 차가운 바닥에 빠른 속도로 쓰러져 갔다.

"분명 이쪽으로 갔는데."

무인들을 모두 물리친 주진평은 송강이 향한 방향으로 계속 걸었다. 그가 향한 곳으로 가면 포천소를 만날 수 있을 것 같은 느낌이 들었기 때문이었다.

한데 이상하게도 의가 깊숙이 들어가면 들어갈수록 오싹한 느낌만 들었다.

어디선가 아련히 비명 소리가 들리는 것 같기도 하고, 주변이 을씨년스러운 게 너무 적막하기도 했다.

그러던 중, 한눈에 봐도 심상치 않아 보이는 건물이 눈에 들어왔다. 다른 의가 건물들과 한참 동떨어진 그곳엔 담 주위로 꽤 많은 무인들이 경계를 서고 있었다.

퍽! 퍼퍽!

한쪽 벽면에 서 있던 무사들을 조용히 처리한 주진평은 주변을 살폈다. 금방과 같은 번거로운 일을 피하기 위해서였다.

다행히 이쪽 방향으로는 더 이상의 무인이 보이지 않았다.

탓!

단숨에 담을 넘은 그는 빠르게 움직였다. 바로 건물 안으로 들어서 이곳저곳을 살폈다.

이상한 냄새가 진동하는 그곳엔 아무도 없었다.

'이상하다. 왜 아무도 없지? 다른 건물에는 등불도 없고, 분위기가 여기라고 말하고 있는데.'

방마다 위치한 탁자를 살펴봐도 특별한 게 없었다. 다시 말해 굳이 무사들이 지킬 이유가 없어 보인다는 말이었다.

'이유없이 경계를 세울 만큼 멍청한 놈들은 아닐 거야. 이곳에 분명히 뭔가 있어.'

생각을 정리한 그는 각 방을 꼼꼼히 살폈다. 그러다 마지막에 도착한 가장 큰 방, 그곳은 단출한 다른 방과는 조금 다르게 꾸며져 있었다. 장식품이며 책장, 그리고 화분 등이 있었다.

'이곳이 제일 수상해. 혹, 비밀 방이 있을 수도 있다.'

언젠가 들은 적이 있었다. 기관을 설치해 금고를 숨기거나 밀담을 나누는 장소를 만드는 경우가 있다고 말이다.

'찔리는 게 많은 놈이니 충분히 가능성이 있어!'

그는 화분과 장식품을 들었다 놓는가 하면, 책장에 꽂힌 책들을 일일이 빼보기도 했다. 하나 반응이 없었다.

주진평의 얼굴이 붉게 물들었다.

'이, 이런 젠장! 나 혼자 헛짓 한 거야?

쾅!

짜증이 난 그는 발을 강하게 굴렀다. 그러자,

덜커덩!

뭔가가 맞물리는 소리가 나더니 바닥 한쪽이 밑으로 꺼지는 게 아닌가. 이어 지하로 향하는 계단이 나타났다.

'이, 이거였냐?

주진평은 황당하다는 표정을 지었다.

짜증이 안 났으면 찾지도 못할 뻔했지 않은가.

그는 이내 흔들린 감정을 추스르고 계단으로 발을 옮겼다.

끼이익!

한 발씩 옮길 때마다 소름 돋는 소리가 들렸다. 그것이 칠흑같이 어두운 지하실 분위기와 묘하게 맞아떨어져 으스스한 느낌까지 주었다.

'정말 귀신이라도 나올 분위기군.'

아래로 내려가면 갈수록 음습하고 퀴퀴한 냄새가 진동을 했다. 간간이 신음 소리 같은 것이 들리는 게 기분까지 나쁘게 만들었다.

이윽고 도착한 가장 밑바닥. 너무 어두워 사위를 살펴볼 수가 없었다. 어떻게 해야 하나 고민을 하던 중 떠오른 물건이 있었다.

약선곡을 떠나는 그에게 사부들이 준 것이었다.

'야명주(夜明珠).'

주진평이 품에서 검은 주머니를 꺼냈다. 급히 그것을 풀어내자 별안간 밝은 빛줄기가 쏟아졌다.

그 안에는 스스로 빛을 내는 동그란 작은 구슬이 들어 있었다.

'이 정도면 충분히 살필 수 있겠다.'

시야를 확보하게 된 게 기분 좋았는지 그가 웃었다. 그리고 구슬을 이리저리 비추며 안을 살펴보았다.

"……"

주진평은 무엇을 보았는지 아무런 말을 하지 못했다. 웃던 표정은 차갑게 식었다.

안은 아수라장, 지옥이라 해도 믿을 정도였다.

여기저기에 널려 있는 말라비틀어진 시체들, 내장이 헤집어진 채로 아직도 펄떡펄떡 심장이 뛰고 있는 사람. 그뿐만이 아니었다. 철창 안에는 기이한 생명체들도 있었다. 분명 사람이건만 다른 동물의 사지를 달고 있는가 하면, 반쯤 녹아내린 머리와 몸으로 멍하니 주진평을 보고 있는 이도 있었다.

"어… 떤 개새끼가 이 따위 짓을!"

무엇보다 먼저 분노가 치솟았다. 누가 인간을 두고 이 따위 짓을 한단 말인가!

만약 죄를 지었다면 죗값을 치르게 해야 했다. 사형이든 노역이든 적어도 이런 노리개 취급은 하지 말아야 했다.

이건 그냥 살인보다 훨씬 심한 것이었다.

그에게서 가장 가까이 있는 자는 사람의 팔이 아닌 개의 다리를 달고 있었다. 접합이 제대로 되지 않아 진물이 뚝뚝 떨어졌다.

주진평은 그 사람을 측은함 가득한 눈으로 바라보았다. 그 사람 또한 주진평을 보고 있었다. 동그랗게 부릅뜬 눈으로 말이다.

왜냐하면 주진평 뒤에는 자신을 이렇게 만든 사람이 아까부터 계속 눈알을 부라리며 서 있었기 때문이다.

퍼억!

"커헉!"

주진평이 땅을 뚫고 지상으로 올라왔다. 그의 몸에는 시퍼런 멍이 잔뜩 생겨 있었다. 모두 지하에서 당한 상처들이었다.

"으득! 도대체 무슨 짓을 한 거냐!"

원독에 찬 눈으로 그가 움푹 꺼진 땅을 쏘아보자 그곳에서 두 명의 사람이 걸어나왔다.

한 명은 송강이었고, 또 다른 한 명은 눈에 초점이 없는 사람이었다. 곡자강과 마찬가지로 포천소가 연구하던 마령환(魔靈丸)을 오랫동안 복용해 실혼인(失魂人)이 된 자였다.

"진짜 안타깝구나. 조금만 기다렸으면 정말 제대로 된 선물을 해줬을 텐데 말이다. 흐흐흐!"

건물에서 포천소가 걸어나왔다. 그의 손에는 구멍 뚫린 동그란 구슬 같은 것이 들려 있었다. 마령환을 복용해 심령이 제압당한 자를 움직이는 도구였다.

포천소가 계속 떠들어댔지만 주진평의 귀에는 들리지 않았다. 그는 오직 송강만을 바라보고 있었다.

'뭐냐? 어떻게 갑자기 강해진 거지?'

지하에서 잠시 겨뤄본 결과, 손속이 매웠다. 지금껏 서로 충돌하면 그래도 자신이 우위에 있는 느낌이었는데 지금은 그렇지 않았다.

상대의 당황하는 모습을 본 송강은 비릿하게 웃었다. 광마환(狂魔丸)을 먹은 건 성공이었다. 아직 실험단계인 약이지만 몸속 가득히 힘이 차오르는 것 같으니 불안감 같은 것은 없었다.

송강이 붉게 변한 눈을 옆으로 굴렸다. 그러자 그는 자리에서 사라졌다.

쇄액!

주진평은 자신의 어깨로 날아오는 공격을 느끼자마자 주먹을 내뻗었다.

콰앙!

기파가 터지며 두 사람은 두 발씩 뒤로 물러섰다. 하나 움직임의 회복은 송강이 더 빨랐다.

파앗!

"크흑!"

주진평은 자신의 왼쪽 어깨를 움켜쥐었다. 그곳에서 붉은 피가 흘러나오고 있었다.

송강이 자신의 주병기인 도를 사용하니 공격이 훨씬 자연스러웠다. 뿐만 아니라 지금까지 느렸던 속도가 엄청나게 향상되어 있었다. 전과는 완전 바뀐 상황이 된 것이다.

으득.

이를 한 번 간 주진평은 곧바로 반격에 들어가려고 했다. 하나 그 전에 뒤편에서 날아오는 주먹이 있었다.

퍼억!

주진평의 허리가 반대로 휘었다. 마령환을 복용한 실혼인이 공격해 온 것이었다.

"여, 여보게. 저 친구 악진(岳鎭)이 아닌가?"

"내 눈에도 그렇게 보이네. 안 보이기에 이곳을 떠났을 거라 생각했는데……. 한데 뭔가 좀 이상한데? 눈빛이 왜 저래?"

갑작스런 소란에 건물 주위로 혈문대가 아닌 일반 무인들이 몰려와 있었다. 개중에는 실혼인의 정체를 아는지 자신들끼리 의아해하며 대화를 나누고 있었다.

아무래도 정확한 실험 내용에 대한 것은 수뇌부만 알고 있는 것 같았다.

"크흐흐흐!"

사람들이 그러거나 말거나 자신의 연구 결과가 만족스러운지 포천소는 구슬을 입에 문 채 즐거워했다. 이 정도면 굳이 의술로 청수의가를 이길 필요가 없어 보였다. 연구가 성공했으니 실혼인 등을 이용해 몰래 처리하면 되지 않겠는가.

송강과 포천소의 기분이 절정에 오르는 그때, 갑자기 주진평의 표정이 변했다.

'적이 아닌 일반 사람들이 많이 보는 곳에선 될 수 있으면 쓰지 않으려 했지만… 어쩔 수 없군.'

그는 입가로 흘러나온 피를 닦으며 눈을 감았다.

화아악!

주먹에만 국한되어 있던 붉은 아지랑이가 팔 전체로 번졌다. 일대를 후끈한 열기로 장악한 주진평은 염화가 일렁이는 눈으로 적을 노려보았다.

"까불지 마."

말과 동시에 향한 곳엔 실혼인이 서 있었다.

놀란 포천소가 급히 구슬에 바람을 불며 조종에 들어갔다. 그러나 애초에 지닌 무공에서 차이가 있었다.

일반 무사 중 한 명이었던 실혼인으로는 지금 주진평의 힘을 감당할 수가 없었다.

콰앙!

가슴이 움푹 꺼져 날아간 실혼인은 바닥에 내동댕이쳐졌다. 하지만 죽지는 않았다. 고통을 느끼지 못하는지 그는 바로 일어나려 발버둥치고 있었다.

'정말 경악스럽구나!'

주진평은 내심 오싹한 기분이 들었다. 정상적인 사람이라면 절대 일어나지 못할 공격이었다. 한데 멀쩡히 움직이지 않는가. 만약 부수지 못한다면 끝없이 일어날 기세였다. 그렇게 되면 죽은 시체를 계속 괴롭히는 것과 다를 바가 없었다.

철천지원수도 아닌 자에게 그런 짓을 하는 취미는 없었다.

결심을 한 그는 바닥으로 주먹을 내려쳤다. 피와 돌의 파편들이 사방으로 튀었다.

실혼인은 더 이상 움직이지 않았다.

주진평은 살기 가득한 눈으로 송강과 포천소를 노려보았다.

"정말 용서하지 못할 놈들이구나!"

이용하는 자와 이용당하는 자의 대우가 같을 수는 없었다.

광풍(狂風)이 불었다.

그는 미친 소와 같이 송강에게 돌진했다. 바람결에 날린 주진평의 땀이 점점이 흩날리며 그의 행적을 알려주고 있었다.

"와라."

송강은 달려오는 적을 보며 미소를 지었다. 지금 기분 같아서는 그 누구와 붙어도 지지 않을 자신이 있었다. 상대가 흥분해 온다고 해서 겁먹을 자신이 아니었다.

그는 내공을 잔뜩 불어넣어 자신있게 팔을 휘둘렀다. 도의 날에는 상대의 심장을 갈라 버릴 듯 하얀 기운이 전날보다 더 뚜렷하게 솟아나와 있었다.

주진평은 정면대결을 피하지 않았다.

그는 이를 악물며 기세를 피워 올렸다. 그리고 발바닥부터 시작해 온몸에 회전을 주더니 그대로 주먹을 휘둘렀다.

콰아아앙!

폭발이 일어났다. 주변으로 쏟아져 나온 돌의 파편과 먼지로 인해 사람들은 눈을 뜰 수가 없었다.

"크아악!"

그때, 찢어질 듯한 비명 소리가 그들의 고막을 찔렀다.

사람들은 결과가 궁금해 눈을 비벼 먼지를 털어냈다. 그리고 볼 수 있었다, 바닥에 주저앉아 비명을 지르고 있는 송강을.

그의 왼팔은 어깨부터 떨어져 나가고 없었다.

"비, 빌어먹을!"

송강은 반드시 이길 것이라 생각했었다. 자신감이 충만했다. 하나 광마환이 자신감은 불어넣어 줬을지 몰라도 무한한 힘을 주는 것은 아니었다.

그는 결국 외팔이로 살아야 하는 운명이 되었다.

송강을 그렇게 만든 주진평도 멀쩡하진 않았다.

너무 무리해서 흡력석의 기운을 받아들였는지 굵은 땀방울을 온몸으로 흘리고 있었다. 그리고 적의 무기와 충돌했던 주먹은 상처가 나서 피로 범벅이 되어 있었다.

힘들게 열화의 기운을 억누르고 있던 그가 눈을 떴다. 이어 발걸음을 옮겨 포천소에게로 다가갔다.

포천소는 망연자실한 표정을 짓고 있었다.

광마환을 복용한 송강이 질 것이라고 생각지 못했다. 제대로 된 실험을 거치지는 못했지만 그가 처음 보여준 모습에 연구가 성공했다고 여겼다. 그러나 드러난 결과는 미약했다.

가장 심혈을 기울였고 반드시 성공해야 했던 광마환의 연구가 실패로 끝나 버렸다.

"오, 오지 마!"

포천소는 뒤로 물러서며 다가오는 주진평에게 소리쳤다. 그는 공포로 몸을 부들부들 떨고 있었다.

상대가 아무리 소리쳐도 주진평은 발걸음을 멈추지 않았다. 조금씩 가까워질수록 그의 심장은 차갑게 식어갔다.

드디어 복수에 종지부를 찍을 수 있었다. 수 년 동안 의가를 괴롭혔던 악적을 처단할 시간이 된 것이다.

퍼억!

그가 발로 포천소를 걷어찼다.

포천소는 한참을 날아가 바닥에 엎어졌다. 하지만 아픈 것도 못 느끼는지 소리도 지르지 않고 손을 발 삼아 계속 뒤로 물러설 뿐이었다.

그 모습이 주진평의 분노를 더욱 북돋웠다.

"버러지 같은 목숨, 끈질기게도 붙잡으려 하네. 네 목숨은 중요하고 남 목숨은 안 중요하냐?"

퍼억!

"커헉!"

주진평이 발로 상대의 복부를 찍어 눌렀다. 포천소는 작살에 찍힌 물고기처럼 부들부들 떨고만 있었다.

그 모습을 보니 역겨웠다. 다른 사람들의 몸을 장난치듯 헤집는 놈이 자신은 그것의 십분지 일도 당하기 싫어하다니. 정말 끝없는 분노를 불러일으키는 놈이었다.

주진평이 주먹을 들어 올렸다. 그의 손에 있는 열화지석은 여전히 붉게 타오르고 있었다.

"개새끼!"

퍽!

"크아아악!"

주먹을 맞은 포천소의 팔이 기이하게 꺾였다. 맞은 자리에는 주먹 모양의 붉은 낙인이 찍혔다.

주진평은 다시 주먹을 들어 올렸다. 이번에는 반대편 팔이었다. 그는 무표정한 얼굴로 팔을 휘둘렀다.

하지만 그때, 뒤에서 들려온 차가운 소리에 목적한 바를 이루진 못했다.

"그 손 멈추는 게 좋을걸?"

"……!"

저벅저벅.

어둠 속에서 한 사람이 걸어오고 있었다. 그의 왼손에는 알 수 없는 큼지막한 물체가 들려 있었다.

이윽고 불빛 아래로 모습을 드러낸 상대를 보고 주진평은 기함을 터뜨렸다.

"아버지!"

주청학이었다. 정체를 알 수 없는 사내의 왼손에 들린 것은 분명히 자신의 아버지였다.

第七章

철패의 정체

“지, 진평아…….”

주청학도 지금의 상황이 당황스러운지 말을 제대로 잇지 못했다.

날카로운 인상의 사내, 장을국은 주진평을 보며 입을 열었다.

“널 만나러 갔더니 없더군. 마음이 상해서 이렇게 선물을 내 마음대로 챙겨왔는데…… 화를 내진 않겠지?”

그의 눈이 빠른 속도로 주변을 훑었다.

바닥에 쓰러져 있는 송강과 포천소가 눈에 들어왔다. 그리고 모여든 사람들.

기분이 나빴다. 그로서는 은폐하려던 사실을 끄집어내는 주진평이 마음에 들 리가 없었다. 거기에 부하들까지 죽이지 않았던가.

"아버지를 놓아드려라!"

주진평의 외침에 장을국은 비릿하게 웃었다.

"네가 나에게 명령할 처지는 아닐 텐데? 내가 이렇게 손에 힘만 살짝 쥐도……."

"으윽!"

주청학은 머리에 엄청난 고통이 오자 신음을 흘렸다. 혈도를 잡혀 움직이지도 못하니 더욱 고통스럽게 느껴졌다.

"그만두지 못해!"

주진평은 대경실색하여 고함을 쳤다. 그러다 뒤편에 있는 포천소에게 얼른 다가갔다.

"너도 이놈이 필요할 거 아냐? 맞바꾸자."

그에 장을국은 마치 필요없다는 듯 고개를 절레절레 흔들었다.

"난 그놈 따위 없으면 더 좋아. 하지만 넌 아니겠지?"

"네, 네놈이 나에게!"

포천소가 부러진 팔을 잡고선 믿을 수 없다는 얼굴로 소리쳤다. 하지만 장을국은 별반 반응을 보이지 않았다.

주진평의 눈동자가 갈피를 못 잡고 흔들렸다. 도대체 어떻게 해야 아버지를 구할 수 있단 말인가!

"워, 원하는 게 뭐지? 어떻게 하면 아버질 놓아……."

"그냥 가만히 있어라."

“뭐……?”

주진평이 의아해할 때, 장을국이 발로 땅을 찼다.

쉬익!

퍼억!

“크헉!”

돌멩이가 날아와 주진평의 가슴을 강타했다. 가슴에는 시퍼런 멍이 들었다. 그것은 한 번으로 끝나지 않았다.

쇄액! 쇄액!

퍽! 퍽!

주진평은 날아오는 돌멩이를 보고도 피하지 않았다. 이를 악물고 가만히 서 있었다. 상대가 원하는 것이 무엇인지 알았기 때문이다.

“호오! 그래도 아비를 구하고 싶긴 한가 보구나? 그렇게 버티는 걸 보면 말이야. 아들이 대견한데?”

“지, 진평아…….”

주청학은 뒷말을 잇지 못했다. 그는 붉게 변한 눈으로 아들을 바라보았다.

두 사람을 본 장을국의 얼굴에 야비한 미소가 떠올랐다. 그는 고개를 까딱여 포천소를 자신 쪽으로 오게 하고선 검을 빼들었다. 그리고는 천천히 주진평의 곁으로 다가갔다.

“꽤 눈물겹구나. 그럼 이쯤에서 네놈이 네 아비를 얼마나 생각하는지 한번 볼까?”

쉬익!

팔을 휘두르자 시뻘건 검기에 둘러싸인 검이 주진평을 향해 날아갔다.

푸학!

뿜어져 나온 피가 밤하늘에 흩뿌려졌다. 주진평의 찢어진 옆구리에서는 피가 쉴 새 없이 흘러나오고 있었다.

하지만 그래도 주진평은 움직이지 않았다. 입을 굳게 다문 채 장을국을 노려볼 뿐이었다.

"호오! 이 정도로는 약하다는 거지?"

장을국의 미간이 꿈틀거렸다. 뭔가 마음에 들지 않았다. 저렇게 버티는 걸 보니 배알이 꼴렸다.

"큭큭! 그럼 어디? 다리가 잘려 나가도 그렇게 서 있을 수 있는지 보자."

검끝이 서서히 하늘 위를 향했다. 붉은 검기는 마치 적을 반 토막이라도 낼 듯한 기세로 빛나고 있었다.

장을국의 눈에서 광망이 터져 나오자 검은 엄청난 속도로 대기를 갈랐다. 아니, 가르려 했다.

그 순간 느껴진 기척만 아니라면.

쉬익!

뱀의 움직임이 그러할까. 희뿌연 무엇인가가 낭창거리며 주청학이 들려 있는 장을국의 왼 손목으로 날아갔다.

"……!"

장을국의 얼굴에 놀란 기색이 역력했다. 도대체 누가 자신의 지척까지 이렇게 기척도 없이 다가온단 말인가.

산서에서 알아주는 혈문대의 대주 장을국의 기감을 무시하고!

그의 얼굴에 살짝 그늘이 졌다. 기척을 늦게 알아채서 움직임이 늦었다. 주청학을 잡은 채로는 속도가 느려 피할 수가 없었던 것이다.

"치잇!"

고민은 길지 않았다.

그는 주청학을 놓고 뒤로 물러섰다. 이어 주저없이 검을 휘둘렀다.

목표는 자신을 공격한 적이었다.

콰앙!

검기에 맞은 바닥이 터져 나가며 굉음을 터뜨렸다. 있을 거라 여겼던 적은 그곳에 없었다.

'어디로?'

그의 눈이 좌우로 빠르게 움직였다. 하지만 손목을 공격한 적을 찾지는 못했다. 대신 어느새 싸늘한 얼굴로 자신의 면전에 서 있는 주진평을 목격할 수 있었다.

"헉!"

장을국은 기겁했다. 언제 자신의 곁에 다가온 것인가.

놀랄 것은 그게 끝이 아니었다.

화아악!

갑자기 불구덩이 속에 뛰어든 듯 뜨거운 기운이 자신의 피부를 감쌌다.

아래를 내려다보니, 주진평의 오른팔 주변으로 염화가 피어올랐다. 짱돌 또한 불에 달궈진 것처럼 붉게 변했다. 흡력석의 힘이 주진평과 하나로 연결된 결과였다.

그 모습이 장을국의 눈에는 화염에 휩싸이는 운석을 보는 것 같았다.

"감히 아버지를 건드려?"

주진평은 분노 가득한 눈으로 상대를 노려보았다. 이어 몸을 비틀기 시작했다. 발바닥부터 시작해 오른 주먹까지.

휘류류류!

엄청난 기의 바람이 뱀이 똬리를 틀듯 몸을 타고 주먹으로 몰려들었다.

그것을 본 장을국은 급히 기운을 끌어들여 검에 모았다.

우우웅!

붉게 솟아오르는 검기.

"죽어!"

그는 잠시도 지체하지 않고 혼신의 힘을 다해 검을 휘둘렀다.

주진평도 자신에게 날아오는 검을 보며 주먹을 내뻗었다. 화염이 긴 불꽃 꼬리를 흩뿌리며 날아갔다. 그리고 세상을 태울 듯 폭발했다.

콰아아앙!

엄청난 기파가 주변을 쩌렁쩌렁 울렸다. 무수히 많은 흙먼지가 날리는 전장에는 두 사람이 서로를 바라보며 서 있었다.

“네놈 무공의 정체가 뭐냐?”

장을국은 흔들림없는 눈으로 주진평을 바라보았다.

그에 반해 얼굴이 붉게 달아오른 주진평은 무리를 했는지 지친 기색으로 입을 열었다.

“헉헉! 보면 몰라? 그냥 돌멩이질 비슷한 거다.”

“훗!”

장을국은 비집고 나오는 웃음을 참지 못했다.

‘그냥 돌멩이질이라……’

그의 눈이 자신의 몸을 훑었다.

상체의 절반이 없었다. 피에 절은 채, 미친 듯 뛰는 심장을 두 눈으로 확인할 수 있을 정도였다.

“날 이렇게 만든 무공이 그냥 돌멩이질일 리가 있나?”

비록 낭인으로 살고 있다고 하나 산서에서 자신의 이름은 가볍지 않았다.

다른 지역보다 비교적 고수가 없다는 점도 있지만 그걸 감안하더라도 그는 상당한 강자에 속했다. 적어도 혈귀문주 곡자강보다는 강할 정도로.

그런 사람이 이토록 허무하게 무너진 것이다.

장을국은 아쉽다는 생각이 가득했다. 너무 적을 쉽게 보았다. 결과적으로 제대로 싸워보지도 못하고 이렇게 목숨을 잃게 되지 않았는가.

“이, 이럴 수가……. 말도 안 돼!”

포천소는 이 상황을 믿을 수가 없었다.

　장을국의 모든 걸 신뢰한 편은 아니었으나 그의 실력만큼은 믿었다. 한데 이렇게 무너지다니. 그것도 변수에도 속하지 못했던 주진평에게 말이다.

　"끝까지 싸워! 네놈이 이렇게 가면 안 된단 말이다!"

　자신의 목숨이 경각에 달했음을 알았을까. 포천소는 장을국에게 고래고래 소리를 질렀다.

　그러나 장을국은 서 있을 힘도 없었다.

　털썩!

　바닥에 주저앉아 버린 그는 포천소를 보며 희미하게 웃었다.

　"이제 와서… 하는 말이지만… 네, 네놈은 정말 벌 받을 놈이다."

　장을국은 그 말을 끝으로 더 이상 움직이지도, 그리고 숨을 쉬지도 못했다.

　그는 그렇게 숨을 거뒀다.

　"헉헉헉헉!"

　기운을 무리하게 끌어올린 부작용에 옆구리의 상처까지. 주진평은 힘든지 거친 숨을 몰아쉬었다.

　그런 그의 곁으로 다가온 사람이 있었다. 혈귀문에 있던 미청년이었다. 그는 품에 안은 주청학을 바닥에 내려놓으며 식은땀을 닦았다.

　"괜찮으시죠?"

“…….”

주청학은 영문을 몰라 어리둥절한 표정이었다. 금방까지만 해도 장을국에게 잡혀 있었는데 별안간 다른 사람의 품에 안겨 있으니.

그러다 퍼뜩 정신이 들었는지 갑자기 몸을 움직였다. 그는 미청년에게 고개를 숙이고는 한 방향으로 달려갔다.

바로 아들이 있는 곳이었다.

주진평은 힘든 와중에도 놀란 표정을 지었다. 다리 한쪽을 잃을 각오를 하고 있었다. 어떻게 해서든 아버지를 구하리라 마음먹었었다.

한데 상황은 자신의 편이 아니라 암담하기만 했었다. 그때 갑자기 이런 엄청난 도움을 받다니.

털썩!

“괘, 괜찮으냐?”

아들 곁에 도착한 주청학은 바로 무릎을 꿇고 상처를 살피기 시작했다. 내장이 상하지는 않았지만 옆구리에선 많은 피가 흘러나오고 있었다.

주청학은 사색이 되어 지혈을 서둘렀다.

덜덜덜!

그러나 손이 너무 떨렸다. 의원 생활 수십 년에 이런 상황을 한두 번 경험해 본 것이 아닌데 쉽게 진정을 할 수가 없었다.

덥석!

그때, 주진평이 주청학의 손을 잡았다.

“아버지, 저 안 죽어요.”

그는 파리한 얼굴로 애써 웃었다. 이어 혈을 눌러 지혈을 하더니 자리에서 바로 일어나는 것이 아닌가.

“지, 진평…….”

주청학은 화들짝 놀랐다. 주진평이 한 것은 임시방편이지 치료가 된 게 아니었다. 그는 급히 아들을 부르려 고개를 들었다. 그리고 보았다.

당당하게 서 있는 아들의 넓은 등을.

그것은 자신의 길을 걸어가는 어른의 모습이었다.

‘녀석…….’

괜히 코끝이 찡했다. 아들이 이렇게 잘 성장해 준 게 고마웠다.

‘하이고, 아파라.’

주진평은 인상을 찡그리며 눈물을 찔끔거렸다. 아버지 앞에서 약한 모습 보이는 게 싫어 당당하게 일어났지만 아픈 건 아픈 거였다.

저벅.

발걸음 소리가 들렸다. 고개를 돌려보니 그곳엔 미청년이 서 있었다.

그는 만면에 웃음을 머금고 있었다. 입꼬리가 살짝 올라간 게 비웃음처럼 보이기도 했다. 미청년의 입술이 덜덜 떨리더니 겨우 열렸다.

“꼬라지가 참으로 재미지구나. 크헤헤헤!”

그는 더 이상 재미있는 게 없다는 것처럼 미친 듯 웃어댔다.

주진평의 얼굴이 붉게 달아올랐다.

"풍소우, 너 이 자식!"

미청년의 이름은 풍소우(風嘯雨), 주진평과는 약선곡에서 맺어진 인연이었다.

주진평은 금방이라도 튀어나가 손을 쓸 것처럼 보였으나 이내 진지한 얼굴을 하고 말했다.

"고맙다."

'헐! 내 오늘 별 꼬라지를 다 보네.'

풍소우는 인상을 찌푸렸다. 주진평에게 언제 한 번 저런 말을 들은 적이 있던가.

혈귀문의 일을 정리한 후, 아무리 생각해도 자신이 본 흔적이 주진평의 특징과 너무 흡사했다. 그래서 혹시나 하는 마음에 원래 향하려던 청수의가로 조금 일찍 움직였는데, 가던 도중 갑자기 의가에서 한 인영이 사람을 납치해서 나오는 것을 목격하고 뒤쫓았다.

그리고 그 납치된 사람이 주진평의 아버지라는 것을 듣고 도와주었더니 이런 감사의 말을 듣고 있었다.

풍소우는 주진평의 낯선 행동에 당황해하며 입을 열었다.

"다, 당연한 걸 가지고……. 어린 주군아, 혹시 너 오늘 어디 아프냐?"

주진평은 고개를 절레절레 흔들었다. 자신을 살리고 아버지를 위기에서 구해주었는데 이딴 감사의 말이 무슨 대수일까.

타탓!

"……!"

별안간 들려온 땅을 박차는 소리에 두 사람은 깜짝 놀라 고개를 돌렸다. 시꺼먼 인영이 주청학의 옆으로 다가서고 있었다.

"어딜!"

풍소우가 손에 쥔 연검을 땅에 박아 튕겼다.

파악!

그러자 바닥에 있던 돌멩이 하나가 파공음을 흘리며 검은 인영에게로 날아갔다.

퍽!

"커헉!"

검은 인영은 바닥에 누워 펄떡이다 이내 잠잠해졌다.

혹시 또 달려들까, 미리 움직였던 주진평은 적을 보고 눈을 동그랗게 떴다.

인간이라 부르기 힘든 존재가 바닥에 누워 있었다. 지하에서 보았던 개의 다리를 달고 있던 자였다.

"이, 이게 뭐야? 사람이야?"

옆으로 다가온 풍소우 또한 놀랐는지 기함을 터뜨렸다.

인간의 처참한 모습을 본 주청학이 대노(大怒)해 소리쳤다.

"포천소 이노옴!"

이런 짓을 할 것이라고 생각되는 놈은 한 명밖에 없었다. 예전에는 그래도 인간을 위해서 실험을 했는데 지금은 들여놓지 말아야 할 영역에 발을 들여놓고 만 것이다.

포천소는 하얗게 질린 얼굴로 입에 뭔가를 물고 있었다. 바로 마령환을 복용한 자들을 조종하는 구슬이었다.

"내, 내가 가만히 있을 것 같아? 이렇게 된 거 다 죽여 버리겠다."

그는 지하에서 나오기 전, 실험체들에게 미리 마령환을 다량 먹였다. 일이 어떻게 될지 몰랐으니까. 그들은 의지가 약해 오랜 시간 복용하지 않아도 조종이 가능했다.

"크아악!"

"저, 저리 가지 못해!"

주변에 있던 무인들이 이리저리 뛰어다니며 비명을 지르고 있었다. 다른 실험체들은 그런 그들을 사정없이 공격했다.

"네놈들은 내게 이겼다고 생각하겠지? 하지만 아니야. 여기서 모두 죽는 거다. 어차피 모두 죽어야 할 것들. 서로 죽이고 죽이란 말이다. 크하하!"

포천소의 광소를 들은 주청학은 고개를 숙였다.

"도대체 생명을 어떻게 여기는 것이냐? 왜 이토록 못난 사람이 되었느냔 말이다."

한때 제자였던 자의 몰락을 보니 화가 나면서도 한편으론 마음이 너무 아팠다. 그로서는 지금 이 상황이 너무 안타까웠다.

주청학의 말이 더욱 포천소를 자극했다.

"가식 떨지 마라. 날 그런 눈으로 보지 마!"

　주청학은 자신에게 항상 생명의 소중함을 강조했었다. 하지만 동조할 수 없었다. 자신의 뛰어난 능력으로 연구를 하면 더 굉장한 기술이 나올 수 있었다. 그러기 위해 사람을 실험하는 것쯤은 당연하다고 생각했다. 포천소는 자신의 능력으로 단지 세상 사람들을 놀라게 하면 그만이었다.

　"흥, 만약 이번에 여설이를 잡아와서 실험했다면 어떻게 되었을까? 네놈이 지금 날 그딴 눈으로 날 볼 수 있었을까?"

　주청학은 화를 내기보단 안타까운 듯 고개를 절레절레 흔들었다.

　"내가 널 그렇게 가르치진 않았었는데. 아니, 내가 의술보단 사람의 마음을 심어줬어야 했는데……."

　"닥쳐라! 감히 날 가르치려 들어? 내 앞에서 잘난 척하지 말란 말이다!"

　저런 생각 따위 못하게 망가뜨리고 싶었다. 죽는 순간까지 슬픔 속에서만 살도록, 어떻게 해서든 복수를 하고 싶었다.

　흥분한 포천소가 갑자기 멀쩡한 팔로 자신의 품을 뒤졌다. 그리고 반달 모양의 철패(鐵牌)를 하나 꺼내더니 그것을 주청학에게 던졌다.

　"어떠냐? 네놈이 그걸 보고서도 웃을 수 있을까? 생명을 생각하고 남에게 가르치려는 생각이 들어?"

　"이건……!"

　잊을 수가 없는 물건이었다.

　주청학은 떨리는 손으로 바닥에 떨어진 철패를 집었다. 큰

충격을 받았는지 주변에서 어떤 소리가 나도 신경을 쓰지 않
았다.

그런 아버지의 모습이 이상해 주진평은 고개를 갸웃거렸다.

'도대체 저게 뭐기에 저러시지?

이 상황에서 이렇듯 정신을 놓을 사람이 아니었다. 한데도
마치 세상과 분리된 것처럼 자신만의 생각에 빠져 있었다.

주진평은 무슨 이유 때문에 이러는지 물으려 했다.

타타탓!

하지만 그보다 먼저 들려오는 발걸음 소리가 있었다. 그 소
리는 정확히 아버지에게 향하고 있었다.

"웬놈이냐!"

고개를 돌려보니 검을 들고 주청학에게 다가가는 검은 인영
이 보였다.

주진평은 확인하자마자 땅바닥을 박찼다. 이어 오른 주먹에
힘을 잔뜩 주고 강하게 휘둘렀다.

콰앙!

짧지만 강한 굉음이 밤하늘에 울려 퍼졌다.

"크흑!"

주진평은 신음을 흘리며 뒤로 물러섰다. 생각보다 더 강한
공격이었다. 입가로는 붉은 피가 흘러내리고 있었다.

그 사이 주진평을 지나쳐 간 검은 인영은 주청학의 면전에
서 있었다. 그는 손을 움직여 주청학이 들고 있던 철패를 빼앗
았다.

“아, 안 돼······.”

정신을 못 차리던 주청학이 그제야 고개를 들고 앞을 보았다. 자신만의 시간을 방해 받아서인지 그의 눈엔 분노가 묻어 있었다.

“아버지한테서 떨어지지 못해!”

주진평은 입가로 흐르는 피를 닦지도 않고 급히 발걸음을 옮겼다. 주먹에는 벌써 붉은 아지랑이가 피어오르고 있었다.

흑의를 입은 인영은 잠시 주진평과 주청학을 번갈아 보는 것 같더니 이내 자리를 옮겼다. 그가 경공을 펼쳐 움직인 곳은 포천소의 옆이었다.

포천소는 자신의 옆에 내려서는 인영을 보며 몸을 떨었다. 그는 얼른 한쪽 무릎을 꿇고 고개를 숙였다.

“사, 사자(使者)를 뵙습니다!”

인영, 복면에 뚫린 두 개의 구멍으로 사나운 살기를 흩뿌리는 복면인은 아래를 내려다보며 딱 한마디를 했다.

“네놈이 정녕 죽고 싶은가 보구나?”

움찔!

경련을 일으키듯 몸을 떤 포천소가 흔들리는 눈으로 사자라 부른 자의 손을 보았다. 거기엔 철패가 들려 있었다.

“죄, 죄송합니다. 제가 너무 흥분한 나머지··· 정말 죽을죄를 지었습니다.”

그는 한 번에 알 수 있었다. 지금 사자가 왜 나타났는지 말이다.

분명 저 철패 때문일 것이다. 아마 저것만 아니었다면 나타나지 않았을지도 몰랐다. 멀리서 보고만 있었겠지.

"보아하니 사단이 난 것 같군. 하루 미리 와서 살피길 잘한 건가."

그 말을 들은 포천소가 고개를 들었다.

듣고 보니 이상했다. 분명 내일이 만나기로 약속된 날짜인데 어찌 하루 일찍 삭주에 나타난 것인가?

그의 눈이 복면인의 몸을 훑었다. 그리고 불룩한 복면인의 품을 확인했다. 살짝 비치는 종이 뭉치까지.

"서, 설마……."

포천소가 놀란 듯 눈을 동그랗게 떴다. 이어 복면인과 시선이 마주쳤다.

복면인은 무덤덤한 얼굴을 하며 말했다.

"오해하지 마라. 정말 우연이었으니까. 어찌 되었든 결과적으로 잘 되었지. 챙길 건 챙겼으니."

포천소는 그 말을 듣고도 불안한 눈을 했다. 알 수가 없지 않은가. 혹, 일부러 생각지도 못한 날에 방문해 당황한 자신을 정리하려 했던 것일지도.

두 사람이 그렇게 속마음을 알 수 없는 시선을 주고받을 때, 갑자기 새하얀 빛무리가 복면인에게로 다가갔다.

쉬이익!

적의 목을 베기 위해 움직이는 풍소우의 연검이었다.

복면인은 검을 뽑아 가볍게 휘둘렀다. 그의 검에는 하얀 검기가 서려 있었다.

콰앙!

주르륵!

"이런 빌어먹을!"

풍소우가 얼굴을 잔뜩 일그러뜨렸다. 금방 있었던 충돌에서 손해를 보았던 것이다. 자신이 밀릴 것이라고는 생각지도 못한 일이었다.

"너 이 새끼, 오늘 제대로 붙어보자."

평소 지는 것에 민감했던 그는 적을 바라보며 투지를 끌어올렸다.

복면인은 잠시 풍소우를 본 후, 한숨과 함께 손을 뻗었다. 그의 손은 포천소의 뒷덜미를 잡았다.

"일단 자세한 상황에 대해서는 움직여서 듣도록 하겠다."

탓!

이어 바로 자리를 뜨는 게 아니겠는가.

"그 새끼는 놔두고 가!"

"어딜 도망가느냐!"

주진평과 풍소우는 동시에 외쳤다. 그리고 주청학 또한 거기에 동참했다.

"철패를 뺏어라. 그걸 꼭 챙기란 말이다!"

그는 진심으로 철패를 되찾길 바라고 있었다.

주진평과 풍소우는 곧바로 적들이 움직이는 방향으로 움직였다.

풍소우는 뒤를 쫓고 있었고 주진평은 자신이 있던 방향에서 대각선으로 움직여 두 사람이 가는 길목을 막으려 했다.

그 사이, 복면인에게 들려가던 포천소는 다시 구멍 뚫린 구슬을 입에 물고 힘차게 불었다. 그러자 별안간 사방에서 엄청난 폭발이 일어나는 게 아니겠는가!

지하에서 올라와 사람들과 혈투를 벌이던 괴인(怪人)이 터져 나가며 생긴 일이었다.

포천소는 그들을 조종해 미리 지급한 폭신환을 먹게 했던 것이다.

"크아아악!"

그나마 살아 있던 사람들이 일제히 죽어나갔다. 눈치를 살금살금 보며 전장을 벗어나려던 송강 또한 그 폭발에 휩쓸려 목숨을 잃었다.

다행히 주진평과 주청학, 그리고 풍소우의 주변에는 살아 있는 괴인이 없어 그 영향에서 벗어났지만 상당히 놀라기는 했는지 눈을 동그랗게 떴다. 하나 목적을 잊지는 않았다.

"꼭 철패를 되찾아야 한다!"

주진평의 귀로 아버지의 당부가 들려왔다. 그는 지척까지 다가온 적들과 자신의 거리를 재어 보았다. 속도 또한 고려했다.

'젠장, 나보다 빠르다!'

아슬아슬했다. 복면인의 경공이 뛰어나 놓칠 수도 있을 것 같았다.

타탓!

그의 앞으로 갓 지나가고 있는 두 사람이 보였다.

'안 돼!'

주진펑은 이를 피가 나랴 물었다. 이어 발끝에 내공을 잔뜩 불어넣으며 바닥을 박찼다.

"내가 그 자식은 놔두고 가라고 말했지!"

그는 엄청난 속도로 복면인의 뒤를 향해 날아갔다. 그리고 닿을 듯 말 듯한 포천소를 향해 주먹을 내뻗었다.

복면인의 손에 의해 뒤편에서 들려가던 포천소는 날아오는 주먹을 보며 비릿하게 웃었다.

"멍청한 놈아, 안 닿는다!"

느낌이 왔다. 벌써 자신들은 속도가 붙어 있었기 때문에 맞을 리가 없었다.

하지만 그때, 주진펑의 눈이 빛나더니 변화가 생겼다.

그의 주먹에서 한줄기 경력이 나와 굉장한 속도로 포천소에게 향하는 것이 아니겠는가.

"넌 내가 죽인다니까."

퍼억!

"어?"

포천소는 갑자기 엄습하는 고통에 의아한 얼굴을 했다. 이어 천천히 고개를 아래로 내려 자신의 몸을 보았다.

구멍이 보였다.

자신의 심장이 위치한 곳에는 살덩이가 아닌 공허한 구멍만

이 자리하고 있었다.

'이런 개 같은…….'

그것이 포천소가 살아생전에 본 마지막 장면이었다.

청수의가를 끈질기게도 괴롭히던 그는 결국 복수를 부르짖던 주진평의 손을 벗어나지 못했다.

"크윽!"

포천소에게 복수를 한 주진평은 좋아할 시간도 없이 자리에 주저앉았다. 연신 내공운용을 무리하게 하니 기혈이 들끓기 시작한 것이다.

풍소우가 옆을 지나가며 말했다.

"그러게 누가 무리하래? 저놈은 나한테 맡기고 몸이나 추슬러."

그는 더욱 힘차게 바닥을 박차며 복면인의 뒤를 쫓아갔다.

복면인은 뛰는 와중, 의아함에 뒤를 돌아보았다. 포천소를 잡은 손에 생기가 느껴지지 않아서였다. 일체의 미동도, 맥도 느껴지지 않았다.

"이런……!"

뒤를 확인한 그의 입에서 아쉬움 섞인 한숨이 나왔다. 하나 그건 정말 잠시일 뿐이었다.

털썩!

포천소의 시체가 바닥에 내동댕이쳐졌다.

복면인은 조금의 미련도 없는지 냉정하게 앞만 보며 움직였다.

오히려 그 시체에 관심이 있는 사람은 따로 있었다.

주청학이 멍한 눈으로 포천소의 시체를 보고 있었다.

"철패는 어디서 났느냐? 그건 말해주고 가야지……."

그는 정신 나간 사람처럼 중얼거렸다.

다다다닥!

그 순간, 갑자기 무수히 많은 발걸음 소리가 들려왔다.

사람들이 몰려든 것이다.

"어디냐!"

"우리 문파의 원수 포천소를 찾아라!"

가슴에 귀(鬼) 자가 수놓아진 무복을 입은 혈귀문의 무사들이었다. 그들의 뒤편으로는 다른 무복을 입은 사람들도 보였다. 곡전풍이 자신의 아버지 곡자강이라면 절대 하지 않았을 정파에 도움을 요청한 것이었다.

평소 은성의가를 지키는 무인들의 실력을 미리 경험했기에 그로서는 어쩔 수 없는 선택이었다.

몰려드는 사람들 중에서는 일반인도 더러 보였다. 큰 소란이 일어나자 궁금해서 구경 온 사람들이었다.

복면인은 은성의가를 벗어나기 직전, 뒤를 돌아보았다.

"역시."

그는 이렇게 될 것을 예상했는지 많은 사람들을 보고도 별 반응을 드러내지 않았다.

반대로 혈귀문도를 포함해 갓 들어선 사람들은 안에서 벌어진 참상에 입을 다물지 못했다.

"이, 이럴 수가……."

사람이라고 부르기 힘든 몇몇 시체들과 몸이 터져 나간 무인들, 그 많은 사람들 중 살아 있는 자라곤 주진평과 주청학 단 두 사람밖에 없었다.

지금 이곳은 아수라장을 방불케 하고 있었다.

"도대체 이게 무슨……."

그들이 원수로 생각하는 포천소도 싸늘한 시체가 되어 바닥에 누워 있었다. 그들은 순간 어찌할 바를 몰랐다.

엄청난 속도로 의가를 벗어나는 두 명을 얼핏 보았다지만 그것만으로는 알아낼 수 있는 게 전혀 없지 않은가.

그들의 눈은 자연스레 멍한 얼굴의 주청학과 고통에 몸부림치고 있는 주진평에게로 향했다.

*　　　*　　　*

"자네 들었나? 은성의가에서 난리가 났었다는군."

"모를 리가 있는가! 세상에 사람을 가지고 실험을 하다니. 포천소, 내 그런 호로 자식은 살면서 본 적이 없네. 인간의 탈을 쓴 마귀가 아닌가!"

삭주에 사는 사람 두 명 이상만 모이면 은성의가 이야기뿐이었다. 사람들이 느낀 배신감은 이루 말할 수 없었다. 그렇게 칭찬 일색으로 인정을 해줬는데 돌아온 건 이런 사건이라니.

포천소가 저지른 악행은 모든 사람들에게 공개가 되었다.

환자나 무인들을 상대로 한 인체실험, 지금껏 저질러 온 크고 작은 부정들.

사람들은 한 소리로 목청 높여 포천소를 욕했다. 직접적으로 실험에 이용당한 사람의 가족들은 그의 시체에 돌을 던지고 침을 뱉었다.

그래도 사람들의 분노는 수그러들 줄 몰랐다.

관아에서는 방을 붙여 중원 전체에 이 소식을 전하려 했다. 그리고 마검문에서는 현장을 찾아 조사한 후, 전 무림에 이들의 배후를 찾겠다고 공표했다. 의가 한 곳에서 이 모든 걸 했다고 보기에는 너무 규모가 큰 탓이었다.

"포천소 그놈이……."

"은성의가가……."

의가 마당을 걷던 주진평은 사람들의 입을 막아버리고 싶었다. 며칠째 저 이야기가 끊이지 않으니 정말 미칠 지경이었다.

솔직히 속 시원하게 복수를 했기 때문에 웃을 수도 있었다. 사람들과 어울려 포천소의 욕을 같이 해도 되었다.

하나, 그럴 수가 없었다.

의가는 여전히 환자들로 넘쳤다. 아니, 은성의가가 없어지자 오히려 더 많아진 것 같았다.

그로 인해 힘들기는 했지만 싫지만은 않았다. 문제라면 다른 것이었다.

걸어 안으로 들어가 보니 열심히 진료하는 주청학이 보였다. 그는 만면에 웃음을 띠며 정성껏 진료하고 있었다. 그러나 주진평은 알 수 있었다. 저 웃는 눈 속에는 슬픔이 깃들어져 있다는 것을 말이다.

주청학은 은성의가의 일이 끝난 지 삼 일이 지났지만 아직 말이 없었다. 진료할 때는 저렇게 웃고 있으나 진료가 끝나면 말 한마디 하지 않는 벙어리가 되었다.

주진평은 그것이 걱정되어 마음껏 기뻐하질 못했다.

'분명 그 철패 때문이야.'

정확하진 않지만 짐작은 할 수 있었다. 그 철패를 보았을 때, 충격 받는 아버지의 모습을 봤으니까.

현재 철패 대신 포천소에게 복수하는 걸 선택한 자신의 잘못도 있다고 생각하고 있었다.

'오늘은 한번 여쭤봐야겠어.'

주청학을 걱정해 며칠 묻지 않고 참았다. 그러나 오늘만큼은 이제 물어도 될 때가 되었다고 생각하는 주진평이었다.

그의 마음 한편을 불편하게 하는 것은 또 있었다.

"그런데 풍소우 이 자식은 왜 안 돌아와?"

은성의가에서 달아난 복면인의 뒤를 쫓았던 풍소우가 아직 돌아오지 않았던 것이다. 자신의 몸뚱이 하나 챙길 능력은 충분했기에 큰 걱정은 하지 않았지만 신경이 쓰이는 건 어쩔 수 없었다. 적의 정체에 대해 전혀 아는 것이 없으니까.

"에휴, 골치야!"

주진평은 이마에 손을 집으며 다시 병실로 향했다. 아직 자신을 기다리는 환자가 많이 있었다.

그날 밤.

저녁을 먹은 주진평은 아버지를 찾아다녔다.

"방에는 안 계시고. 어딜 가신 거지?"

저녁을 먹는 동안 주청학은 역시나 말 한마디 하지 않았었다. 주여설과 주운휘가 일부러 말을 걸어보았지만 묵묵부답, 밥을 다 먹고는 먼저 자리에서 일어났었다.

주진평은 의가 이곳저곳을 헤매고 다니던 중, 뒤뜰에서 달을 바라보고 있는 아버지를 발견했다.

'아버지……'

달을 바라보는 주청학의 얼굴이 너무 슬퍼 보였다. 마치 먼 타지에서 고향을 그리는 사람의 얼굴이라고 할까.

"으음!"

주진평은 일부러 인기척을 냈다. 그러나 주청학은 반응이 없었다.

'못 들으셨나?'

그가 한 번 더 소리를 내려고 하는데 주청학의 입이 먼저 열렸다.

"난 그 사람과 이곳에서 이렇게 달을 보는 걸 참 좋아했단다. 뭔지 모를 포근함이 느껴졌거든."

'갑자기 이게 무슨……'

아버지의 뜬금없는 말에 주진평이 의아해할 때, 주청학이 몸을 돌렸다.

"네 성격상 바로 나를 찾을 것이라 생각했는데 삼 일이나 참다니. 참으로 고맙구나."

주진평이 자신을 배려했다는 걸 주청학도 알고 있는 듯했다. 그는 잠시 따뜻한 눈길로 아들을 보았다. 그러다 품을 뒤져 반달 모양의 철패 하나를 꺼내 주진평에게 건넸다.

"이건……."

주진평은 손에 들린 철패를 살펴보았다. 반으로 쪼개져 무엇인지 확인할 순 없었지만 분명 포천소가 건네준 것과 비슷해 보였다.

"빼앗겼던 게 어찌 다시 아버지께 있습니까? 아니, 이건 대체 뭔데요?"

그가 무엇이라도 찾으려는 듯 뚫어져라 보고 있자 주청학이 웃으며 말했다.

"아마 빼앗긴 반쪽 철패를 거기에 붙이면 꼭 들어맞았을 거다."

"……."

말을 들어도 무슨 의미인지 알 수가 없었다. 주진평은 아버지를 바라보았다.

그에 주청학은 다시 달로 시선을 옮기더니 입을 열었다.

"네 어머니를 기억하느냐?"

"예?"

황당했다. 기억 못할 리가 있는가. 태어나서 열네 살까지 항상 함께 했었는데 말이다.

"갑자기 어머닌 왜……?"

"지금 네 손에 있는 철패는 네 어머니가 내게 준 것이다."

"네? 그, 그럼!"

"그래. 포천소가 내게 보여줬던 것은 네 어머니가 지니고 있던 것이지."

주진평은 멍해져서 어떤 생각도 떠올릴 수가 없었다. 육 년 전에 돌아가신 어머니의 유품(遺品)을 왜 포천소가 들고 있단 말인가!

갑자기 뇌리에 뭔가가 퍼뜩 스쳤다. 주진평은 이를 갈며 말했다.

"그럼 혹시 그놈이 가산을 훔치며 어머니의 유품까지 챙겼던 겁니까?"

원한에 불타오른 포천소라면 충분히 일부러 그럴 수 있었다. 주청학이 어머니 소화련(蕭華蓮)을 얼마나 사랑했는지 알 테니 말이다.

포천소는 죽었지만 다시 그에 대한 분노가 치솟으려 했다.

그러나 주청학이 고개를 가로저었다.

"넌 지금껏 우리 의가의 빚이 왜 그렇게 많은지 궁금하지 않았느냐?"

'뜬금없이 엉뚱한 말씀을…….'

주진평은 일단 아버지의 말에 바로 고개를 좌우로 흔들었다.

궁금해한다고 알려줄 주청학도 아니었고, 의가 운영에 관한 일이니 어린 자신이 낄 일은 아니라고 지금껏 생각하고 있었다. 오죽했으면 빚이 있다는 것도 흑월방에서 들이닥쳐 소란을 피우고서야 안 사실이었다.

"육 년 전 어느 봄날, 난 무인들을 초빙한 적이 있단다."

"네? 아, 아버지가 무인들을요?"

정말 처음 들어보는 이야기였다. 그토록 폭력과 무공을 싫어하는 사람이 어찌 무인들을 불렀단 말인가.

"그래, 그 근처엔 날씨가 아주 좋아 나들이하기 참 좋았었지. 그래서 나도 오붓한 시간을 위해 너희 모르게 네 어머니와 단둘이서 나들이를 떠났었다. 공식적으로는."

주진평의 눈이 점점 커졌다. 자신이 아는 이야기였기 때문이다.

"그, 그날은……."

"그래. 네 어머니가 죽은 날이기도 하지."

"……!"

도대체 이게 무슨 말인가? 주진평은 도대체 이해를 할 수가 없었다. 어머니가 죽은 날, 무인들을 불렀다니. 이걸 어떻게 해석해야 하는 것인가.

주진평의 눈이 갈피를 못 잡고 흔들려도 주청학의 말은 계속되었다.

"너희는 네 어머니의 시체를 본 적이 없을 것이다. 내가 보여주지 않았기 때문이지."

주진평은 자신도 모르게 아버지의 눈을 바라보았다. 느낌상 가장 중요한 말이 나올 것 같아서였다.

주청학은 입술을 질끈 깨물며 말했다.

"왜냐하면… 화련은 그 당시 죽지 않았으니까."

"뭐, 뭐라고요?"

"네 어머니는… 죽은 게 아니라 납치를 당한 것이었다."

자식들이 걱정할까 봐 나들이를 핑계로 거짓말을 했단 말이었다. 그는 계속 말을 이었다.

"난 불러들인 무인들과 함께 적을 열심히 쫓았지만, 결국 찾지 못했다. 내가 본 것은 초빙한 무인들의 시체뿐이었지."

너무 놀라 입을 다물 수가 없었다. 자신이 모르는 이런 일이 의가에 있었다니.

주진평은 혼란에 휩싸인 와중에도 중요한 한 가지를 읽어냈다.

"그, 그럼 지금 어머니께선 살아 계시다는 말입니까, 아니면 돌아가셨다는 말입니까?"

아들의 말에 주청학은 고개를 저었다.

"알 수가 없다. 알아낼 방법이 없었으니까. 하지만……."

눈이 주진평의 손에 들린 철패로 향했다.

"그것을 보니 생사를 알 방법은 생긴 것 같구나."

"아, 포천소!"

그랬다. 포천소가 건네준 이 철패. 이것을 소화련에게 직접 건네받았던, 빼앗았던, 아니면 누군가에게 건네받았던 그를 만나보면 답이 나올 일이었다. 하다못해 실마리라도 알 수 있을 터였다.

한데,

'그 새끼는 내가 죽였잖아!'

주진평이 마구 흔들리는 눈으로 아버지를 바라보았다.

"아, 아버지……."

주청학은 한 눈에 아들이 왜 저러는지를 알아챘다.

"걱정 마라. 어제 내게서 철패를 빼앗아간 자가 있지 않느냐. 나타나자마자 철패부터 빼앗아갔다. 그리고 포천소를 나무랐지. 절대 이 일에 대해 모르는 자가 아니다."

"아!"

천만다행이었다. 아직 어머니에게로 이어진 끈은 끊어지지 않았다.

충돌에서 살짝 밀린 감이 있었기에 복면인에 대한 분노는 더욱 심했다.

'그 자식을 무조건 잡아야 한단 말이지? 어머니와 관련되어 있다면 지옥이라도 쫓아가 주겠다!'

주청학은 무서운 얼굴로 다짐하는 아들을 바라보았다.

'진평아……'

이제 아들을 붙잡기 힘들 것이다. 그리고 그렇게 만든 사람은 바로 그 자신이었다.

그는 어떻게든 아내의 생사를 알아내고 싶어 계속 사람을 썼으나 찾지 못했었다. 돈을 준다고 하니 자신의 실력을 뽐내며 득달같이 달려들던 무인들. 그들은 모두 차가운 주검이 되어 돌아왔다.

자신이 할 수 있는 모든 방법을 동원했지만 돌아오는 건 허탈함뿐이었다.

소화련이 하루는 달을 보는 도중 한 말이 있었다. 혹시나 자신이 없어지더라도 찾지 말라고. 살고 싶으면 의가에 있는 모두가 자신에 대한 모든 걸 잊고 살라 말했었다.

그 이유는 간단했다. 주청학은 난자되어 돌아온 무인들을 보니 그것을 바로 알 수 있었다.

'적은 강하다. 마음만 먹으면 그 누구도 죽일 수 있다.'

그렇게 생각하자 갑자기 두려움으로 인해 온몸이 떨려왔다. 소화련과 했던 약속도 떠올랐다. 아이들을 지키겠다고, 어떤 일이 생겨도 무림의 일에는 휘말리게 하지 않겠다고 말이다.

'화련… 미안하구려. 당신 부탁대로 어떻게 해서든 무림과는 엮이지 않게 키우려고 했는데…….'

주청학은 표정을 달리해 굳은 얼굴로 아들을 보았다.

"네가 경험해 봐서 알겠지만 적은 강하다. 아니, 네가 생각지도 못한 엄청난 고수가 있을 가능성도 아주 높아."

주진평은 아버지의 눈빛을 피하지 않았다. 그는 눈에 강한 의지를 담아 계속 아버지에게 전하고 있었다.

'흐음!'

속으로 한 번 깊은 숨을 내쉰 주청학은 천천히 말을 이었다.

"난 네 어머니에게 너희를 보호하겠다고 약속했었다. 무공

이나 폭력과는 거리를 두게 만들어 괜한 위험에 휩쓸리지 않
게 하겠다고 다짐했고, 지키려 지금껏 노력했다. 그것이 내게
가장 소중한 너흴 혹시나 모를 위험에서 지키는 것이었으니
까.”

자신감에 가득 찬 무인으로 살던 사람들의 허무한 죽음에서
주청학은 공포를 느꼈다.

목숨을 내놓고 사는 강자들만의 세계.

그곳에 아들을 보내고 싶지 않았다.

“그 때문에 무공 배우는 것에 대해 그렇게 반대를…….”

주진평은 고개를 끄덕였다. 아버지의 마음이 이해가 되었던
것이다. 자신을 지키려고 일부러 그랬다는 말에는 가슴이 뭉
클할 정도였다.

“하지만 이해한다는 것뿐, 그 의지를 따르겠다는 것은 아닙
니다. 제겐 스스로를 지킬 힘이 있습니다.”

두 눈에 담긴 의지가 너무 뚜렷해서 주청학은 묻지 않아도
아들의 생각을 알 수 있었다.

“휴……! 그럴 거라 생각했다. 네가 이 이야길 들으면 내가
말린다고 해도 듣지 않겠지. 네 어머닐 찾으러 분명 떠나겠
지…….”

그는 잠시 달을 바라보며 생각에 빠졌다. 고민을 심각하게
하는 듯 표정 또한 무거웠다. 그러다 뒤돌아 아들과 시선을 맞
췄다.

“네 어머니이기 이전에 내 아내다. 난 지금껏 포기한 게 아

니었다.”

주청학은 손을 뻗어 아들의 어깨를 힘주어 잡았다. 눈에는 간절함이 가득했다.

“준비가 되는 대로 떠나거라! 가서 네 어머니의 생사를 확인하고 오너라! 그리고 부디… 내게도 그 소식을 전해다오.”

휘익!

그는 등을 돌려 표정을 숨기더니, 떨리는 음성으로 말했다.

“하지만 항상 몸 상하지 않게 조심하고, 건강해야 한다. 이것을 약속할 수 있겠느냐?”

주진평은 아버지의 등을 멍하니 바라보았다. 설마 저런 말을 할 거라곤 생각지 못했다. 지금껏 무공과 폭력을 반대하던 사람이 맞나 순간 의심스러울 정도였다.

저벅.

그가 아버지의 등을 향해 한 발자국 다가갔다. 그리고 고개를 숙이고 조심스레 입을 열었다.

“어찌 그것을 장담할 수 있겠습니까. 하지만 아버지 앞에 멀쩡한 모습으로 나타나기 위해 최선을 다하겠습니다. 물론 그때면 저 혼자가 아닐 겁니다.”

주청학은 말없이 고개만 끄덕였다. 하지만 주진평은 볼 수 있었다. 달빛에 드러난 아버지의 얼굴에 은은한 미소가 그려져 있음을.

“소자, 그럼 이만 방으로 들어가 보겠습니다. 평안한 밤 되십시오.”

주진평은 곧바로 자신의 방으로 발걸음을 옮겼다.

저벅저벅.

한 발, 한 발. 주청학에게서 멀어질수록 그의 얼굴은 붉게 달아올랐다. 몸까지 천천히 뜨거워졌다.

너무 급작스러운 일을 겪었다. 육 년 전, 하늘나라로 떠났다고 생각했던 어머니 소화련이 살아 있을지도 모른다니.

굉장히 당황스럽고 가슴은 미친 듯 뛰고 있었다. 아버지와 자신이 그토록 그리워하던 어머니를 다시 볼 수도 있다는 생각에 정신이 멍했다.

하지만 당황했다고 해서 갈 길을 잃은 것은 아니었다.

무공을 완강히 반대하던 아버지가 마음을 열고 어머니의 행방을 찾아보라고 했다. 이젠 자신을 믿는다는 말과 다름이 없었다.

그렇다면 지금부터 더 이상 주저할 이유가 없었다. 자신이 하나하나 밝혀 나갈 것이다.

"네놈은 반드시 내가 찾는다."

아버지의 믿음에 보답을 하기 위해서, 어머니의 행방을 찾기 위해서.

철패를 빼앗아간 복면인을 시작으로 보이지 않는 저 긴 장막의 끝까지 해결해 나갈 것이다. 서두르지 않고 차근차근.

주진평이 옆을 떠나고도 주청학은 뒤뜰을 벗어나지 않았다. 그의 눈은 여전히 달을 향해 있었다.

달이 아내의 얼굴로 보인 것일까. 그가 미안한 표정을 지었
다.

"화련, 정말 미안하오. 결국 당신의 말을 어기고 말았으니."

미리 경고했던 아내의 말뿐만이 아니라 겪어본 바로도 무림
은 안전한 곳이 아니었다. 그래서 주진평이 무공 익히는 것을
극구 반대했었다. 단전도 성하지 않아 힘도 약할 놈이 부딪치
며 살아가기에는 만만한 곳이 아니었으니 말이다.

하지만 이 근래 아들이 보인 모습은 그런 편견을 날려 버렸
다.

"그런데 부인, 진평이 그놈이 많이 달라졌다오. 잘은 몰라도
친우라 할 수 있는 놈도 슬쩍 본 것 같고, 제 목숨뿐만 아니라
남의 목숨까지도 챙길 수 있는 실력도 있더군. 내 생각보다 여
러 가지로 강한 아이가 되었소. 해서 한번 믿고 맡겨 보려 하
오."

이렇게 마음을 바꾼 자신을 이해해 주길 원해서일까. 주청
학의 눈엔 간절함이 담겨 있었다.

"사실… 지금껏 애써 외면했지만… 난 아직도 당신이 미치
도록 그립고 보고 싶소. 진평이에게 허락한 이유도 이 이유요.
달라진 우리 아들이라면."

그의 고개가 주진평이 사라진 방향으로 향했다.

"우리 두 사람…… 다시 만나게 해줄 수도 있을 거란 느낌이
들어서."

그 말은 믿음이었다. 그리고 간절한 소망이었다.

　가족 모두가 함께 모여 웃는 모습, 상상만으로도 행복해지는 장면에 주청학의 얼굴엔 슬쩍 미소가 지어졌다.

　하지만 장밋빛 미래만을 생각하는 주청학이 간과한 것이 있었다. 그가 지금껏 살아오며 눈으로 확인한 대부분의 무인들은 강자 축에도 들지 못한다는 것이었다. 그리고 주진평은 앞으로 그보다 더욱 상상도 하지 못할 고수들과 부딪쳐야 하고 말이다.

＊　　　＊　　　＊

　"도련님!"

　총관 장완이 병실 밖에서 외치자 주진평이 방문을 벌컥 열고 나왔다. 그의 얼굴에는 기대감이 가득했다.

　"드, 드디어 온 겁니까?"

　밑도 끝도 없는 말이지만 장완은 알아들었는지 싱긋 웃었다. 이어 고개를 절레절레 흔들었다.

　"아니오. 다음 환자분을 모시고 왔습니다만."

　'아놔, 이 아저씨가!'

　주진평의 눈에서는 금방이라도 불길이 치솟을 것 같았다. 일부러 자신을 놀리는 것이 분명했다.

　그는 당장에라도 목표로 삼은 복면인을 찾아나서고 싶었다. 하지만 그러려면 필요한 것이 있었다.

　바로 정보.

이쪽으로 무지한 주진평으로서는 정보를 얻기가 힘들었다. 그래서 지금 자신에게 정보를 제공해 줄 수 있는 풍소우를 나흘이나 더 기다리는 중이었다.

저벅저벅.

그때, 환자를 보다가 잠시 손을 씻으러 나온 주청학과 눈이 마주쳤다.

'으으으! 젠장!'

주진평은 속으로 투덜거릴 수밖에 없었다. 마주친 아버지의 눈에는 많은 의미가 담겨 있었다.

'지금 여기서 아직도 뭐하느냐? 여유가 많구나? 뭐, 뭐야! 어머니가 보고 싶지도 않느냐고? 이건 무슨 말 같지도 않은!'

아버지의 눈빛을 독단으로 해석한 결과, 속이 부글부글 끓어올랐다. 그냥 일단 나서고 볼까 하는 생각도 들었다. 하나 그럴 수가 없었다. 일단 무조건 풍소우를 만나야 했다. 그는 적을 마지막까지 쫓아갔을 뿐만 아니라 이래저래 분명히 자신에게 도움이 될 터였다.

끼이익!

그 순간, 갑자기 대문이 열렸다.

"……!"

주진평은 소리가 들리자마자 눈에 힘을 주고 시선을 돌렸다. 귓가로 들려온 발걸음 소리가 일정했다. 즉, 무림인의 발걸음 소리. 풍소우일 것이란 느낌이 강하게 들었다.

"허어……."

하지만 그의 입에서는 헛바람만이 튀어나왔다. 의가로 들어선 사람은 풍소우가 아니었다.

새하얀 무복에 삼단 같은 머리, 눈처럼 흰 얼굴을 더 도드라지게 만드는 커다랗고 검은 눈망울이 인상적인 미인이었다. 미끈한 콧대와 턱 선이 저녁노을을 반사해 그녀의 아름다움을 더욱 빛나게 했지만 딱 한 가지, 북풍한파가 불어오는 삭주의 날씨를 담았는지 커다란 눈망울에선 서늘한 기운이 풍겨 차가운 느낌을 주었다.

주진평은 그녀에게서 눈을 떼지 못했다.

그 사이, 장완이 얼른 여인에게로 뛰어가 고개를 숙였다.

"수연 아가씨가 의가에 어쩐 일로 오셨습니까?"

"왜요? 제가 못 올 곳을 왔나요? 청수의가는 원래 본 문의 주치의가가 아닙니까."

서리가 날릴 듯 쌀쌀맞게 말하는 여인, 그녀의 이름은 백수연(白秀娟)이었다.

삭주에 하나밖에 없는 정파 무영문(無影門), 그곳 문주 백장진(白莊眞)의 금지옥엽인 그녀가 청수의가를 찾아온 것이었다.

백수연은 사람들이 정신없이 오가는 마당 한가운데에서 한 사람을 바라보았다. 그 사람은 의가로 드는 그녀에게서 처음부터 눈을 떼지 못하던 주진평이었다.

"수, 수연아……."

주진평은 자신도 모르게 살짝 미소를 지으며 그녀의 이름을 불렀다. 얼굴은 타오르는 저녁노을만큼이나 붉게 달아올랐다.

하지만 백수연은 그런 그의 모습을 보고도 코웃음만 쳤다.

챙!

갑자기 의가 안에 살벌한 빛무리가 터졌다. 어느새 주진평의 곁으로 다가선 그녀가 검을 빼 든 것이다. 그 검끝은 주진평의 목에 겨눠져 있었다.

그녀의 붉은 입술이 살짝 열렸다.

"은성의가 사건의 목격자인 천선신의, 당신을 조사 차 무영문으로 호송하겠어요!"

"……"

사람들은 황당하다는 표정을 지었다. 그것은 주진평도 마찬가지였다.

금방까지 설레어하던 표정은 온데간데없었다. 그저 속으로 짧게 한마디 할 뿐이었다.

'이 여자가 돌았나……'

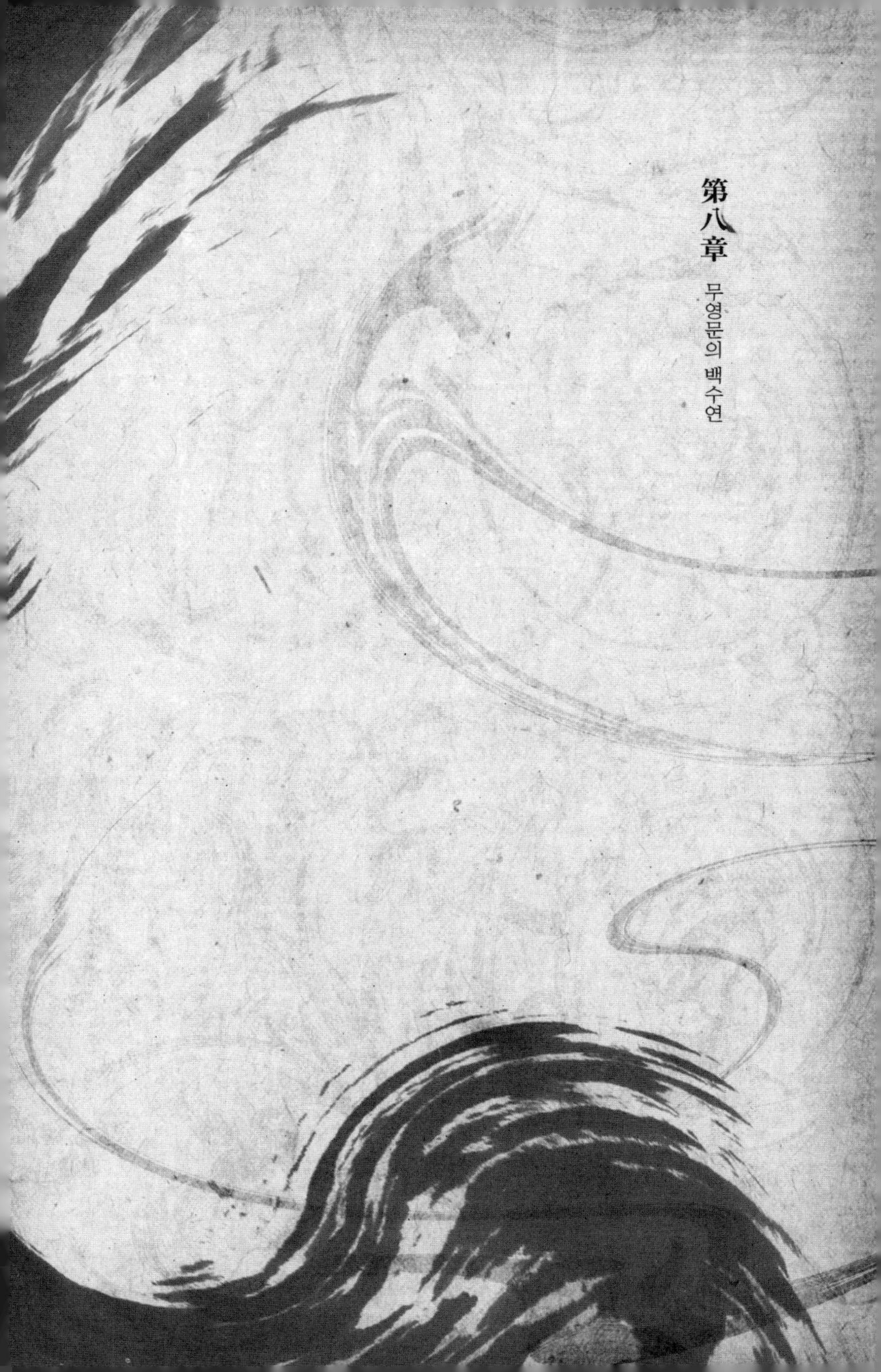

第八章

무영문의 백수연

"지금 무영문주의 명을 거역하는 건가요? 빨리 앞으로 나서
세요."
백수연은 사람들이 어떤 눈으로 보든 간에 자신의 생각대로
일을 풀어나가려 했다.
주진평은 인상을 찌푸렸다.
'벌써 칠 주야 전에 끝난 일로 날 왜 불러? 게다가 목격한 것
에 대한 진술도 예전에 끝났잖아.'
은성의가에서 있었던 일은 포천소가 만들어낸 괴인(怪人)들
과 그것을 발견한 의가의 무인들, 그리고 포천소를 돕는 무리
와 풍소우, 이렇게 네 부류가 서로 싸운 일로 결론을 내렸다.
괴인들과 무인들, 그리고 포천소는 모두 죽어 버렸고 복면

인과 풍소우는 사라졌으니 의가에 남아 있던 사람은 주진평과 주청학 두 사람뿐이었다. 결국 낱낱이 사건에 대해 말한 주진평의 진술이 이번 일의 진실로 인정되어 버렸다.

혈귀문의 소문주 곡전풍은 풍소우의 능력을 조금이나마 보았기 때문에 주진평의 진술에 더욱 힘을 실어주었다. 자신들이 속해 있는 사파의 강자가 일을 해결했다는 걸 강조하기 위해서였다. 문주와 상당수의 무사가 피해를 입은 것으로 인해 혹 무영문에서 세력 다툼을 시작하지는 않을까 하고 걱정이 되었던 것이다.

어쨌든 그렇게 결론이 난 일을 지금에서야 다시 조사한다니 주진평으로서는 달갑지 않았다.

'아씨! 귀찮은 건 질색인데! 게다가 쟤는 오랜만에 보는 사람한테 이게 무슨 짓이야?'

자신의 복수나 의가와 직접적인 연관도 없는 일엔 나서기 귀찮았다.

주진평은 불만이 있는 듯 붕어처럼 입을 내밀고 백수연을 바라보았다. 하나 그래도 그녀는 흔들리지 않았다.

"더 이상 절 화나게 하지 마세요."

그녀의 쌀쌀맞은 목소리가 계속 이어지자 주청학이 아들을 대신해 앞으로 나서려 했다. 하지만 주진평이 그걸 미리 알아채고 선수를 쳤다.

"아이고, 웬 입에서 이렇게 차가운 바람이 튀어나오는지! 쯧! 간다, 가. 그러니 제발 그 바람 나오는 입 좀 다물어."

"뭐라고욧!"

조롱을 받았다고 생각했는지 백수연이 처음으로 날카로운 소리를 냈지만 주진펑은 신경 쓰지 않았다. 그는 그저 천천히 자신의 병실로 향하며 말했다.

"다행히 환자가 한 분 남았으니 그 정도는 기다려 줄 수 있겠지? 이분만 진료하고 나면 군소리없이 따라가지."

그의 말에 백수연도 따지지는 못했다. 연신 기침을 하며 자신을 빤히 바라보는 어린 여자아이 환자가 보였기 때문이다.

잠시 후, 진료를 마친 주진펑은 밖으로 나왔다. 그리고 주청학에게 말을 하고선 백수연을 따라 무영문으로 향했다.

"수연아……."

주진펑이 불러도 그녀는 대답하지 않고 그의 손을 묶었다. 그리곤 반대로 자신이 질문을 했다.

"그날 정말 은성의가에서 벌어진 일은 진술한 게 전부인가요?"

"그렇다니까. 내가 거짓말 할 이유가 없잖아?"

주진펑은 제발 믿어달란 투로 말했다. 사실 속으론 여유까지 있었다. 실제 보지도 않고서 어찌 다른 내용들을 알 것인가.

솔직히 은성의가 일에 대해 밝혀져도 귀찮을 뿐, 개인적으론 크게 상관이 없었다. 벌써 사람들은 자신이 어느 정도 주먹을 쓴다는 것을 돌아오던 날 흑월방 무리를 때린 것으로 알고 있지 않은가.

하지만 사부들이 남긴 부탁 때문에 아직 눈에 튀게 부각되는 것은 사양이었다. 지금껏 복수에 사로잡혀 날뛴 경향이 있으나, 한숨을 돌린 지금은 냉정히 생각을 하게 된 것이었다.

그날 은성의가에서 벌어진 싸움의 정도는 제대로 된 무림인들의 싸움, 여러모로 완전히 드러나고 싶지 않은 주진평으로선 거짓말을 해서라도 지금은 감추고 싶었다.

백수연은 주진평의 얼굴을 빤히 바라보고 있었다. 주진평의 얼굴이 붉게 변할 정도로 말이다.

"어, 어험! 내가 철면피에 넉살도 좋다지만… 그렇게까지 바라보니 조금 부, 부끄럽네. 하하하!"

쑥스러워하며 웃는 주진평의 말을 자르고 백수연이 입을 열었다.

"거짓말할 이유가 없다면 그날 주먹과 옆구리가 어떻게 해서 다치게 되었는지 말해주세요. 그리고… 가슴의 멍도요."

"……!"

주진평은 속으로 깜짝 놀랐다. 송강과 다투면서 생긴 주먹의 상처나 내공을 무리하게 끌어올려 힘들어하는 모습 등은 그 당시 눈에 보였다지만 돌멩이에 맞아 생긴 가슴의 멍은 어찌 알아봤단 말인가. 관심있게 꼼꼼히 살펴보지 않고서는 불가능한 일이었다.

그는 대충 얼버무렸다.

"어떻게 생기긴 뭘 어떻게 생겨? 그냥 구경하는데 때리기에 맞았지. 힘없는 놈이 별 수 있어? 난 고작 의원인데."

"서로 싸운 게 아니라 그냥 맞았다?"

"아, 그렇다니까!"

추궁을 받는 분위기가 계속 이어지자 주진평의 언성이 조금 올라갔다. 짜증이 살짝 이는 듯했다.

두 사람은 그렇게 대화를 하며 어느새 무영문으로 들어서고 있었다.

무영문주 백장진이 업무를 보는 문주전이 보이기 시작했다. 그 순간, 갑자기 백수연이 자리에 서더니 주진평의 눈을 똑바로 바라보며 말했다.

"내가 은성의가에 들어가서 본 달아나는 적은 엄청난 경공을 펼치는 고수였어요. 그 고수가 멍이 들 정도로 때렸는데 뼈가 멀쩡하다? 일반인이라면 누워서 죽는 소리를 질러도 모자랄 판국에 걸어서 집으로 돌아간다고요? 그게 무공을 익히지 않은 사람에게 가능하다고 생각해요?"

"내, 내가 워낙 튼튼해서. 그리고 바닥은 뒹굴었는데……."

주진평은 자신도 모르게 말을 더듬었다. 백수연의 표정에서 나오는 진지함이 그를 그렇게 만들었다.

휘익!

말을 마친 그녀는 그대로 몸을 돌려 다른 곳으로 향했다. 주진평은 그곳에 세워둔 채 말이다.

"어디가? 그리고 도대체 그런 걸 왜 묻는데?"

당황한 주진평이 외쳤지만 그녀의 발걸음을 멈추게 하진 못했다.

"정말 도대체 왜 저러는 거야?"

이해할 수가 없었다. 오 년 만에 만났으면 반갑게 맞아주어야 하는 것이 아닌가.

두 사람은 동갑으로 어렸을 때부터 친하게 지냈었다. 떠나기 전까지만 해도 서로를 각별하게 여기고 있다고 생각했는데.

"나만의 착각이었나?"

답답한 마음을 금할 길이 없었다. 그러다 문득 한 가지가 떠올랐다.

"혹시 돌아왔는데도 바로 찾아오지 않아 화가 난 건가?"

사실 돌아오면 빠른 시간 안에 백수연을 찾아오려 했었다. 하지만 의가 일이 너무 복잡하게 돌아가 그간 전혀 생각을 하지 못하고 있었다. 그녀는 그것이 서운해 저럴 수도 있었다.

주진평이 이런저런 추측으로 머리를 정신없이 굴리고 있을 때, 그의 곁으로 다가오는 사람이 있었다.

"오, 자네 왔는가?"

사람 좋게 웃는 얼굴이지만 눈빛만큼은 강하고 날카로운 기운을 지닌 사내, 그가 바로 무영문주 백장진이었다.

오 년 전에 봤던 모습과 크게 다르지 않아 주진평은 바로 알아볼 수 있었다.

"그간 강녕하셨습니까?"

공손한 인사에 백장진은 기분 좋은 미소를 지었다.

"허허허! 난 잘 지냈지. 그런데……."

말하던 도중 뭔가 좀 이상했는지 그가 고개를 갸웃거렸다.

"왔으면 안으로 들지, 왜 여기에 서 있는가? 게다가 손은 왜 그렇게 포박이 되어 있고?"

"네? 이, 이건 수연이가……."

주진평은 진정 이해가 되지 않는다는 얼굴이었다. 백수연에게 듣기로는 포박하라고 말한 사람이 백장진인 것 같았으니 말이다.

백장진 또한 이해가 안 되는지 고개를 절레절레 흔들었다.

"수연이 그 아이가? 흐음, 왜 이랬을까? 내 자네에게 부탁할 게 있어 정중히 초청하라 일렀거늘……."

'수연아, 정말 미친 거니?

주진평은 하마터면 입 밖으로 소릴 낼 뻔했다. 괜히 머리까지 지끈거리는 것 같았다.

백장진도 잠시 딸의 행동에 대해 생각해 보는 것 같더니 이내 털어내 버렸다.

'조금 있다가 불러서 물어보면 될 일.'

"일단 안으로 들어가세. 오랜만에 만났는데 차나 한잔하지."

"먼저 포박부터……."

"아, 미안. 깜빡했네. 허허허!"

그는 포박된 채 얼굴을 찌푸리고 있는 주진평을 이끌고 일단 자신의 집무실로 향했다.

"내 처의 고뿔을 낫게 해주게."

"부탁하실 일이라는 게……."

"맞네. 이 일이라네."

'정말 별일도 아니네. 다행히 고뿔이고. 괜히 긴장했잖아?

주진평은 어이가 없었다. 고작 이런 일로 자신이 긴장을 했다니 말이다.

백장진이 잠시 주진평의 얼굴을 살피더니 조심스레 입을 열었다.

"사실 내 다른 할 말도 있기는 한데……."

"어떤……?"

"주 가주에게도 따로 말을 전하겠지만 자네에게 먼저 말하겠네."

백장진은 심호흡을 한 번 하고 말을 이었다.

"내 그간 청수의가의 일에 나서지 못한 걸 참으로 미안하게 생각하네. 우리 무영문의 입장도 좀 이해해 달라고 내 부탁하고 싶네."

'으잉?

의외였다. 주진평은 그가 이런 말을 할 줄은 꿈에도 생각지 못했다. 알고 지내온 지가 꽤 오래 되었기에 백장진의 성격에 대해 아는데, 자존심을 상당히 중요시 여기는 사람이었다. 한데 이런 말을 하다니.

백장진의 말에 의하면, 혈귀문주가 먼저 청수의가의 일에 무영문이 나선다면 전면전이 일어날 것이라 선언을 해서 어쩔 수 없이 참고 있었다고 했다. 아무래도 혈귀문의 성세가 무영문보다는 상위에 있었으니 두고 볼 수밖에 없었다고.

자존심도 중요하지만 문파를 지키는 일이 더 중요했다는 말이었다.

이 일에 대해 주진평도 서운한 점이 없었던 것은 아니었다. 그래도 수십 년을 무영문의 주치의로 지내온 청수의가가 아니던가. 하나 자신의 힘, 그리고 청수의가의 자력으로 이겨내야만 한다고 생각했기에 그 서운함이 아주 크지는 않았다.

'그래도 이렇게 뒤늦게라도 이런 말을 들으니 기분은 괜찮네.'

처음부터 복수는 직접 하겠다고 다짐한 주진평인지라 시원하게 이해하고 넘어갔다. 그리고 자존심이라면 백장진보다 더 강할 수도 있는 주청학과 주진평이었다. 그들이 먼저 도와달라고 부탁할 리도 없었다.

"이제 몸조리만 잘 하시면 될 겁니다."

"고맙네. 오늘 일도 있고 아까 말한 것도 있으니 내 조만간

의가에 한번 들르겠네."

"그러실 필요까진 없는데요. 하하하! 그럼 전 이만 가보겠습
니다."

"멀리 안 나가겠네."

백장진 처의 고뿔을 고친 주진평은 무영문의 정문으로 걸어
갔다. 어릴 때부터 많이 다닌 길이라 움직이는 데 어려움은 없
었다. 무영문도들도 주진평에 대해 미리 언질을 받았는지 제
지를 하지 않았다.

주진평은 곳곳에 밝혀진 횃불 사이를 걷다가 문득 한 곳으
로 시선을 돌렸다. 귓가를 간질이는 목소리가 들렸기 때문이
다.

'이 목소리는?'

그는 익숙한 목소리에 이끌려 한쪽으로 발걸음을 옮겼다.

저벅저벅.

'역시!'

그곳에는 그의 예상대로 백수연이 있었다. 그녀 앞에는 작
은 강아지가 한 마리 있었는데 만난 지 얼마 되지 않았는지 서
로를 탐색하는 눈빛이 가득했다.

"이리 와보렴. 응? 경계하지 말고 이리 와봐."

백수연은 간절한 눈으로 강아지를 불렀다.

끄응!

그에 강아지는 낮은 자세를 취하며 열심히 꼬리를 살랑거렸
다. 그리고 한 발씩 천천히 그녀에게로 향했다.

주진평은 그 모습을 보며 자신도 모르게 슬쩍 미소를 지었다. 눈을 초롱초롱 빛내며 강아지를 기다리는 백수연의 모습이 너무 귀엽게 보였던 것이다.

'그래, 이게 너다운 모습이지.'

그는 기억하고 있었다. 항상 해맑게 웃으며 사람들을 대하던 그녀의 모습을 말이다.

"……!"

그때, 백수연의 눈이 갑자기 커지더니 자리에서 벌떡 일어났다. 잘 다가오던 강아지가 코를 한 번 씰룩거리더니 쏜살같이 한 곳으로 뛰어가는 게 아닌가. 실망도 실망이었지만 무엇 때문에 저러는지 궁금했다.

"어?"

강아지가 향한 곳으로 시선을 돌린 그녀의 눈이 잠시 동그랗게 변했다. 그리고 이내, 언제 웃었느냐는 듯 싸늘한 표정으로 바뀌었다. 그곳에는 주진평이 서 있었다.

"아… 하하! 애, 애가 왜 이리로 왔지? 훠이, 저리가! 얼른!"

주진평은 당황한 얼굴로 연신 손을 저었다. 하지만 강아지는 그의 앞에서 엉덩이를 붙이고 앉아 움직일 줄을 몰랐다.

'이, 이놈이 갑자기 왜 이래?'

그렇지 않아도 백수연에게 미운 털이 박힌 것 같았는데 더욱 난처하게 생겼다. 주진평은 얼른 다시 강아지를 그녀의 품으로 돌려보내고 싶었기에 녀석을 자세히 살폈다.

'눈이 초롱초롱한 것이 뭘 바라고 있는 게 분명해. 그러고 보니 계속 혀를 날름거리네?'

그것을 보니 별안간 떠오르는 게 있었다. 누나 주여설이 입이 심심할 때마다 먹으라며 준 말린 고기가 말이다.

"녀석, 너 이거 때문이구나?"

아무래도 후각이 뛰어난 개라서 그런지 품속에 넣어둔 고기 냄새를 기가 막히게도 알아챈 것 같았다. 그는 품을 뒤져 말린 고기를 꺼냈다. 이어 무릎을 굽혀 강아지에게 내밀었다.

우적우적!

경계도 탐색도 없었다. 마치 자신의 진정한 주인을 만났다는 듯 냉큼 말린 고기를 받아먹더니 이내 배를 보이며 더 달라고 조르기까지 했다.

"하하! 자식, 귀엽네."

주진평은 강아지의 애교에 자신도 모르게 녀석의 배를 쓰다듬었다. 강아지는 더 좋다며 애교를 부렸다.

기분이 좋았을까. 주진평은 녀석에게 주려고 품을 뒤져 다시 고기 조각 하나를 꺼내들었다. 하지만 전해주진 못했다.

"……!"

갑자기 옆쪽에서 뱃속까지 시릴 정도의 한기를 느낀 것이다.

"지금 뭐하는 짓이죠? 누구 허락을 받고 본 문 안을 이렇게 돌아다니는 겁니까?"

백수연은 눈에 살기까지 담고서 주진평을 노려보았다.

"그, 그게……."

주진평은 상대가 이렇게까지 화를 낼 것이라 예상을 못해서인지 굉장히 당황했다. 자기 발로 다가온 강아지를 한 번 쓰다듬어 준 것이 이렇게 큰 잘못이란 말인가.

그렇게 생각하니 갑자기 화가 치밀어 올랐다.

"도대체 왜 이렇게까지 화를 내는 거야? 누구 허락 맡고 돌아다녔냐고? 아무도 배웅을 안 해주기에 내 맘대로 돌아다녔다. 대답이 됐냐?"

사실과는 달랐지만 직접 정문으로 안내해 준 사람이 없었으니 핑계의 구실은 맞춘 셈이었다.

그 점에 대해서는 백수연도 반박을 할 게 없는지 얼른 말을 돌렸다.

"저곳으로 가면 정문이 나옵니다. 볼일이 없으시다면 이만 나가주시지요."

'볼일?'

주진평은 퍼뜩 할 말을 떠올렸다.

"사실 난 그쪽과 아직 볼일이 남았는데……."

"전 없네요."

백수연은 딱 잘랐다. 너무도 냉정하게 잘라 주진평으로서도 할 말을 잃었다. 저렇게까지 나오는 걸 보니 오늘은 더 이상 대화 나누기가 어려울 것 같았다.

"그럼 조심히 돌아가세요."

그는 백수연의 쌀쌀한 배웅을 받으며 터벅터벅 무영문의 정문을 나섰다.

주진평의 시선이 다시 한 번 뒤를 향했다. 그녀는 벌써 사라지고 없었다.

"젠장, 더럽게 안 풀리는 일도 있구만."

백수연이 왜 저러는지를 몰라 답답한 마음을 금할 수 없었지만 지금은 방법이 없었다.

주진평이 정문에서 조금 멀어지자,

깨개갱!

갑자기 밤하늘을 찢는 강아지의 비명 소리가 울려 퍼졌다. 그 비명 소리는 한동안 계속되었다.

"내가 뭘 잘못했는지 도저히 모르겠네?"

무영문을 나와 청수의가로 향하는 길. 주진평의 머릿속엔 여전히 백수연의 일로 가득했다.

답답한 마음에 하늘을 올려다보니, 밤하늘을 환하게 밝히는 달이 보였다.

"아버지 어머니, 두 분이서 같이 밤하늘을 바라보는 게 보기 좋아 수연이하고 따라 해보기도 했었는데."

오늘따라 옛 추억을 떠올리니 나오는 건 한숨뿐이었다.

저벅.

힘없이 담 모서리를 돌던 중,

“……!”

주진평의 눈이 갑자기 가늘어졌다.

‘누구냐?’

자신을 쫓는 기척이 느껴졌다. 발걸음 소리가 일정한 간격으로 들리는 게 분명 무림인이었다.

‘소리를 죽이지 않는다? 날 해치울 자신이 있단 말인가?’

암살이라면 기척을 죽여도 모자랄 판국, 하지만 상대는 발걸음 소리마저 당당하게 내고 있었다.

‘이 새끼가 날 얕봐? 한번 뒈져 봐라!’

기분도 좋지 않은데 성질까지 건드렸다.

팟!

주진평은 모서리를 돌자마자 소리없이 담을 넘었다. 그리고 기척을 최대한 죽인 채 상대가 앞을 지나가길 기다렸다.

‘……’

하나 시간이 지나도 지나가는 소리가 들리지 않았다. 완전히 자취를 감춘 것처럼 그 어떤 기척도 느껴지지 않았다.

‘놓쳤나? 혹시 정말 나보다 고수였던 거야?’

당혹스러웠다. 이 정도로 완벽하게 기척을 죽이다니. 주진평은 복잡한 얼굴을 하고 담 위로 고개를 슬쩍 내밀었다.

바로 그때였다.

“숨바꼭질 좋아해?”

담 반대편에서 주진평과 똑같이 눈을 슬쩍 내밀고 있는 사람이 보였다.

"허억!"

심장이 멈출 정도로 깜짝 놀랐다. 그래서인지 먼저 움직인 것은 주먹이었다. 힘보다 속도에 중점을 둔 주먹은 정확히 상대의 이마를 노리고 날아갔다. 그러나 움직임은 상대가 더 빨랐다.

휘익!

바람을 가르는 소리와 함께 신형이 사라지더니 어느새 주진평의 뒤편에 서 있었다.

목숨이 경각에 달했다는 오싹함 때문일까. 주진평의 오른팔에서 쇠라도 녹일 정도의 엄청난 열기가 끓어올랐다.

열화지석을 손에 쥐고 드디어 내공을 끌어올린 것이었다.

"이 새끼, 넌 오늘 사람 잘못 건드렸다!"

그는 바로 몸을 뒤틀며 후방을 향해 주먹을 내뻗었다. 일대를 열기의 아지랑이로 장악한 주먹은 금방이라도 상대를 꿰뚫을 것 같았다.

"이런 미친!"

상대도 이번엔 당황했는지 소리를 지르며 응수했다.

피잉!

날카로운 소리가 들리더니 얇은 검봉이 주진평의 주먹을 노리고 날아갔다. 검봉에는 하얀 검기가 엷게 둘러져 있었다.

팡!

상당한 공력의 격돌치고는 소음이 작았다.

주진평은 입에서 하얀 입김을 쏟아내며 마당 반대편을 보았다.

그곳엔 주먹의 힘을 연검으로 흡수하며 뒤로 물러난 상대가 보였다.

바로 그가 그렇게 기다리던 풍소우였다.

풍소우는 반가움을 가득 담아 소리쳤다.

"야 이, 미친 어린 주군아! 누구 잡을 일 있냐? 어디서 그런 요물을 꺼내 들어!"

방금의 흥분이 쉽게 가시지 않았다. 그는 이를 드러내며 당장에라도 다시 덤벼들 것 같았다.

그것은 주진평도 다르지 않았다.

"너 이 새끼! 금방 나 죽이려고 했지? 조금만 더 방심했으면 심장에 구멍 날 뻔했잖아!"

아직도 놀란 심장이 미친 듯 요동치고 있었다. 오랜만에 서로 상대를 하니 잊고 있었던 약선곡의 추억이 스멀스멀 다시 떠오르려고 했다. 죽어라 서로를 노리던 생사투 같은 비무가 말이다.

풍소우는 주진평의 말에 펄쩍 뛰었다.

"미친! 의가에 물어보니 무영문에 갔다기에 기다리다가 말 걸려고 따라온 것뿐이다! 심장에 구멍 같은 소리하고 앉아 있네. 내 참 어이가 없어서."

"말은 입으로 하는 거야! 부르면 그만이지 미쳤다고 뒤를 몰래 따라오냐? 사람 놀라게?"

두 사람은 아직 서로에게 앙금이 남았는지 물러서지 않았다. 그에 참지 못한 집주인의 목소리가 방 안에서 튀어나왔다.

"어떤 썩어 먹을 잡것들이 남의 집 마당에서 싸우고 지랄이야! 여기가 너네 집이냐!"

"……!"

그제야 두 사람은 주변을 둘러보았다. 이제 슬슬 잠자리에 들 시간인데 소란으로 인해 사람들이 하나둘 밖으로 나오고 있었다.

"이크!"

"미, 미안하오!"

미안함이라는 것을 아는 풍소우와 주진평은 급히 사과를 하며 그 자리에서 벗어났다.

그곳에서 조금 떨어진 곳. 주진평과 풍소우는 서로 마주보며 여전히 티격태격하고 있었다.

"어린 주군아, 오늘 술이나 한잔하자."

"난 싫어. 너 또 강해지면 나만 피곤해."

평소 술을 좋아하는 주진평이 정말 싫다는 표정을 지었다.

그에 풍소우가 인상을 찌푸렸다.

"나 지금 진지하다. 너 그때 그놈 정보 안 들어도 돼?"

"뭐? 알아낸 거 있어? 그 새끼 찾았어?"

돌연 표정이 변한 주진평이 얼굴을 바짝 들이대며 묻자 풍소우는 그저 어깨만 한 번 으쓱거렸다.

"젠장! 그냥 술 안 먹고 말하면 안 되나?"

“그놈 쫓느라 힘들었다. 뭐, 정 안 내키면 나 그냥 갈까?”

“으휴!”

주진평은 어쩔 수 없이 풍소우와 함께 객잔으로 향했다.

“그래, 그놈 지금 어디 있어?”

주진평은 객잔 이층 탁자에 앉자마자 도망친 복면인의 행방을 물었다.

“숨 좀 쉬고!”

풍소우는 주진평을 진정시키며 곧바로 나온 죽엽청을 단숨에 들이켰다.

“크으! 좋다!”

달짝지근한 술이 목구멍으로 넘어가니 얼굴에 혈색이 돌아오는 것 같았다. 칠 주야를 돌아다니며 한 고생이 싹 씻겨 나가는 기분이었다.

한숨을 돌린 그는 자신이 적을 쫓으며 알아낸 것들을 천천히 풀어놓았다.

“일단 난 그놈을 바로 덮치지 않고 은밀히 뒤를 따랐다. 경공을 펼친 놈이 상당히 빠르기도 했지만 어디로 향하고 뭘 꾸미는지가 더 궁금했거든. 절대 질 것 같아 덤비지 않은 게 아니다.”

풍소우가 볼 때, 은성의가에서 벌인 실험들은 몇 명이서 진행했다고 보기 어려웠다. 이 실험의 규모와 위험을 수용하려면 단체의 힘이 필요했다. 작금의 상황처럼 꼬리를 자르고 숨어도 들키지 않게 만들 여력이 있는 단체 말이다.

그래서 그는 일단 정체를 파악하는 것에 중점을 뒀다고 말했다.

"뒤를 쫓다보니 그놈은 태원(太原)으로 향하더군."

"태원?"

태원은 산서의 성도였다. 도시의 규모가 큰 만큼 무림방파도 많은 곳, 압도적인 대문파가 없어 분쟁이 자주 일어나는 지역이기도 했다.

꿀꺽!

풍소우는 목이 타는지 다시 한 번 죽엽청을 들이켰다. 그리고 그는 진지한 눈빛으로 입을 열었다.

"결론부터 말하자면, 난 그놈을 놓쳤다."

"뭐라고! 지금 나랑 장난해? 고작 그 이야기를 하려고 술을 처마시냐?"

주진평은 당장에라도 난동을 부릴 것 같았다. 분위기란 분위기는 다 잡아놓고 고작 가져온 정보가 이것이라니.

풍소우는 폭발하려는 주진평을 다시 진정시켰다. 아직 자신의 이야기는 끝난 게 아니었다.

"어린 주군아, 흥분하지 말고 내 말 끝까지 들어. 중요한 건 내가 그놈을 놓치게 된 이유야."

"이유? 무슨 이윤데? 너 이번에도 개소리면 그냥!"

풍소우는 주진평의 말을 자르고 바로 말을 이었다.

"내가 그놈의 목적지를 알아내기 바로 직전! 내 앞에서 대규모 전쟁이 일어났다. 사파와 정파의."

“뭐? 전쟁?”

“그 때문에 그놈의 자취가 사라져 버렸지. 하필 그때 내 앞에서라니. 공교롭지 않냐? 꿀꺽꿀꺽!”

만약 추격하는 걸 알아챘다고 해도 방해하는 순간이 너무 기가 막혔고, 방해한 무리들의 정체가 또 혼을 빼놓은 격이었다.

객잔 이 층에는 풍소우가 죽엽청을 목구멍으로 넘기는 소리만 가득했다. 하나 그마저도 주진평의 귀에는 들어오지 않았다.

‘자취를 감추기 위해 전쟁을 일으켰다? 조력자가 있다는 말인가? 그것도 태원에서 큰 전쟁을 일으킬 만한 세력이?’

머리가 복잡했다. 그저 그놈이 어디 있는지만 알면 찾아가 족칠 생각이었다. 어머니의 행방을 알기 위해. 하지만 이렇게 되면 그놈을 찾기가 어려울 뿐만 아니라 돕는 조력자들도 상대해야 한다는 말이 되었다.

머릴 싸매고 끙끙 앓고 있는 주진평을 보며 풍소우가 말했다.

“아마 조만간 삭주에 있는 혈귀문이나 무영문도 태원으로 향해야 할 거야. 지금 사파와 정파로 나뉘어져 치열하게 대치되는 상황이니 한 손이라도 더 필요하겠지. 삭주에 있는 소문파로서는 덩치가 큰 태원에 있는 문파들의 부탁을 뿌리치지 못할걸? 꿀꺽!”

“빌어먹을! 뭐가 이리 복잡해? 그냥 그놈만 잡고 끝나면 오죽 좋아?”

“딸꾹! 뭐… 일단 대충 몇 군데 의심되는 곳은 있으니 거기부터 찾아봐야쥐. 꿀꺽꿀꺽! 쉐끼들… 감히 내 앞에서 수작을 부려? 내가 모르는 세력이 있을 꼬 같아!”

“……!”

주진평은 눈을 부릅뜨고 급히 풍소우를 살폈다. 벌써 살짝 취기가 올라오는 것 같아 조금 불안한 감정이 들었다.

“야, 천천히 마셔! 술도 약한 놈이. 아직 할 이야기가 많이 남았단 말이야.”

“꿀꺽! 걱정을 마라. 아직 멀쩡하니까! 하하하! 묻고 시픈 거 있으면 물어! 다아 대답해 줄 테뉘까.”

눈이 반쯤 풀리고 혀가 저렇게 꼬여서야 무슨 대화가 되겠는가. 주진평은 그만 일어날까 하다가 문득 한 가지를 떠올렸다.

금방 풍소우는 자신의 입으로 모르는 단체가 없다고 했다. 그럼 혹시 아버지에게 받은 어머니의 철패가 무엇을 뜻하는지, 하다못해 어떤 세력을 표현하는 건지 알고 있을지도 몰랐다.

그는 품을 뒤져 반쪽짜리 철패를 꺼냈다. 이어 그것을 풍소우 앞으로 내밀었다.

스윽!

“나머지 반쪽을 더하면 천(天)이라는 글자가 만들어진대. 너, 이게 뭘 뜻하는지 알아? 혹시 세력 같은 걸 나타내는 건 아니냐?”

“꿀꺽꿀꺽! 어디 보자아.”

풍소우는 더욱 풀린 눈으로 철패를 살폈다.

“뭐야? 이거. 잘 안 보이자놔?”

술기운 때문에 눈이 침침해졌을까. 한참을 뚫어져라 살피던 그는 이내 손으로 눈을 비비고 다시 쳐다보았다.

“이게 합쳐쥐면 무슨 글좌가 된다고?”

“천이라고 말씀하셨다.”

“뭐? 천(天)!”

풍소우가 놀라 소리치며 자리에서 벌떡 일어섰다.

“왜, 왜? 뭔데? 이게 뭔지 알아?”

주진평은 얼굴을 바짝 들이댔다. 표정은 긴장감으로 잔뜩 굳어 있었다.

“천……”

작게 중얼거리던 풍소우의 몸이 부들부들 떨렸다. 그리고 얼굴은 흥분한 듯 붉게 달아올랐다.

주진평은 마른 침을 삼키며 다음 말을 기다렸다.

하나 다음으로 나온 것은 말이 아니었다.

부웅!

갑자기 풍소우가 주먹을 휘둘렀다. 주먹은 정확히 주진평의 얼굴을 노리고 있었다. 그는 화가 난 것처럼 큰소리로 외쳤다.

“감휘 너 따위가 하늘이란 마뤼냐!”

“허!”

주진평은 주먹을 피하며 어이없다는 표정을 지었다. 걱정한 일이 벌어진 것이다.

"네가 하늘이면! 난 천외천(天外天)이다! 크하하!"

풍소우는 세상에 겁날 것이 없는지 자신만만하게 소리쳤다.

주진평이 고개를 절레절레 흔들며 말했다.

"아, 젠장! 또 강해져 버렸네. 강해져도 너무 강해졌는걸."

"그래, 자쉭아! 넌 알쥐? 내가 술 먹으면 강해쥐는 걸! 큭큭!"

주진평은 대화하기를 포기한 듯 철패를 챙기며 말을 이었다.

"에휴! 알지요, 알아. 지금쯤이면 슬슬 허공답보(虛空踏步)도 할 정도가 되었겠는데?"

"그렇다! 그러뉘 까불지 말라고!"

부웅!

풍소우의 주먹이 다시 움직였다. 그것을 본 주진평의 미간이 꿈틀거렸다.

덥석!

그는 풍소우의 주먹을 잡아채고 으르렁거렸다.

"이 새끼가 또 지랄이네. 오냐, 내가 널 진짜로 하늘을 날게 해주마!"

그리고는 그대로 객잔 일 층으로 냅다 던져 버리는 게 아니겠는가.

"으아아악!"

풍소우의 비명 소리가 객잔을 쩌렁쩌렁 울렸다.

그가 만취하고 나면 항상 일어나는 일이었다.

*　　　*　　　*

"형님! 제발 말 좀 해주세요. 네?"

"아, 몰라. 나중에 네가 직접 물어봐."

주진평은 아침부터 곤욕을 치르고 있었다. 동생 주운휘가 찾아와 은성의가에서 본 것을 제대로 설명해 달라고 한 탓이었다.

'다 지난 일 가지고 또 설명을 해? 모두 저 자식 때문이야!'

그의 눈이 의가 한쪽 끝에 있는 방으로 향했다.

주진평은 어제 아주 소란스럽게 의가로 돌아왔었다. 풍소우가 고래고래 소리를 질렀기 때문이다.

"쉐끼, 너 마음에 안 들어! 알아? 나보다 나이도 어린놈이."

"아, 조용히 좀 들어가자. 자꾸 이러면 확 아혈을 막아버리는 수가 있어."

"막아봐! 내가 못 풀 것 같아? 쉐끼!"

사람들이 잠자리에 들 준비를 하는 시간, 소란이 일어나니 모두 놀라 밖으로 나왔었다. 그것은 주청학이나 주운휘, 주여설도 다르지 않았다.

"허허! 이자는 내 목숨을 구해준 청년이 아닌가? 어쩌다가

술이 이렇게 만취됐느냐?"

"어쩌다가가 아니고 술만 먹으면 거의 이 난리예요. 정말 지겨워 죽겠어요!"

주청학의 물음에 주진평은 고개를 절레절레 흔들었다. 이게 무슨 망신인가. 처음 만나는 사람들도 있는데 이런 모습을 보이다니.

'이래서 친구를 잘 사귀어야 한다고 사람들이 말하는 거구나.'

주진평은 그것을 뼈저리게 느끼고 있었다.

어쨌든 이러나저러나 자신이 정을 주고 있는 사람이었다. 남의 눈에 나쁘게 비치는 것은 탐탁지 않았다. 해서 적어도 어린 주운휘에게만큼은 욕을 먹지 않길 바랐는데, 웬일?

자신을 구해줬다는 주청학의 말에 주운휘는 눈을 반짝반짝 빛내고 있었다. 아무래도 주진평이 은성의가 일로 진술했던 사라진 고수가 풍소우라는 걸 알아챈 것 같았다. 소문으로 비교해 보면 주진평보다 훨씬 강한 고수, 어린 마음에 그의 무용담이 궁금했다.

그래서 아침이 밝자 이 난리를 피우는 것이었다.

"형님, 제발요. 저분이 얼마나 강한지 말 좀 해주세요."

"알아서 뭐하게? 너도 무공 배우겠다고 하게? 아서라. 그런 소리 했다간 아버지께 혼날 걸?"

"그런 거 아니에요. 애들한테 그냥 자랑하려고 그래요."

두 사람이 그렇게 티격태격 대화를 나누고 있을 때,

끼익!

풍소우가 묵었던 방문이 열렸다.

“아고, 골이야! 삭신은 또 왜 이렇게 쑤신 거야?”

간편한 차림의 그는 얼굴을 찡그리며 몸을 이리저리 풀었
다. 어제 객잔 상공을 날았던 일은 기억에 없는 듯했다.

겨우 정신을 차리고 앞을 본 풍소우는 눈을 동그랗게 떴다.
웬 아이가 눈을 초롱초롱 빛내며 자신을 바라보고 있는 게 아
닌가?

“네, 네놈은 누구냐?”

아이의 생김새가 마음에 들지 않아 나오는 말이 거칠었다.
하지만 주운휘는 전혀 개의치 않는 눈치였다. 그는 기대 가득
한 얼굴로 물었다.

“대협은 얼마나 강하신 거예요?”

“켁!”

“쿨럭!”

풍소우와 주진평, 두 사람이 동시에 사레들린 소리를 냈다.

‘세, 세상에, 대협이래……’

풍소우는 뜬금없어 그랬고, 주진평은 설마 동생이 대협이란
호칭을 사용할 줄은 몰랐던 것 같았다.

잠시 정신을 차리기 위해 주변을 둘러보던 풍소우는 황당하
다는 표정을 짓고 있는 주진평을 발견했다. 그리고 주운휘를
다시 바라보았다.

그의 얼굴에 짙은 미소가 그려졌다.

"이몸이 얼마나 강한지 궁금하다고?"

"네, 대협!"

대협이란 소리만 들어도 이상하게 웃음이 났다. 평소 가끔 듣는 호칭이었지만 주진평의 동생이라 그런지 더욱 즐거웠다.

"어험! 그런 말해주지!"

풍소우가 팔을 넓게 펼쳤다. 그리고 위압감을 주려고 눈에 힘을 주며 하늘을 바라보았다.

"이몸이 검을 휘두르면 집채만 한 바위가 갈라지고, 발길질 한 번이면 사람 몸통만 한 쇳덩이가 뭉텅 잘려 나간단다. 얼마나 강한지 알겠느냐?"

그는 한껏 근엄한 얼굴로 고개를 돌렸다. 주운휘가 어떤 표정을 할지 궁금해서였다.

"……"

한데 주운휘의 얼굴은 멍했다. 아니, 인상을 찌푸린 채 어이없다는 표정을 짓고 있었다. 그가 형, 주진평을 바라보았다. 눈은 마치 이 말이 사실이냐고 묻는 것 같았다.

주진평은 깔끔하게 한마디 해주었다.

"풋! 미친놈."

"뭐라고! 너 진짜!"

풍소우가 발끈하며 연검을 빼 들려고 했다. 하나 연검은 방에 놓고 온 상태, 그가 주운휘에게 말했다.

"조금만 기다려라. 내가 옷 입고 나와 확실하게 보여주마."

하지만 풍소우가 다시 밖에 나왔을 때, 주운휘는 놀러 나가고 없었다. 그의 말을 눈곱만큼도 믿지 않은 것이다. 일반인 기준에서 말이 되는 소리를 해야 할 게 아닌가.

무시당한 것 같아 어쩔 줄 몰라 하는 풍소우를 보며 주진평은 웃었다.

자신의 옛 추억이 떠올랐기 때문이다.

오 년 전, 그도 자신의 두 사부에게 물었었다.

"할아버지들, 무공 잘 해요?"

그에 백발의 사부는 말했다.

"허허허! 그럼! 이 할애비의 손짓 한 번이면 바다가 갈라지고, 산이 반으로 쪼개진단다."

"헹? 고작 그 정도 가지고 자랑질이냐?"

적발의 사부는 지기 싫었는지 이글이글 타오르는 눈으로 하늘을 바라보며 말했다.

"본좌의 손짓 한 번이면 하늘이 갈라지고, 달이 반으로 쪼개진다! 어떠냐? 저놈보다 훨씬 멋있지?"

그 말을 들은 주진평의 반응은 주운휘와 같았다. 아니, 오히려 더 심했다. 그는 약선에게 뛰어가 그랬었다.

"할머니, 저 두 할아버지 미친 사람들이에요?"

그 말에 약선에게 얼마나 꾸중을 들었던지. 한참 혼을 낸 약선은 주진평의 머리를 쓰다듬으며 말했다.

"나이 많은 어른에게는 아픈 사람들이에요? 하고 물어야 한

단다. 알겠니?"

"아… 할머니 그럼 그 할아버지들 아픈 사람들이에요?"

천진난만하게 묻는 주진평이 너무 귀여웠는지 약선은 웃으며 답했다.

"십중팔구는?"

'저, 저놈의 할망구가!'

몰래 뒤따라와 그 소리를 들은 두 사부는 삼 일을 몸져누웠었다. 끓어오르는 화를 드러내지도 못하고 혼자 삭인다고 말이다.

"큭큭큭! 아, 그때만 생각하면 왜 이리 웃긴지."

그가 혼자 웃음을 터뜨릴 때,

"어린 주군아, 실성했냐? 자알 하는 짓이다."

풍소우가 와 그의 행동을 비웃었다.

"뭐, 이 자식아? 헉!"

그에 발끈하려던 주진평은 주변을 둘러보곤 깜짝 놀랐다. 어느새 몰려든 환자들이 혼자 킥킥대고 있는 자신을 이상하게 보고 있었던 것이다.

'아; 쪽팔리게!'

주진평의 얼굴은 벌겋게 달아올랐다. 한데 그런 그의 얼굴을 더욱 터질 듯 붉게 만드는 사람이 있었다. 그것은 의가 대문에서 멍한 눈으로 자신을 바라보고 있는 두 사람 중 한 여인 때문이었다.

'수, 수연아!'

　백수연과 눈이 마주친 주진평은 고개를 들지 못했다. 생각할수록 너무 부끄러웠는지 얼마 참지 못하고 병실을 향해 뛰어가 버리는 그였다.

　홀로 남은 풍소우는 백장진과 백수연을 바라보며 중얼거렸다.

　"아무래도 내 추측이 맞는 것 같네."

第九章
관도에서의 습격

“충분히 이해했으니 이제 그 말씀은 그만하셔도 됩니다. 그리고 솔직히 남의 손을 빌릴 일도 아니었지요. 모두 제 탓이었으니까요.”

주청학의 말에 백장진은 고개를 저었다.

“그래도 불편한 마음이 쉽사리 없어지지가 않구려.”

두 사람은 대화를 하며 그간 있었던 감정을 털고 있었다.

백장진은 잠시 고민을 하더니 입을 열었다.

“지금 의가가 이렇게 번창하고 있으니 특별히 도울 것은 없겠고. 대신 이건 어떻소? 하루에 한 명씩 무사들이 돌아가며 의가에 상주하는 것이오. 치안을 목적으로.”

“허허! 무기를 든 무인이 의가를 지킨다. 딱히 좋은 생각은 아닌 것 같습니다. 환자들이 불편해할 것입니다.”

주청학이 완곡히 거절하자 옆에서 듣고 있던 주진평이 끼어들었다.

“그럼 무기를 착용하지 않고 일반 사람처럼 있는 건 어떻습니까? 가끔 행패를 부리는 사람들만 진정시켜도 큰 도움이 될 것입니다. 그런 사람들은 언제 나타날지 모르는 일이니까요.”

그는 집으로 돌아오기 전, 힘으로 해결하려는 사람들을 많이 보았다. 급하면 나오는 본성이라 미리 가려낼 수도 없는 법, 무인이 무기를 들지 않았다고 일반인을 상대로 질 리는 없으니 그가 생각할 때는 괜찮은 방법인 것 같았다.

아들의 말에 주청학이 잠시 고민을 해보았다. 듣고 보니 그 정도는 괜찮을 듯싶었다. 곧 있으면 아들도 잠시 떠날 마당에 미리 대비하는 것도 나쁘지 않았다.

“진평이 말 정도라면 괜찮을 것 같군요.”

그에 백장진은 호탕하게 웃었다.

“껄껄! 이제야 마음이 편해지는구려. 그럼 이 일은 그렇게 하는 걸로 알겠소이다.”

그렇게 이야기가 마무리되고 한동안 차를 마시며 이런저런 이야기를 나누는 분위기가 되었다.

주진평은 계속 옆을 힐끔거렸는데 그곳엔 백수연이 앉아 있었다. 그녀는 시선 한 번 돌리지 않고 차만 마셨다.

‘음냐. 철저하게 무시하네.’

상대가 아는 체도 하지 않으니 관계 개선의 여지가 보이지 않았다. 주진평은 자신도 모르게 고개를 절레절레 흔들었다.

바로 그때, 옆에서 반응이 느껴졌다.

고개를 옆으로 돌려보니 백수연이 날카롭게 자신을 흘겨보고 있는 게 아닌가.

'뭐, 뭐야? 또 내가 뭘 잘못했는데?'

이유를 알지 못했다. 계속 바뀌는 그녀의 행동에 주진평은 갈피를 잡을 수가 없었다.

두 사람 사이에선 알 수 없는 기류가 계속 흘렀다.

탁!

찻잔을 탁자에 내려놓은 백장진이 주청학의 얼굴을 슬쩍 보더니 어렵게 입을 열었다.

"으흠! 저기 주 가주?"

"네, 편히 말씀하시지요."

주청학은 바로 백장진의 얼굴을 바라보았다. 아까부터 계속 자신을 흘끔거리는 것이 할 말이 있을 거라 추측을 하고 있던 터였다.

그것을 본 백장진은 살짝 얼굴을 붉혔다. 자신이 너무 표시 나게 행동했음을 느낀 탓이다. 크게 헛기침을 한 번 한 그는 이왕 이렇게 된 것 그냥 편하게 말하기로 마음먹었다.

"다름이 아니라 이번에 본 문이 태원으로 잠시 가게 되었소. 그곳에 약간의 다툼이 일어나서인데… 당황스러운 이야기가 될 수도 있겠지만 능력있는 의원이 필요하오."

싸움이 일어나는 곳에 부상자가 생기는 것은 당연지사. 해서 무림문파에서는 전쟁을 하러 갈 때 의원을 대동하고 움직였다.

백장진은 지금 그 임무를 청수의가에 부탁하고 있는 것이었다.

상대의 말을 들은 주청학은 난처한 표정을 지었다.

"보시다시피, 제가 지금 의가를 비울 수 있는 상황이 아닙니다. 이제 갓 회생한 터라 그 부탁을 받아들이기 힘들군요."

의가가 완전히 자리를 잡았거나 의원이 여럿이면 가능할지도 몰랐다. 하나 지금 청수의가는 그럴 여력이 없었다. 일손이 부족해 급히 들인 의원이 있으나 아직 큰 도움이 되지는 못하는 상황이었다.

백장진도 고개를 끄덕였다. 십분 이해를 하는 표정이었다.

"알고 있소. 해서 난 저기 진평이를 지금 부탁하고 있는 것이오."

'엥?'

뜬금없는 말에 주진평은 눈을 동그랗게 떴다. 갑자기 이게 무슨 말인가. 자신을 의원으로서 데리고 가겠다니.

"진평이를요?"

놀라긴 주청학도 마찬가지였다. 설마 이런 부탁을 할 줄이야. 아들은 지금 따로 할 일이 있지 않은가. 바로 어머니 소화련을 찾는 일 말이다.

두 사람이 놀란 걸 아는지 모르는지 백장진은 말을 계속 이었다.

"어제 본 문에서 우연히 확인했소. 고뿔을 그렇게 단숨에 고칠 줄이야. 아주 뛰어난 의술이었소."

그는 어제 깜짝 놀랐었다. 말로 듣기는 했지만 설마 그 짧은 시간에 고뿔을 고칠 줄은 몰랐다.

해서 아침에 태원에서 날아든 협조 서찰을 받았을 때, 바로 떠올린 사람이 주진평이었다. 그라면 믿고 부상자를 맡길 수 있다는 판단이 선 것이다.

모든 사람의 시선이 주진평에게로 향했다. 백수연도 그를 바라보고 있었다.

'미, 미치겠네! 일이 왜 이렇게 꼬여?'

주진평은 식은땀을 연신 흘렸다. 눈동자는 갈피를 못 잡고 정신없이 흔들렸다. 참으로 난처한 상황에 빠졌기 때문이다.

'사실 난 의술을 모른다고!'

바로 이것이 문제였다. 고뿔은 고칠 수 있을지 몰라도 다른 것은 무리였다. 약선곡에서 오 년 동안 무공만 수련한 그가 제대로 된 의술을 어찌 알 것인가?

의가에 와서 다른 진료를 맡지 않은 이유도 이것 때문이었다.

주진평은 의원이 아니었다.

주청학은 아들의 속도 모르고 대답을 요구했다.

"이렇게 되면 네 선택에 달렸구나. 어찌하겠느냐?"

'당연히 안 되죠! 돌팔이였다고 소문 낼 일 있어요?'

주진평은 바로 거절의 말을 하려고 했다. 하지만 재수가 없게도 자신을 바라보고 있는 백수연과 눈이 마주쳤다.

'허어……'

그는 벌어진 입을 다물지 못했다.

이해할 수가 없었던 것이다. 금방까지만 해도 살갗이 시릴 정도로 차가운 기운을 뿜던 그녀의 눈이 바뀌어 있었다. 지금은 간절히 같이 가길 원하는 사람의 눈이었다.

'속내를 모르겠네. 도대체 왜 저렇게 왔다 갔다 하는 거야?'

붙잡고 따지고 싶었다. 하나 지금은 그럴 때가 아니었다. 일단 대답을 해야 했다.

"죄송하지만……."

주진평이 부정적인 말로 시작하자 백장진과 백수연의 얼굴이 어두워졌다. 하지만 그는 애써 외면하며 입을 열었다.

"저는 갈 수……."

못가겠다고 말하려는 찰나, 갑자기 그의 귀로 들려오는 전음이 있었다.

[가겠다고 말해. 내가 그랬지? 날 방해하러 싸운 놈들은 정파와 사파였다고. 둘 중 어느 쪽이 그놈을 돕는지 알 수 없다.]

풍소우였다.

그의 전음을 듣고 나니, 생각이 흔들렸다. 무엇보다 지금 중요한 것은 그놈을 잡는 것이었으니 말이다.

'그래, 틀린 말이 아니야. 만약 정말 그놈을 돕는 자들이 정파에 있다면 그들 안에서 살펴야 한다. 그런데 의술이……'

주진평이 말을 않고 갑자기 뭔가를 고민하자 세 사람은 의아한 표정을 지었다. 그중 백장진은 혹시 여지가 있을까 얼른 입을 열었다.

"미리 말하자면, 자네에게 큰 부담이 되지는 않을 거네. 다른 의원도 몇 명 가기로 했거든. 능력에 맞게 자넨 정말 위급한 사람들만 맡아주면 될 걸세."

"정말요?"

죽을상이던 주진평의 얼굴이 순식간에 바뀌었다. 저 말대로라면 부담이 훨씬 덜했다. 어떻게 해서든 위급한 환자는 안 만들면 되지 않겠는가. 생각대로 될 진 몰라도.

"그렇다네. 무사의 수가 한두 명도 아닌데 모두 자네에게 부탁할 수는 없는 일이 아닌가. 안 다치면 가장 좋겠지만."

이해가 되었다. 뛰어난 명의라도 여러 사람을 한꺼번에 맡는 것은 무리였다.

주진평은 한결 편안해진 얼굴로 한 곳을 바라보며 말했다.

"그럼 같이 동행하겠습니다. 위험은 하겠지만 옆에서 지켜주시겠죠?"

그곳에는 백수연이 있었다. 그녀는 동행한다는 말이 나오자마자 다시 싸늘한 표정으로 바뀌어 있었다.

"허허허! 그건 걱정 말게나. 본 문의 무사들을 치료해 주는 사람을 다치게 할 수 있는가. 수연이도 자네의 의술에 대해 듣더니 꼭 같이 갔으면 좋겠다고 했었네. 아마 잘 지켜줄 것이야. 더군다나 자네도 주먹은 좀 쓰지 않는가. 허허!"

'뭐야? 고작 그런 이유였어?

백장진의 말에 주진평은 인상을 구겼다. 자신과 같이 떠나고 싶어 간절한 눈빛을 보낸다고 생각했는데 그게 아닌 것 같았다.

그는 허탈함에 결정을 번복할까도 생각했지만 벌써 분위기는 끝나 있었다.

어찌 되었든 그렇게 주진평은 태원으로 떠나게 되었다.

그날 저녁, 주진평은 주청학을 만나 자신이 태원으로 가야 하는 이유에 대해 설명을 했다. 아무래도 소화련의 행방을 찾지 않고 다른 곳으로 가니 섭섭해할 것이라 생각했기 때문이다.

아들의 설명을 다 들은 주청학은 심각한 얼굴을 했다.

"역시 간단한 일이 아니었구나. 위험한 일이 많겠어."

그는 아들을 걱정하고 있었다. 도망간 한 사람뿐만 아니라 다른 자들을 상대할지도 모른다고 하니 어쩔 수가 없었다.

그에 주진평은 웃으며 말했다.

"그럼 그냥 포기할까요?"

주청학은 아들의 얼굴을 보았다. 장난으로 하는 말이라는 것을 알았다. 한 번 떠보는 것일 수도 있었다. 하지만 그것을 허투루 들을 수가 없었다.

생사도 알지 못하는 아내를 위해 아들이 위험할 수도 있는 일이었다. 그는 스스로에게 계속 질문했다.

'이대로 그냥 포기하는 게 더 낫지 않을까?

그러나 쉽게 답을 내지는 못했다. 이제야 잡은 사라진 아내의 흔적이었다. 어찌 쉬이 포기를 할 수 있겠는가.

"아버지."

주진평은 부드러운 목소리로 주청학을 불렀다. 그리고 자신감 넘치는 눈으로 아버지를 바라보았다.

'진평이 이 녀석!'

울컥해 눈시울이 붉어질 것 같았다. 자신을 믿어달라는 아들의 모습에 가슴이 뜨거워졌다.

주청학은 환하게 웃으며 말했다.

"몸 조심히 잘 다녀오너라. 혹시나 다쳐서 돌아오면 이 애비가 완벽하게 치료해 주마. 허허허!"

주진평도 같이 웃었다.

"정말이죠? 그럼 신나게 구르다가 오겠습니다! 아버진 의가나 확실히 지켜주세요."

"오냐!"

두 사람은 그렇게 서로를 격려했다.

다음 날, 주진평은 청수의가를 떠나 무영문의 사람들과 함께 태원으로 향했다.

*　　　*　　　*

"이야, 어제 완전 눈물겹더라? 나 하마터면 정말 펑펑 울 뻔했잖아. 여기 보이냐? 눈물 자국은 아직 살짝 있을 텐데."

“이 자식이 정말!”

풍소우의 말에 주진평은 붉어진 얼굴로 언성을 높였다.

태원으로 향하는 관도에서 풍소우는 어제 저녁에 있었던 일로 주진평을 놀리고 있었다.

“치사한 자식아, 넌 또 그걸 엿들어? 예의는 지켜야 할 거 아니야?”

“어린 주군아. 내가 예의 같은 거 따지는 거 봤냐? 앙?”

두 사람은 무영문의 무리에서 뒤로 조금 떨어져 걷고 있었다. 아무래도 앞쪽은 분위기가 불편해서였다.

관도를 걸은 지도 반나절이 지났다.

한데도 무영문도들에게선 웃음소리 한마디 나오지 않았다.

그들은 지금 전장으로 향하는 것이었다. 죽을지 모르는 살육의 현장, 떠올리기만 해도 분위기가 밝을 수가 없었다.

떠들면서도 그것을 힐끔 쳐다본 풍소우는 혀를 찼다.

“쯧쯧! 길가다가 무인이라도 마주치면 바로 칼질할 분위기구만. 무림을 구하러 가냐? 아니면 절세미인을 구하러 가냐? 뭐가 저렇게 비장해? 역시 정파 놈들이란!”

“정파랑 사파는 다르냐? 싸우러 가는데 마냥 웃을 순 없잖아. 솔직히 나도 긴장은 되는데.”

주진평에게는 사파, 정파의 구분이 없었다. 그냥 다 똑같은 무인이고 사람이었다. 그는 말을 하다가 문득 떠오른 게 있는지 풍소우를 바라보았다.

“그러고 보니 혈귀문은 이번에 안 간다며?”

“어쩔 수 있냐? 문주가 그 꼬라지인데. 아들이 체제를 정비하기 전까진 뭐 거의 봉문이나 다름없지.”

혈귀문주 곡자강은 현재 이지가 없어 죽은 거나 다름없었다. 해서 곡전풍이 대신 문파를 추스르려고 노력하는 중이었다.

풍소우는 그 점도 마음에 들지 않는 것 같았다.

“새끼, 그래도 몇 놈이라도 보내지. 그랬다면 내가 정파 놈들이랑 같이 갈 일은 없잖아? 이게 뭐야? 정파 뒤꽁무니나 따라가고.”

“야, 지금 정파 사파가 무슨 상관이야? 우린 그냥 그놈을 잡으러 가는 것뿐이야. 딴 덴 신경도 쓰지 마.”

주진평은 혹시나 풍소우가 같이 가지 않을까 봐 달래려고 애쓰고 있었다. 여러 모로 필요할 지도 모르는데 쉽게 놓아줄 수는 없었다. 그는 얼른 주제를 바꿨다.

“그런데 말이야. 그놈, 아직 태원에 있을까? 찾기 어렵게 일도 복잡하게 만들어놨겠다. 그냥 다른 데로 가버리면 되잖아. 그렇게 되면 솔직히 우리가 알 길도 없고.”

“그건 모르는 말씀!”

풍소우는 단호하게 고개를 저었다. 팔짱을 끼는 그의 모습에선 확신이 있었다.

“내가 누구냐? 나 풍소우야! 이래 봬도 상당히 능력있는 남자라 이거지.”

그도 상대가 그렇게 나올 수 있다는 걸 염두에 두고 있었다.

그래서 나름의 손을 써서 태원 바깥으론 포위망을 펼쳐 놓은 상태였다. 적이 태원을 벗어난다면 자신에게 바로 연통이 올 것이다.

"오… 대단한데?"

주진평은 감탄을 터뜨렸다. 어떤 방법을 썼는지는 모르지만 풍소우가 대비를 했다면 믿어도 될 터였다. 그는 스스로가 말한 대로 능력이 있는 사람이었으니 말이다.

저벅저벅!

"응?"

두 사람이 대화를 나누고 있는 그때, 앞쪽에서 발걸음 소리가 들렸다. 고개를 들어보니 추위에 빨간 코를 하고 있는 백수연이 다가오고 있었다.

"수연아."

주진평이 밝게 웃으며 그녀를 맞았다. 하나 백수연은 여전히 쌀쌀맞았다.

"조금만 더 가면 마을이 있어요. 거기서 오늘 묵을 생각이니 그렇게 아세요."

그녀는 그 말만 하고 바로 몸을 돌렸다.

주진평이 급히 말했다.

"수연아, 온 김에 같이 이야기나 좀 하며 걷자. 응?"

스윽!

백수연은 고개만 슬쩍 돌려 싸늘하게 답했다.

"이야기를 할 힘도 있고, 여유가 있는데요? 다른 의원들은 지쳐서 금방이라도 쓰러지려고 하는데. 주먹만 좀 쓰는 사람치곤 과하게 튼튼하군요? 마치 무인처럼!"

삭주에서 태원까지는 일반인 걸음으로 이틀 거리였다. 경공을 펼치면 하루에 닿을 수도 있겠지만 지금은 의원들과 함께 움직이고 있었다. 앞쪽에 있다는 마을은 중간 지점을 넘은 장소, 무공을 모르는 의원이라면 지금쯤 한계에 부딪치는 게 당연한 것이었다. 백수연도 바로 그 점을 말하고 있었다.

"에······."

주진평은 답할 말을 금방 찾지 못했다. 튼튼하다고 말하는 것도 어느 정도가 있는 것이지.

그가 고민하는 사이, 백수연은 달아나듯 벌써 사라지고 없었다.

아쉬운 얼굴을 하는 주진평을 보며 풍소우가 말했다.

"어린 주군아, 너 혹시 쟤 좋아하냐?"

"뭐, 뭐? 이 자식이 갑자기 무슨 소리야?"

"하는 꼬라지랑 지금 흥분하는 걸 보면 맞나 보네. 그런데 포기하는 게 낫지 않겠냐? 쟤는 전혀 관심이 없어 보이는데. 그리고 저렇게 쌀쌀맞은 애가 왜 좋냐? 조금만 더 살아봐라. 예쁘다고 전부가 아니란다."

주진평보다 두 살이 많은 풍소우는 마치 몇십 년 더 오래산 사람처럼 설교를 늘어놓았다. 주진평은 그에 발끈해 소리쳤다.

"네가 뭘 안다고 그래!"

"왜 모르겠냐. 태원만 가면 알겠지만 이몸 주위엔 여자가 끊이지 않는단다. 아, 이놈의 인기는! 큭!"

풍소우는 정말 고달프다는 얼굴로 고개를 절레절레 흔들었다. 그 모습에 주진평은 인상을 잔뜩 쓰고 앞쪽으로 빠르게 걸어갔다.

무영문 무리의 선두에 선 백장진이 두 사람을 부르는 게 보였기 때문이다.

묵고 갈 마을에 도착한 것 같았다.

"허… 이거 미안하게 되었네."

다가온 두 사람을 보며 백장진은 난처한 얼굴을 했다.

객잔에 빈 방이 없었다. 작은 마을이라 다른 객잔은 있지도 않았다. 그들은 어쩔 수 없이 이 추운 날, 마을 밖 공터에서 잘 수밖에 없게 되었다.

무영문과 주진평 일행은 객잔에서 식사를 한 후, 마을 밖으로 움직였다. 그리고 잠자리를 만들어 잘 준비를 했다.

주진평과 풍소우 또한 잘 준비를 하고 있는데 백장진이 그들을 향해 걸어왔다.

"이렇게 밖에서 재우다니. 미리 파악을 해뒀어야 했는데."

"괜찮습니다."

백장진의 말에 주진평은 웃었다. 상대도 예상치 못한 일일 터인데 남도 아니고 괜한 마음을 쓰게 하기는 싫었다. 자신은 추위 따윈 걱정도 없지 않은가.

"이해해 주니 고맙네. 오늘 힘들었을 텐데 뒤처지지 않고 잘 따라 와주고. 이번 일만 잘 끝나면 같이 몸보신이나 한번 하세. 허허허!"

"별 말씀을요."

백장진은 주진평의 상태를 살폈다. 혹시 너무 무리해서 탈은 나지 않았는지 걱정이 되어서인데 생각 외로 너무 팔팔해서 놀라고 있었다.

의원들은 말할 것도 없고 몇몇 내공이 약한 무영문도조차 조금은 힘든 기색을 보였기 때문이었다.

"자, 추운데 얼굴에라도 열나게 이거나 하나씩 뜯자."

옆에 있던 풍소우가 품에서 말린 고기를 꺼내 주진평에게 내밀었다.

"밥 먹은 지 얼마나 되었다고."

주진평은 투덜거렸지만 손은 이미 고기를 향해 움직이고 있었다.

질겅질겅.

두 사람이 말린 고가를 씹으며 자기들만의 대화에 들어갔는데도 백장진은 자리에서 일어나지 않았다. 그의 시선은 풍소우에게 가 있었다.

'어디서 잠시 본 것 같은데……. 내 착각인가?

주진평은 풍소우를 동행시키며 그냥 아는 사이라고 말했다. 그를 믿었기에 백장진은 아무런 말도 하지 않고 동행을 허락했지만 지친 기색 없는 몸 상태에, 특히 낯설지 않은 뒷모습까지, 자꾸 풍소우에 대한 관심이 커질 수밖에 없었다.

자신을 향한 시선을 느꼈을까. 풍소우가 백장진을 바라보았다.

스윽.

그가 내민 손에는 역시 말린 고기가 들려 있었다.

"먹고 싶소?"

"……!"

백장진의 얼굴이 붉게 변했다. 상대는 자신의 관심을 잘못 판단한 것 같았다.

"난 그저, 자네를 어디선가 본 것 같아……."

말을 하던 그의 표정이 점점 날카로워졌다. 눈꼬리 끝이 올라가는 게 심사가 뒤틀리고 있다는 증거였다.

이유는 풍소우 때문이었다. 그는 마치 정말 먹지 않을 거냐는 얼굴을 하며 말린 고기를 흔들고 있었다.

'감히 누구에게!'

백장진은 속이 부글부글 끓었다. 주진평의 친구만 아니라면 당장 치도곤을 했을 정도였다. 하나 어린 사람과 설전을 벌이는 것은 꼴불견 같아 그냥 자리에서 벗어났다.

"먹기 싫음 말고."

멀어지는 백장진을 보고 풍소우는 웃으며 말했다. 말린 고기는 그의 입으로 들어갔다.

옆에서 그의 행동을 보고 있던 주진평이 고개를 저었다.

"도대체 왜 그래? 괜한 사람한테 시비나 걸고."

"그냥 장난친 거지. 역시 정파 놈들은 속이 좁은 거 같단 말이야. 큭큭! 이런 일로 발끈하다니."

자신을 뼛속부터 사파인이라 말하는 풍소우는 무영문의 어떤 것이라도 꼬투리로 잡고 싶은 것 같았다.

"그놈의 사파, 정파. 귀에 딱지 앉겠네! 너 혼자 많이 투덜거려라. 난 잔다."

쓸데없는 이야기까지 듣고 있을 마음은 없었다. 주진평은 자리에 벌러덩 누웠다. 그의 눈은 백수연을 찾고 있었다.

날씨가 추운지라 사람들은 모닥불을 몇 개 피워 그 주위에서 잠을 청하는 중이었다. 다행히 주진평은 보호한다는 명목 하에 백장진, 백수연 등과 같은 모닥불에 붙어 있었다.

내일 태원에 도착하면 바로 전투를 치를지도 모르는 일, 백수연도 일찍 자려는지 자리에 누워 있었다.

주진평에게는 그녀의 등만 보였다.

'흐음! 춥지 않으려나?'

가녀린 몸으로 이 추위에 노숙을 하니 걱정이 되었다. 강한 척해도 여인이지 않은가. 더군다나 예전부터 추위를 많이 타는 편에 속하는 백수연이었다.

그는 이런저런 걱정을 하며 그녀의 등에서 눈을 떼지 못했다.

스윽.

그 순간이었다. 갑자기 백수연의 등이 움직이더니 주진평과 마주보는 위치가 되는 게 아닌가!

주진평은 깜짝 놀라 눈을 부릅떴고, 백수연도 예상치 못했는지 그를 뚫어져라 보고 있었다.

그렇게 잠시의 정적이 흘렀다.

먼저 고개를 돌린 사람은 백수연이었다. 그녀는 다시 몸을 돌려 주진평을 등지고 누웠다.

주진평은 아쉬운 듯 입맛을 다셨지만 딱히 말을 걸 방도를 찾지 못했다.

그저 아무렇지 않은 척 눈을 감고 잠자리에 들 뿐이었다.

*　　　*　　　*

모두가 곤히 잠든 새벽.

"으… 추워!"

주진평은 반쯤 풀린 눈으로 자리에서 일어났다. 그리고 아직까지 잘 타오르고 있는 모닥불에 나무를 더 집어 넣었다. 열기가 너무 강해서 주변 사람들이 일어날 정도로 말이다.

"앗, 뜨거! 뭐, 뭐야?"

"누가 나무를 이렇게 많이 집어 넣었어?"

사람들은 피곤함 속에서도 하나둘 일어나 부산하게 움직였다. 모닥불에서 나무를 조금 빼내거나 열기가 강하지 않은 곳으로 자리를 이동했다.

"누가 이랬나?"

자신의 자리를 뒤편으로 옮긴 백장진이 주변을 둘러보며 물었다. 그에 주진평이 손을 들었다.

"갑자기 오한이 나서 그랬어요. 꿈에서 망령(亡靈)들에게 흠씬 맞았더니 너무 춥고 몸이 떨려서……."

"허허! 기가 약해진 건 아닌가? 꿈에서 망령을 보다니."

백장진은 혀를 차며 진정 걱정하는 눈치였다.

하지만 주진평은 사람들의 반응에는 신경을 쓰지 않았다. 그는 오직 한 곳만 흘겨보고 있었다.

"크하하하! 운이 없는 놈들이구나. 꿈이나 꾸다가 좋은 곳으로 갈 수 있었는데. 굳이 깨어나 생지옥을 경험하게 되다니!"

별안간 산을 쩌렁쩌렁 울리는 외침이 터져 나왔다. 그 외침은 주진평이 노려보던 곳에서 들려오고 있었다.

잠을 청하던 무영문의 사람들은 대경실색하며 자리에서 일어났다. 저런 말을 내뱉는 자가 같은 편일 리가 없지 않은가.

저벅저벅!

대도(大刀)를 어깨에 짊어진 채 선두에서 부하들을 이끌고 걸어나오는 사람은 곰만 한 덩치에 호랑이 같은 얼굴을 한 사내였다.

그의 얼굴을 확인한 백장진이 놀라 소리쳤다.

"조심홍! 당신이 여긴 어떻게?"

호면대도(虎面大刀) 조심홍(趙心紅), 태원에 자리한 사파 삼혈문(三血門)의 세 문주 중 두 번째에 올라 있는 자였다.

삼혈문은 무영문과는 비교도 안 될 정도로 훨씬 규모가 컸다. 더군다나 지금 같이 정파와 다투는 시기에 이곳에 나타났으니 백장진으로서는 긴장할 수밖에 없었다.

조심홍은 어깨를 으쓱거리며 웃었다.

"묻긴 뭘 물어? 당연히 네놈들 목을 잘라 버리려고 왔지. 서로 쓸데없이 힘 빼지 말자고. 그냥 다 대가리 들이미는 게 어때?"

차차차창!

적의 목적을 확인하자마자 병기 뽑히는 소리가 사방에서 들렸다. 고스란히 목숨을 줄 게 아니라면 당연한 일이었다.

'음냐, 이거 분위기가 안 좋은데……. 잔뜩 긴장한 게 그냥 봐도 밀릴 거 같잖아?'

주진평은 슬쩍 조바심이 났다. 무영문도가 크게 다치면 자신에게 올 것이 아닌가. 돌아보니, 다른 의원들도 이런 길에서, 그것도 한밤중에 싸울 줄은 몰랐는지 잔뜩 당황한 얼굴이었다. 재수없으면 모든 환자가 자신에게 올 수도 있었다.

그가 옆으로 고개를 돌렸다. 그곳엔 모닥불 바로 옆에 누워 땀을 뻘뻘 흘리며 자고(?) 있는 풍소우가 보였다.

[너 지금 나랑 장난해? 빨리 안 일어나?]

주진평이 애타는 마음에 전음을 날려도 그는 꼼짝하지 않았다.

두 사람이 그렇게 신경전을 벌이고 있는 동안 두 문파의 분위기는 더 험악해졌다.

"어차피 너네는 가봤자 도움도 안 돼. 그러니 그냥 여기서 깔끔하게 끝내자."

조심홍의 말에 백장진이 발끈해 소리쳤다.

"고작 암습 따위나 하러 온 치사한 네놈이 지껄일 말이 아니다!"

가슴이 뜨끔했을까. 조심홍의 얼굴이 붉게 달아올랐다.

'난 부하들의 피해를 최소한으로 하기 위해 그랬던 것뿐. 당당하지 못할 것은 없다!'

그는 가슴을 쭉 펴고 백장진을 노려보았다. 이어 울분의 한마디를 던지려는 찰나, 갑자기 무영문 진영에서 괴성이 들렸다.

"지랄하네! 전쟁에서 치사한 게 어디 있어? 이기면 장땡이지!"

"……!"

사람들이 놀라 소리가 난 곳으로 고개를 돌렸다. 그곳엔 온몸이 땀으로 범벅이 된 풍소우가 씩씩거리며 있었다. 그의 눈은 조심홍을 노려보고 있었다.

'쪽팔리게! 지금까지 정파 욕을 한 바가지로 했는데 하필 이 순간에 나타나? 제발 남들이 욕할 부끄러운 짓은 그만 좀 하자고, 이 자식들아!'

촤앙!

풍소우의 요대에서 연검이 뽑혀져 나왔다. 낭창낭창 흔들리는 연검, 그는 그것을 휘두르며 삼혈문의 사람들이 있는 곳으로 돌진했다.

펑! 팡! 퍽!

거칠 것이 없었다. 막을 수도 없었다. 거친 파도와 같이 그가 쓸고 지나간 자리엔 흐물흐물해진 해초처럼 쓰러져 있는 삼혈문도들뿐이었다.

"허어……."

무영문의 사람들은 넋을 놓고 풍소우의 행적을 좇았다. 가히 압도적이었다.

백장진과 백수연도 멍해지긴 마찬가지였다. 지금껏 옆에 있었지만 이토록 고수인지는 생각조차 못하고 있었으니 말이다.

'그렇지! 우리 소우 잘한다!'

제일 뒤편에서 구경하고 있는 주진평은 덩실덩실 춤을 추고 싶었다. 이렇게 고마운 일이 어디 있겠는가.

풍소우 입장에서는 어차피 주진평을 돕기로 한 것, 내키진 않지만 나서야 하는 상황이었다. 그렇다면 괜히 사파가 치사하다는 인상을 줄 필요가 없었기에 조심홍의 말을 자르고 움직인 것이었다. 무슨 말을 할지 모르지 않는가.

하나 어떻게 되든 주진평에겐 상관없는 일이었다. 그저 무영문도들이 부상만 당하지 않으면 되었다.

"응?"

잔뜩 신이 나 콧노래까지 흥얼거리며 전투를 보던 그의 눈이 갑자기 이채를 띠었다.

안 되겠다고 느꼈는지 총공격을 감행한 삼혈문도들 사이에서 특이한 자들을 발견한 것이다.

모두 두 사람, 다른 자들은 풍소우를 피해 무영문도들을 공격하려는데 그들은 반대였다. 은밀히, 그것도 기척을 최대한 숨긴 채 풍소우의 뒤편으로 다가가고 있었다.

간단한 움직임만 보아도 보통의 상대가 아니었다. 분명 상당한 고수였다.

더군다나 풍소우는 많은 사람들을 상대하다 보니 정신이 분산되어 그들의 존재를 모르는 듯했다.

'위험하다!'

머리에 그 생각을 떠올리자마자 주진평은 자리에서 사라졌다.

"조를 이뤄서 적들을 상대하라!"

백장진은 부하들에게 고래고래 소리쳤다. 그는 풍소우의 엄청난 활약으로 수에서는 적에게 밀리지 않아 천만다행으로 생각하고 있었다.

아버지 옆에서 지원하고 있던 백수연은 정신없는 가운데서도 주진평을 포함한 의원들을 찾았다. 하지만 보이지 않았다. 밀려드는 적들과 무영문도들이 어울려 난전이 펼쳐지자 세 발 앞도 확인하기 힘들었다.

"진평……."

그녀는 어떻게든 적들을 뚫고 원래 주진평이 있던 곳으로 가려했으나 번번이 실패하고 있었다.

퍼억!

“크악!”

삼혈문도 한 명이 배를 잡고 바닥에 쓰러졌다. 그것을 본 풍소우가 인상을 찌푸리며 말했다.

“이 새끼가 엄살은! 고작 발로 찼는데 뱃가죽이 터지냐, 내장이 터지냐? 엄살 부리지 말고 저리 안 꺼져!”

그는 삼혈문도들을 죽이지 않고 있었다. 그저 잠시 거동이 불편하게 만들어 전장에서 벗어나게 만드는 중이었다. 그래도 같은 사파, 쪽팔리는 행동을 했다는 이유로 죽일 수는 없었다.

“저 새끼, 저기 있네!”

한참을 뚫고 들어가던 풍소우는 드디어 만나고 싶어 하던 사람을 발견할 수 있었다. 그는 바로 조심홍이었다.

“저 새끼를 족쳐서 그냥 바로 후퇴하게……!”

말을 하던 풍소우는 화들짝 놀랐다. 뜬금없이 강력한 살기가 느껴진 것이다. 이곳에서 자신을 상대할 적은 없을 것이라 여기고 방심하고 있었던 탓이다.

하지만 그렇다고 해도 이렇게 지척까지 다가온 적을 모르다니!

피슉!

“제, 젠장!”

그는 땅속에서 솟아오르는 검을 보곤 급히 공중으로 뛰어올랐다.

투툭!

검은 아슬아슬하게 그의 앞섶을 훑고 지나갔다.

"휴우!"

갓 안도의 한숨을 쉬는 순간, 그는 오싹함을 느껴야 했다. 바로 옆구리로 찔러 들어오는 한 개의 검이 더 보였던 것이다.

'제기랄!'

막기에는 늦었다고 판단한 그는 기를 옆구리로 모으며 눈을 질끈 감았다.

퍼억!

가죽 터지는 소리가 울려 퍼졌다. 이어 얼굴을 화끈거리게 만드는 열기도 느껴졌다.

풍소우는 멍한 눈으로 자신의 뒤를 바라보았다. 그곳엔 적을 해치운 주진평이 오른손에 붉은 아지랑이를 피워 올리며 바닥에 내려서고 있었다.

그가 파리해진 안색의 풍소우를 보며 피식 웃었다.

"쫄았냐?"

『광풍석권』 제2권에 계속…

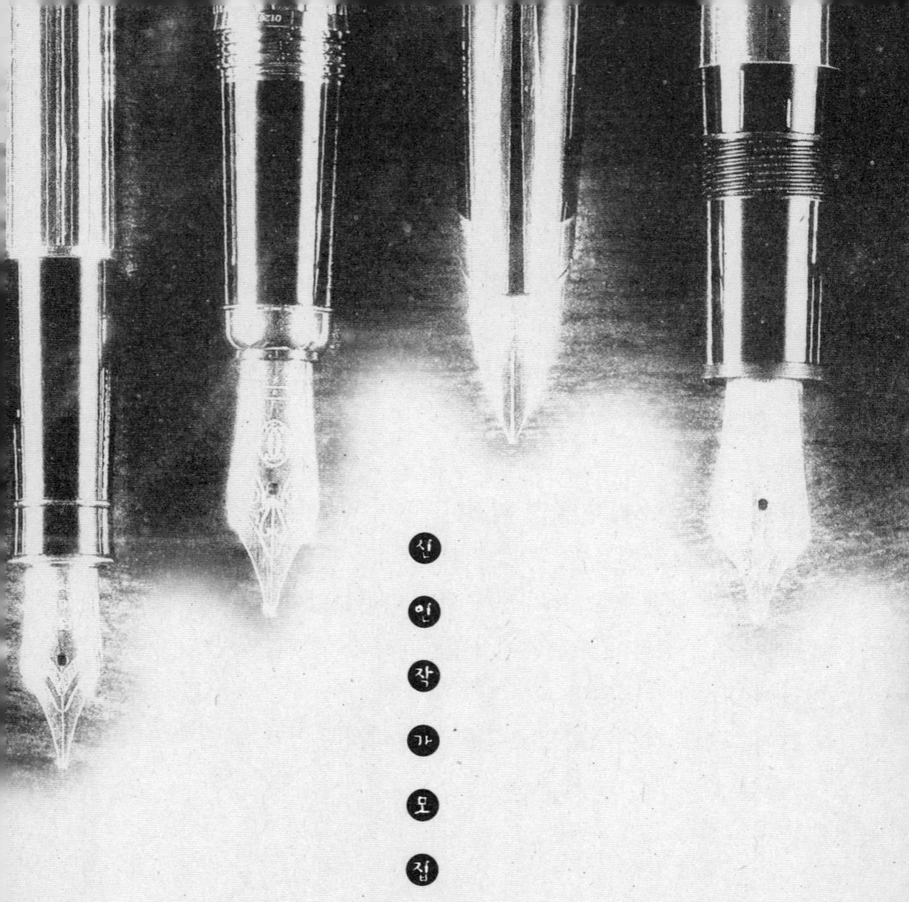
신
인
작
가
모
집

시작이 반이라고 했습니다.
작가의 길에 대한 보이지 않는 벽을 과감히 깨뜨리십시오!
청어람은 작가 지망생 여러분들의
멋진 방향타가 되어드리겠습니다.

저희 도서출판 청어람에서는
소설 신인 작가분들을 모집합니다.
판타지와 무협을 사랑하시는 분들의 많은 참여를 바랍니다.
소정의 원고(A4용지 150매)를 메일이나 우편으로 보내주시면
검토 후 출판 여부를 알려드리겠습니다.

주소:경기도 부천시 원미구 심곡2동 163-2 서경B/D 2F 우편번호 420-822
TEL:032-656-4452 · FAX:032-656-4453
http://www.chungeoram.com
e-mail:chungeoram@chungeoram.com